KB093568

우아한
사생활

18 푸른사상 소설선

우아한 사생활

노은희 소설집

 푸른사상
PRUNSASANG

있음직한 우리네 이야기는 결국 소설이고 현실이다. 결핍되어 허덕이는 소설 속의 인물은 그래서 당신이고 끝내는 '나'이다. 소설 쓴답시고, 자식으로 아내로 엄마로 부재한 시간이 죄송스럽다. 김시종 선생님의 글을 읽으며 작가가 얼마나 많은 공부를 해야 하는지 깨달았다. 마음의 큰 스승으로 섬기며 글을 썼다. 소설을 지도해주신 숭의여대 김양호 교수님께 감사드린다. 진실한 문학의 힘을 강조하신 가르침 덕분에 소설 속의 인물들과 삶의 진정성에 대해 고민하며 함께했다.

신인상을 받을 때, 작품을 남에게 보이는 것은 정성스러운 음식을 대접하는 것과 같다며 음식을 내놓기 전, 찬찬하게 살피는 것은 기본 도리라던 충북작가회의 정연승 회장님의 심사평을 기억하고 찬찬하게 여러 번 들여다본 첫 소설집이다. 여전히 부족하고 모자라지만 용기를 내 독자 앞에 섰다. 문학도의 꿈을 심어주신 김선희 은사님과 소박한 기쁨을 나누고 싶다. 길을 열어주신 선생님 덕분에 이 자리까지 묵묵히 걸어올 수 있었다.

아버지의 사망 선고를 마친 의사는 "귀는 열려 있습니다. 못다 한 말을 하세요."라고 했는데 끝내 하지 못한 가슴속의 이야기가 나의 소설 속에 응어리로 남아 있다. 마지막 순간을 놓쳐버린 나는 아버지의 귀가 아닌 마음에 대고 이렇듯 소설로 사연을 전한다.

따뜻한 글로 소통해주시는 경기수필가협회 이경선 회장님께도 지면을 빌려 인사 올린다. 제자를 아낌없이 사랑해주시고, 응원해주신 단국대학교 김수복 교수님께 좋은 작가가 되겠다고 약속드린다. 창작 지원을 해주신 충북문화재단 관계자 여러분께 감사드리며, 어려운 출판 여건 속에서도 소설집을 제작해주신 푸른사상사 관계자께도 고마움을 전한다.

여전히 절뚝이며 위태롭게 살고 있다. 허나, 무거운 짐을 지고 걷는 우리의 앞날이 깜깜하지만은 않다고 나의 당신에게 말해주고 싶다.

2018년 봄
노은희

짐

짐

겨울철 뜨거운 전기장판 위에서 고독사를 맞이한 시신은 새까맣게 타버렸다. 숨이 멎은 후에도 야속하게 달궈진 전기장판은 망자를 형편없는 몰골로 만들어놓았다. 계속 뜨거워진 전기장판 위에서 시신은 빠르게 부패했을 것이다. 징그러운 주검을 도저히 들여다볼 수 없었던 가족들은 고인의 짐을 차마 제 손으로 처리하지 못하고 우리에게 의뢰했다. 사람의 온기가 사라진 집 안에는 구더기가 바글바글했다. 셀 수도 없을 만큼 많은 양의 구더기와 송장벌레들로 보아 시신은 꽤 오랫동안 방치된 것이다. 욕심껏 배를 채우고 이동하지 못한 시체벌레들과 함께 주검은 널브러져 있었다.

당뇨병을 앓았던지 인슐린 주사기와 일회용 바늘이 여기저기 놓여 있었고, 마지막 순간까지 살고 싶었던 그는 작은 약통을 손아귀에 꼭 움켜쥔 채 죽어 있었다. 알약 한 알을 털어 넣고 시간을 벌어 해야 할 일이 있었을 사내는 험하게 세상과 작별했다. 가족의 말대로라면 올해가 60세인 남자, 살면서 어찌 연이 없었겠는가. 수많은 사연은 어디로 증발하고 오직 혼자만이 외로운 죽음을 맞이야 했을까. 사내의 시신을 수습하기 위해 우선 약품 처리해 시신에 달라붙은 벌레들을 죽이고 냄새를 빼기 위해 사방의 창문을 열었다. 이웃 사람들이 사내의 마지막을 구경하기 위해 우르르 몰려들었다. 구경꾼들은 이내 시신이 부패하는 역겨운 냄새를 참지 못하고 코를 쥐고 돌아선다. 임대 아파트에 살던 사내는 주민들의 무관심 속에 방치되어 있었다. 하루 벌어 하루 먹고 사는 것도 빠듯한 주민들은 사내의 안부를 물을 시간적 여유가 없었고, 고단한 그네들의 삶은 쌓여가는 신문지와 200밀리리터짜리 우유팩에 관심을 둘 마음을 허락하지 않았다.

드글드글 벌레가 끓고 시체 썩는 냄새가 스멀스멀 올라오자 사람들은 의구심 가득한 눈으로 이웃 사내의 안부를 물었다. 아파트 주민의 신고 전화가 없었더라면 더 오래 방치되었을 시신이다. 지금이라도 뜨거운 장판에서 시신을 거둘 수 있어 다행이라는 생각이 들었다. 고독사한 사내가 하얀 천을 뒤집어쓰고 들것에 실려 현관문을 나섰다. 현관문 앞에 걸려 있는 가족사진 속에는 삼남매가 환한 웃음을 머금고 아버지의 마지막을 말없이 배웅했다. 저 밝은 웃음을 띤 삼남매는 지금 그의 곁에 없다. 애석하게도 까맣게 타버린 아버지의 시신을 보러 오는 자식은 한 명도 없다.

나는 유품관리사 일을 하고 있다. 생활고를 비관해 일가족이 모두 자살한 경우, 가족 여행을 떠났다가 함께 사고를 당해 누구도 돌아오지 않는 빈집, 혹은 독거노인의 쓸쓸한 고독사를 정리하고 유품을 수습하는 일을 담당하고 있다. 자신의 남은 물건을 대신 책임져줄 누군가가 없는 사람들을 대신해 이승의 남은 짐을 정리한다. 대단한 짐이 남아 있는 경우는 극히 드물다. 대부분이 하찮고 보잘것없는 단출한 살림살이가 전부이다. 하지만 작은 물건 하나도 정성껏 정리한다. 그것이 죽은 자에 대한 산 자의 마땅한 도리이자, 예의이기 때문이다.

살아 있는 자식들은 죽은 부모와 만나고 싶어 하지 않는다. 죽은 시신을 보는 일이 너무 끔찍해서, 부패하는 냄새가 역겨워서, 살아 있는 동안 시신과 마주한 기억으로 남은 생이 너무 힘들 것 같아서 자식들은 흰 천으로 가린 부모를 만나려 들지 않는다. 정신적 트라우마를 안고 살 수는 없어요, 부디 잘 보내주세요, 혹은 탈 없이 잘 처리해주세요, 라고 쌀쌀맞게 말하기도 한다. 유품관리사가 부모의 시신까지 어떻게 잘 보내고 처리해줄 수 있단 말인가. 열 손가락 깨물어 안 아픈 손가락 없이 키웠을 자식들은 매몰차게 부모를 외면하고 만다.

불황이 장기화되면서 취직이 되지 않아 고액의 빚에 쪼들리고 사업에 실패해 결국 자살을 택하는 젊은이의 죽음도 많다. 하지만 부모는 자식의 죽음을 결코 외면하지 않는다. 흉측한 몰골이지만 가슴으로 끌어안고 통곡한다. 감겨지지 않는 눈을 쓸어내며 운다. 더럽다고 외면하거나 보지 않겠다고 사양하는 부모는 없다. 믿어지지 않는 자식의 죽음 앞에서 부모들은 두 눈을 부릅뜨고 벌렁거리는 심장을 부여잡고 자식을 마주한다. 아이고, 내 새끼네! 내 새끼가 맞네! 하면서 환장할 듯 가슴을 치고 운다. 힘없이 열려버린 모든 구멍에서 지저분하게 물이 흐르고 혹 변을 보았더라도 부모에게는 전혀 문제가 되지 않는다. 그것이 자식과 부모의 다른 점이다.

유품관리사 일을 하면서 알게 된 것은 마지막 죽음의 엄습을 느끼는 순간, 사람들은 119나 병원 응급실을 호출하지 않는다는 사실이다. 죽어가는 사람들은 가장 사랑하는 사람에게 전화를 건다. 고독사로 죽어가는 많은 독거노인들은 아들과 딸에게 마지막 전화를 걸지만 애석하게도 받지 않는 경우가 많다. 늘상 걸려오는 어미의 안부 전화일 거라 짐스럽게 생각하고 외면한 자식들은 두 번 다시 어미와 통화할 수 없게 된다. 아비의 잔소리일 거라 치부한 전화는 마지막이 되고 이미 숨이 끊어진 아비의 가슴팍에서 휴대전화는 시끄럽게 울어대다 끝내 방전이 되어버린다. 사태의 심각성을 파악하고 일찍 부모를 찾는 자식들은 그나마 멀쩡한 부모의 시신을 인도받게 되지만 시효가 오래 걸려 부모의 안위가 걱정되어 찾아왔을 때는 차마 눈 뜨고 보기 힘든 부모의 마지막과 조우하게 된다.

산동네에서 호출이 왔다. 두 구의 시신이 발견되었다는 연락이었다. 치매 노모를 모시고 살던 아들이 있었는데 일용직 근로자였다. 공사 현장에 일을 하러 갔던 아들은 발을 헛디뎌 부상을 당하게 되었고 근근한 형편에 일자리마저 잃게 된 아들은 툭하면 술을 마셨다고 한다. 술을 자주 마신 아들은 알코올로 인한 합병증으로 사망하게 되었다는 게 마을 사람들이 내린 지당한 추측이다. 아들이 죽고 나자 치매 노인은 누구에게도 구조 요청을 하지 못한 채 굶어 죽었을 것이다. 아들의 주검을 보면서 치매 노인은 막막하고 두려웠을까? 자신이 서서히 죽어가는 것조차 올바르게 인지하지 못한 채 죽어갔을 노인은 어떤 모습을 하고 있을까? 굶어 죽은 시신처럼 끔찍한 모습이 없다던 선배의 모습이 떠올라 팔에 오소소 소름이 돋았다. 현장에 도착하자 의외의 모습이었다. 아들의 주검을 끌어안고 죽은 어미의 모습은 거짓말처럼 평온해 보였다. 냄새가 나는 아들의 시신을 늙은 어미는 품에 안고 편안한 모습으로 누워 있었다. 치매에 걸려 오락가락한 정신이지만 아들의 죽음을 인지하는 순간, 어미는 이미 살지 않기로 마음먹었는지 모른다. 어쩌면 먼저 세상을 등진 아들의 영혼이 홀로 살아남은 어미의 목숨을 거두어 갔을지도. 갖춘 것 없는 살림살이를 정리하면서도 내내 가슴이 아렸다. 사람들의 무관심 속에 방치된 어머니와 아들은 사회복지사가 놓아둔, 다달이 지급된 쌀 봉지도 뜯지 못한 채 안쓰럽게 세상과 작별했다. 불우한 이웃을 돕기 위한 손길도 늘어나고 있지만 무능한 아들이나마 서류상으로 등재되어 있으면 더 구조를 받기 힘들다. 일용직 아들은 끝내 어미의 발목을 잡고 저승길을 함께 떠났고 낯모르는 내게 마지막 짐을 부탁했다.

아들을 두 팔로 꼭 끌어안고 죽은 어머니는 이미 사후경직으로 두 사람을 분리하기 힘든 상황이었다. 고민 끝에 두 구의 시신을 하나의 관에 넣기로 결정을 하였고, 시중에는 두 사람이 들어갈 만큼 큰 관이 마련되어 있지 않아서 특별 주문을 하기로 결정되었다. 활활 타오르는 화장터에서도 어머니는 하나뿐인 아들을 불길 속에서 다시금 꼬옥 끌어안으실 것이다.

사람들이 기피하는 일을 직업으로 택하면서 나는 매일같이 죽음을 마주하고 있다. 유품관리사를 할 수밖에 없는 형편이었다. 고등학교를 졸업하고 바로 취업전선에 뛰어들어 가족의 생계를 책임져야 했지만 고졸 이력으로 취업할 곳을 찾기는 어려웠다. 개인택시를 모시던 아버지께서 뺑소니 사고로 뇌사 상태에 빠진 후 어머니는 간병을 위해 병원에서 벗어날 수 없는 몸이 되었고, 남은 형과 나는 아버지의 병원비를 벌어야 했다. 형은 밤낮없이 지문이 닳도록 박스 공장에서 일하며 힘들게 돈을 벌었지만 아버지는 긴 잠에서 깨어나지 않았고 모든 게 짐스럽고 지겨워진 형은 끔찍한 자살로 생을 마감했다. 뺑소니 사고를 당하고도 변변한 보상조차 받지 못하는 세상, 열심히 살아도 희망이 보이지 않는 더러운 사회, 밑 빠진 독에 물을 퍼 나르는 가장의 몫을 그만두고 싶었던 형은 현실을 조롱하듯 혀를 길게 빼물고 죽어버렸다. 형의 부재로 인해 졸지에 가장이 된 나는 가족의 생계를 위해 일을 가릴 처지가 아니었고, 형의 시신을 수습해주신 유품관리사와 인연이 닿아 이 일에 뛰어들게 되었다. 당장 이사 갈 집도 없이 뿔뿔이 흩어져 살아야 했던 우리는 형의 시신을 수습할 정신도 없었다. 아버지를 일당이 비싼 간병인에게 맡길 처지도 아니었던 우리는 지역 봉사단체의 도움을 받아 유품관리사에게 뒷일을 맡겼다. 형의 주검을 보고도 나는 형이 진심으로 불쌍하기보다 모든 무거운 짐을 내게 남긴 형을 처절하게 원망했다. 형이 이렇게 가버리면 우리는 어떻게 살라고, 통곡하는 나를 보고 장례 절차가 마무리된 후 유품관리사께서 연락을 주신 것이다. 힘든 일이지만 보람이 있는 일이라고 하시며 일을 권해주셨고, 망설일 틈도 없이 나는 유품관리사 일에 뛰어들었다. 주저하고 있을 시간이 없었다. 오롯이 나의 짐으로 남겨진 아버지의 병실 사용료를 더는 밀리지 않고 지불해야 했기 때문이다.

처음 현장에 도착했을 때, 참담한 심정은 표현할 수가 없다. 두꺼운 방독 마스크를 착용했지만 시체 썩는 냄새를 당해낼 수 없었다. 마스크를 뚫는 역한 냄새가 코끝을 자극했고 나는 문 밖으로 뛰쳐나왔다. 포기하고 싶은 순간이었다. 다른 일을 찾아보고 싶었지만 누구도 반겨 하지 않는 일은 보수가 괜찮았고 일을 구하는 동안 생활비를 충당할 일이 막막했다. 견뎌내야만 했다. 나는 다시 한 번 심호흡을 하고 마음을 굳게 다잡고 현장에 들어갔다. 그때, 도착한 유가족의 오열은 나를 겸허하게 만들어주었다. 구더기가 몸을 기어다녀도 그녀는 시신을 끌어안고 울었다. 망자의 누나인 듯싶었다. 나이가 든 누나는 허연 머리칼을 쓸어 넘기며 미안하다고, 이렇게 혼자 죽게 해서 정말 미안하다고, 몇 번이고 말했다.

그 순간, 나는 형의 환영을 보았다. 혼자 죽기로 결심한 형, 얼마나 외로웠을까. 죽음 앞에서 형은 불쌍한 동생의 얼굴을 한 번쯤은 그려보았을 것이다. 어려운 집안 형편은 너무 일찍 형을 철들게 했고, 서둘러 철이 들어버린 형은 하고 싶은 것이 많은 내게 늘 미안해했다. 형의 미안함은 내게 너무도 당연한 것이었다. 가장의 멍에를 짊어진 형은 가장답게 항상 내게 미안해해야 한다고 여겼다. 타인의 죽음 앞에서 나는 형의 죽음을 마주하게 되었고 진심으로 우리 형이 가여웠다. 형의 죽음이 얼마나 초라한 것인지 깨닫게 된 것이다. 내게 삶의 짐을 넘겨준 형은 죽는 순간에도 얼마나 마음이 무거웠을까. 그제야 형의 마음을 돌아보니 지금도 눈물이 난다. 모두 돌이킬 수 없는 일이다. 지금이라도 형이 남긴 커다란 짐을 지고 씩씩하게 걸어야 한다. 그것만이 형의 죽음을 헛되지 않게 하는 길이다.

나는 망자 곁에서 겸손하고 낮아지려 노력했다. 이미 세상을 등진 그도 누군가에게는 하나뿐인 아들이요, 딸이었을 것이고 홀로 방치된 채 죽어야 하는 사람은 없으니까. 나는 유품관리사 일을 하면서 고인이 된 분들을 진심으로 추모하고 다음 생에는 많은 사람들의 보살핌 속에서 외롭지 않기를 빌어드린다. 생의 마지막 순간에 홀로 죽음을 맞이하는 사람들이 지속적으로 늘어나는 추세다. 현대사회는 급변하며, 바쁜 와중에 타인의 마지막을 지켜봐줄 여유가 없다. 가족이 해체되면서 우리는 외롭게 삶을 정리하며 죽는다.

국가에 공을 세운 그였다. 대문에 들어서자마자 거실 정중앙을 떡하니 차지하고 있는 무공훈장이 보였다. 식탁 밑에 널브러진 시신은 왼팔이 없다. 팔이 하나 없는 것이 그의 고단했던 생을 증명하고 있다. 그는 급히 털어 넣어야 하는 약통을 열지 못한 채 생을 다하고 말았다. 요즘은 어린아이를 보호하기 위해 안전마개로 나온 약통이 많다. 안전마개의 잠금을 해제하기 위해서는 먼저 가볍게 누른 후, 화살표 방향대로 돌리기만 하면 된다. 하지만 위급한 순간, 노인들은 이 간단한 절차를 기억해내지 못하고 버둥거리다 안타까운 죽음을 맞는다. 그의 하나뿐인 오른손에는 작은 망치가 하나 들려 있고 둔기에 맞은 약통은 보기 싫게 찌그러진 채 방 안에 나뒹굴고 있다. 저 망치가 정중앙을 제대로 가격했더라면 노인은 죽지 않고 살았을지도 모른다. 애당초 노인에게 두 팔이 있었다면 잠금 해제는 수월했으리라. 살고 싶었던 노인의 최후는 적막했을 것이다. 피비린내 가득한 전쟁에서 팔 하나를 잃고 힘겹게 살아온 노인은 애석하게도 약통 하나를 열지 못해 세상을 떠났다. 뿌옇게 먼지가 앉은 훈장을 벽에서 떼어내며 만감이 교차했다. 국가를 위해 자신의 목숨까지 바치며 치열하게 싸웠지만 국가는 망자의 마지막을 책임져주지 못했다.

가끔 심드렁하게 누워 있는 아버지를 뵐 때면 저것이 진정 살아 있는 사람의 모습일까? 생각해본다. 아무것도 인지하지 못한 채 천장만 바라보고 있는 아버지는 산송장과 같다. 산송장을 돌보며 어머니는 하루가 다르게 늙어가고 있고 요즘 부쩍 여위었다. 나는 집안의 생계를 책임져야 한다는 걸 핑계로 병원을 자주 찾지 않는다. 형이 죽은 후, 생기가 없어진 어머니는 툭하면 나를 껴안고 눈물을 흘리기 일쑤였고 그 흐느낌은 나를 갑갑하게 만들었다. 어머니의 서러운 흐느낌에도 아버지는 천장만 바라보며 산다. 욕창이 생길 수 있어 수시로 몸을 뒤집어줘야 하는 아버지, 얼마 전에 생긴 욕창은 점점 환부가 넓어지고 있다. 제 살이 썩어가는 것도 모른 채 그저 긴 잠만 자는 나의 아버지. 무책임한 뺑소니 운전자는 이런 아버지를 보고 어떤 말을 할 수 있을까. CCTV도 없는 곳이라 도주에 성공하고 경찰의 추적까지 무사히 따돌린 그는, 목격자도 없는 사건이 잘 끝나버려 편안하게 두 발을 뻗고 잠들 것이다. 어머니는 누군지도 모르는 뺑소니 운전자에게 악담을 퍼부으며 울다 지쳐 잠이 들기 일쑤여서 그녀에게서 일상의 변화를 기대하기는 어려웠다. 답답한 현실은 자꾸 가족의 굴레에서 나를 멀어지게 만든다. 많은 사람들의 쓸쓸한 죽음을 보면서 부모에게 잘하는 아들이 되겠다고 다짐하지만 녹록치 않은 삶은 나를 자꾸 이기적으로 만든다.

어머니의 꿈은 소박한 것이었다. 처음으로 18평 아파트를 장만했을 때, 어머니는 좁은 거실에 큰 대자로 누워 세상을 다 가진 양 웃음을 지었다. 어머니의 다음 목표는 24평짜리 집을 갖는 것이었고, 가족들 모두가 어머니의 소박한 꿈을 응원했다. 아버지는 술을 좋아하셨지만 나가서 드시지 않고 집에서 소주를 즐기셨고, 형은 애연가답게 담배를 좋아했지만 금연을 선언했다. 나 또한 용돈기입장까지 적어가며 24평 집을 마련하기 위한 어머니의 꿈을 지지했다. 빚을 잔뜩 끌어안고 산 24평 연립으로 이사 가던 날, 어머니는 너무 좋아서 입을 다물지 못했고 가족 모두가 도와준 덕분이라며 자신의 소박한 꿈을 이뤄준 아버지와 형을 눈물 그렁한 얼굴로 눈 맞춤해주었다. 워낙 가진 것 없이 시작한 신혼 생활에 어머니는 한이 맺혀 있었다. 우리가 갓난쟁이일 때는 울기라도 하는 날이면 집주인이 들을까 봐 벌벌 떨었다는 얘기를 수도 없이 늘어놓던 어머니는 형이 장가가기 전까지 30평대 집을 사서 꼭 이사 갈 거라며 소박한 꿈의 의지를 다졌다.

　강아지 한 마리가 필사적으로 짖어댄다. 이미 고인이 된 주인을 다시 살려놓으라는 듯 발을 동동 구르며 사납게 짖는다. 키우던 반려견 덕분에 비교적 빨리 발견된 중년의 사내는 심장마비로 죽었다. 주인이 쓰러지자 왕왕왕 시끄럽게 짖어댄 덕분에 시신의 부패가 시작되기 전에 수습할 수 있었다. 중년의 사내는 사랑하는 가족들을 위해 열심히 살았을 것이다. 굵고 거친 그의 손마디가 버거운 생을 오롯하게 증명하고 있다. 하지만 아내도 자식도 없는 시간에 애완견 앞에서 죽음을 맞이하고 말았다. 황망한 사연을 전해 듣고 달려온 가족들은 말했다. 공사장 인부인 아버지는 현장을 옮겨 다니며 일을 하시던 분이라고, 그래서 가족 없이 홀로 지방에 내려와 계셨고 삐삐와 함께 지내게 된 것이라며 눈시울을 붉혔다. 씩씩한 녀석의 이름은 삐삐였다. 흰 머리털을 양 갈래로 묶어놓은 모습을 보니 제법 '삐삐'다웠다. 평생 동반자의 길을 약속한 아내도, 깨물어 안 아픈 손가락 없는 자식도 중년 사내의 마지막을 배웅해주지 못했다. 왕왕왕 시끄러운 삐삐만이 주인 곁에서 충직하게 그를 위해 온 힘을 다해 짖었다. 가족보다 훌륭한 삐삐였다. 삐삐는 주인의 죽음을 받아들일 수 없는지 왕왕 짖다가 이

내 사정하듯 낑낑거린다. 방의 군데군데 놓인 가족사진이 아버지의 절절한 사랑을 느끼게 만들어주었다. 휴대폰의 배경화면도 가족사진으로 해둘 만큼 사랑하며 헌신한 가족들이었지만 먼 길 가는데 만나보지 못하고 떠난다. 망자의 발걸음이 가볍지 않을 것이다. 어쩌면 마지막 숨이 끊어지는 순간, 집에 혼자 남을 삐삐를 더 염려했을지도 모른다. 삐삐의 끼니를 걱정하며 죽었을지도 모른다. 누군가의 도움 없이는 물 한 모금도 먹을 수 없는 삐삐가 가슴에 걸려 떠났을지도. 찰나의 순간, 사람은 생각보다 단순해지기 마련이다. 삐삐는 다정한 주인을 잃고 짐으로 덩그마니 남은 자신의 처지를 아는지 애처롭게 낑낑거린다.

주인의 얼굴을 흰 천으로 가리자 달려와 주저앉는다. 삐삐에게도 작별의 시간을 허락해주어야 할 것 같아서 다시금 흰 천을 걷고 주인의 얼굴을 보여주었다. 영리한 녀석은 그것이 제 주인과 마지막인 걸 알고 있는 듯 분홍색 혀를 날름거리며 주인의 수척한 얼굴을 여러 번 핥아주었다. 삐삐의 진심이 담긴 작별은 모두를 숙연하게 만들었다. 말을 할 수 없을 뿐이지 삐삐는 진심을 다해 주인의 죽음을 애도하고 있지 않은가. 삐삐의 서글픈 이별은 남은 가족을 더욱 서럽게 만들었고 울음소리는 점점 더 커졌다. 삐삐는 가족들이 키울 의사를 밝혀 다행이었다. 주인도 죽고 없는 상황에 유기견 센터에 보내지는 반려견도 많다. 유기견 센터에서도 살 수 있는 가능성은 높지 않다. 일단 센터에 입소하면 입양이 가능하도록 공고를 내고 보름 동안 입양을 희망하는 사람이 없을 경우, 안락사 대상이 된다. 돈 많은 부모가 쓸쓸하게 죽은 경우는 많지 않듯 비싼 품종의 강아지일 경우는 입양처가 나타나기도 한다. 허나, 외로운 노인들이 거두었을 나이 많은 믹스견들은 주인의 뒤를 따르는 경우들이 허다하다. 노령견일수록 약값이 많이 들고 손이 많이 간다는 것이 입양을 꺼리는 이유이다. 이왕 맞을 반려견이라면 귀엽고 앙증맞은 녀석을 희망할 뿐, 나이 들어 곧 짐이 될 짐승은 모두들 내켜하지 않는다. 그나마 삐삐는 주인의 남은 가족들이 녀석의 생을 책임져줄 테니까 운이 좋은 편이다.

유품을 정리할 때, 자신의 수의를 마련해둔 경우를 종종 만난다. 자신의 마지막 가는 날, 입을 옷을 고르고 미리 영정 사진을 찍어두신 어르신들을 대할 때면 마음이 헛헛하다. 자신의 떠나는 순간까지도 자식들의 일을 덜어주고 싶은 부모의 마음이 느껴져 코끝이 시큰해진다. 자신의 수의를 고르며 어떤 마음이셨을까? 당신 한 몸 마음대로 떠나지 못하고 후일까지 염려했을 떨어지지 않는 발걸음이 느껴져 가슴이 아팠다. 아버지는 사람 좋은 분이셨다. 촉각을 다투는 임산부를 위해 차를 대기했고 양수가 터져버려 시트를 세탁해야 해도 허허 웃는 분이셨다. 아기가 무사하니 얼마나 좋으냐고 챙겨주는 세탁비조차 손사래 치며 거절하신 분, 술이 취한 어르신은 돈도 받지 않고 집에 모셔다 드리고 차비가 모자란 대학생들은 목적지까지 가진 돈만 받고도 데려다 주셨다. 있는 돈만큼만 타고 걸어가겠다는 학생들이 귀엽고 모두 내 자식 같다며 너털웃음을 지으시던 아버지였다. 부산까지 택시를 타고 간다며 콜을 하고서는 휴게소 중간에서 사라져버린 사기꾼을 진심으로 걱정하던 속없는 사람이었다. 손님이 두고 내린 휴대전화나 지갑은 반드시 파출소에 가져다주었고 자신의 업을 소중히 여겨 휴일이면 택시 내부 세차까지 꼼꼼하게 하시던 아버지. 그런 마음씨 좋은 아버지께 왜 이런 기구한 일이 일어난 걸까. 착한 사람의 불행은 지켜보는 사람을 더 화나게 만든다.

아버지의 정신이 온전하셨더라면 아버지도 아마 미리 수의를 준비하셨을 것이다. 어머니와 손을 잡고 시장에 나가 어머니에게는 비싼 최고급 수의를 사주시고 당신의 것은 저렴한 것을 고르셨을 아버지! 그런 아버지가 바라보는 세상은 오직 천장뿐이 되었다. 수의를 받아든 유가족들은 흐르는 눈물을 감추지 못한다. 떠나는 순간까지도 가족에 대한 걱정만으로 사셨을 부모님 생각에 뒤늦은 참회의 눈물을 흘린다. 보자기에 곱게 싸여진 수의는 자식을 향한 마지막 사랑의 인사다.

24평 아파트에서 살며 소박한 꿈을 이어갔더라면 우리 가족의 행복은 보장되었을까? 아버지가 사고를 당하기 일주일 전, 우리는 30평대 아파트를 운 좋게 낙찰받았다. 경매 컨설팅 회사에 다니는 아버지의 친구가 눈여겨 봐둔 몫이 좋은 자리의 아파트였다. 자신들이 이사를 가려고 계획을 세웠지만 자금 형편이 여의치 않아 아버지께 선심을 쓰는 거라며 컨설팅 비용도 받지 않고 낙찰을 받아준 30평대 아파트는 32평짜리지만 확장 시공을 해서 집이 더욱 넓어 보인다고 했다.

아버지는 사업이 망해 이사를 가는 그들의 사정이 딱하고 마치 남의 집을 빼앗는 것 같아 내키지 않아 하셨지만 어머니는 달랐다. 차려놓은 밥상도 받아먹지 못하는 사람이 어디 있냐며 신속히 경매를 진행했고 결국 원했던 가격에 낙찰을 받았다. 두 번이나 유찰된 아파트였기 때문에 우리가 아니더라도 아파트를 탐내는 사람은 있었을 것이다. 허나 아버지는 이사 갈 곳이 없는 사람들의 처지를 생각하며 어머니께 아파트에 대해 먼저 말을 뺀 것을 후회하는 듯 보였다. 어머니는 내 집이 된 이상 그들에게 시간적 여유를 허락하지 않았다. 이미 떠나야 할 집인데 오래 살면 살수록 미련만 남는다는 것이 어머니의 생각이었다. 수시로 이사를 나갈 사람을 닦달하는 어머니를 보며 오래전, 갓난아기 울음소리로 어머니를 다그쳤던 집주인 아주머니의 얼굴이 그려졌다. 이사를 나가야 하는 그들은 "쫓겨나는 사람 심정도 좀 헤아려주세요! 더는 이 집이 우리 집이 아니라는 거 잘 알고 있구요, 이사 갈 집은 알아보고 나가야 할 거 아니에요!"라며 악다구니를 쓰고 전화를 끊어버렸다. 우리가 그들의 집을 탐하지 않았다면 이런 불행은 일어나지 않았을지도 모른다. 성급히 놓아버린 전화는 종료되지 않은 상태였고, 채 끊이지 않은 전화기 너머 "니들도 똑같이 당하고 살 날이 올 거야!"라는 악담을 똑똑히 들었다.

이미 백골화가 되어버린 시신이 있었다. 그가 백골화되어가는 동안 왜 아무도 그를 찾지 않았을까, 유품이라고는 변변한 가구 하나도 없다. 이불 속에 말라붙어버린 그는 누군가 찾아오길 포기한 듯 표정조차 판별할 수 없게 뼈만 앙상하다. 가여운 인생이다. 그의 표정을 읽을 수 없는 건 어쩌면 다행스러운 일일지 모른다. 마주 보기 힘든 슬픔의 얼굴을 하고 있는지도 모른다. 그는 죽음의 원인조차 밝힐 수 없을 지경이 되었고, 유가족을 찾을 수 있는 길도 막막했다. 원룸 전세에 세 들어 살고 있던 그는 집주인의 신고로 발견되었다. 전세 기간이 만료가 되었는데도 연락이 닿지 않았단다. 집을 세놓고 외국에 나가 살다가 다시 자신의 집에서 살고자 계획했던 집주인은 참담해 보였다. 사정이 있어서 5년을 계약하고 나갔는데 그것이 화근이 되었다며 최대한 소문이 나지 않게 일을 신속히 진행해달라고 했다. 듣는 사람도 없는데 주변을 살피며 말소리를 낮추어 얘기하던 주인은 이사 들어올 사람도 없을 거라며 젖은 한숨을 거푸 내뱉었다.

시신이 오랫동안 잠들어 있던 장소는 사이사이 고인의 죽음의 냄새가 배어 있었다. 약품 처리를 해도 냄새는 잘 빠지지 않았고 벽지를 모두 걷어내도 소용없었다. 사방을 온통 열어놓고 작업을 해도 환기가 될까 말까 한 판국에 쉬쉬하기를 원하는 집주인 덕분에 늦은 밤 시간이 아니면 환기조차 할 수 없었다. 백골화가 되어버린 그는 집주인에게 남겨둔 서류 덕분에 신원은 확인되었지만 여전히 유가족은 나타나지 않았다. 집주인은 다시 자신의 집에 살 수 없게 되었고 급매물로 시세보다 싼 값에 집을 내놓아야겠다며 울상을 지었다. 자신의 집에 세 들어 살던 세입자에 대한 경건한 애도는 없었다. 하필이면 내 집에 와서 최악의 죽음을 맞이한 그를 마음 깊이 원망하고 있음이 역력히 드러났다. 그의 남겨진 옷가지는 폐의류를 담당하는 곳에서 실어 갔다. 그의 책상을 정리하는데 일기장이 한 권 떨어졌다. 일기장 사이에 끼워져 있는 한 장의 사진 속에는 어린 꼬마 아이가 환한 웃음을 지으며 이쪽을 넘겨다보고 있다. 귀중하게 간직한 사진 속의 여자아이라면 그를 위해 슬프게 울어줄 수도 있을 것 같다. 나는 사진을 잘 보관했다가 경찰서에 가져다주기로 하고 차분히 다른 유품들을 정리했다.

선배가 들려준 이야기다. 한 유품관리사가 유품을 정리하고 있는데 고급 시계가 한 점 나왔더란다. 형편이 넉넉하지 않았던 그는 몰래 시계를 챙겼고 당분간 지니고 있다가 팔 요량으로 자신의 집에 보관해두었다고 한다. 누가 봐도 알 정도로 값나가는 브랜드의 시계였다고 했다. 유품을 정리하면 망자의 생활수준을 대략적으로 짐작할 수 있다. 사는 형편에 비해서는 값진 시계였는데 돈이 욕심나 얼른 주머니에 넣었다고 했다. 그 뒤, 밤마다 귀신 꿈을 꾸었다고 했다. 죄책감에 꾼 꿈이라고 하기에는 너무도 선연한 장면들에 유품관리사는 결국 유족을 찾아가 용서를 빌었고 시계를 돌려주었다고 했다. 거짓말처럼 그 후에는 귀신 꿈을 꾸지 않았다며 남겨진 물건이지만 원래의 주인은 정해져 있는 법이라고 했다. 시계는 돌아가신 아버님이 아들에게 주고픈 유품이었고 고인은 살아생전, 그 물건을 많이 아꼈다고 했다. 그래서 유족들도 시계가 유품 목록에서 사라진 것에 대해 의구심을 품고 있던 참이었다고 했다. 선배는 말했다. 우리는 망자의 짐을 싸는 사람들이야. 유족을 속이면 안 된다. 유족을 속여먹기는 쉬웠다. 사람이 죽어나간 장소에 발을 들이고 싶어 하는 사람은 없었고 망자에게 관심을 기울이는 사람들도 극히 적었기 때문이다. 하지만 유품관리사들은 마지막 이삿짐을 정리하는 경건한 마음으로 돌아가신 분의 물건을 절대 탐하지 않고 유족들이 제대로 전달받을 수 있도록 노력한다. 그것이 우리에게 숙명처럼 주어진 일이기 때문이다. 다시는 돌아올 수 없는 먼 길로 이사를 떠나는 분들에게 우리는 최대한 품격 있는 예우를 갖춘다. 고인이 남긴 짐을 정성껏 포장하고 돌아가신 분의 입장이 되어 하나하나 소중하게 챙긴다. 언뜻 보기에는 값도 나가지 않고 쓸모없는 물건처럼 보일지라도 망자에게는 추억이 서려 있는 세상에 하나뿐인 물건일 수도 있다.

엄마는 요즘 산송장과 사느니 죽는 것이 편하겠다는 말씀을 자주 하신다. 오랜 병간호로 인해 많이 지치신 것이다. 산송장이 된 아버지는 자신이 살아 있는 송장이라는 사실도 모른 채, 그저 천장만 바라보고 있다. 뺑소니 운전 차량의 가해자가 차라리 아버지를 즉사하게 만들었다면 어땠을까? 뇌사 상태에 빠져 생명을 연장하고 있는 아버지는 자신의 의도와는 상관없이 어머니를 곤경에 빠뜨려놓았고 실낱같은 희망으로 아버지가 깨어나길 기다렸던 어머니는 날이 가고 달이 차고 계절이 변하고 해가 바뀌어도 도통 깨어나지 않는 아버지를 향해 지겹다는 말을 서슴지 않았다. 그렇게 버거워했다가도 다시 불쌍하고 측은한 마음으로 챙겨주는 어머니, 살뜰히 보살피다가도 불쑥 불쑥 증오의 말을 툭툭 던지는 어머니는 차츰 예전의 웃음 많던 인자한 모습을 상실해갔다. 뺑소니 운전자는 이런 우리 집안의 풍경을 상상이나 할 수 있을까? 한숨이 절로 새어 나왔다. 어머니를 위해 틈틈이 병원을 찾아 간병을 돕고 월차 휴가에는 어머니만의 시간도 드리리라 마음먹었다. 병문안을 오는 친구들도 이제는 거의 없다고 말씀하시던 어머니, 친척들도 돈벌이가 신통치 않은 우리가 손을 내밀까봐 벌벌 했고 자연스럽게 거리를 두며 멀어져갔다. 환자가 아닌 보호자 자격이지만 매일같이 병원 밥을 먹어야 하고 아픈 환자들 곁에서 생활하는 것이 얼마나 답답할지 생각해보니 마음이 아렸다. 산송장과의 시간이 아닌 어머니만의 시간을 갖고 잠깐이라도 홀가분하게 쉴수 있도록 만들어드려야겠다. 아버지는 긴 잠을 자며 멋진 드라이브를 즐기고 계신지도 몰랐다. 생업을 위해 운전대를 잡았던 아버지는 자신만을 위해 핸들을 잡고 긴 여행을 즐기고 계시는 중일지도 모른다. 자신이 가족의 짐이 되었다는 사실도 모른 채 아버지는 그렇게 죽어가고 있다.

『금강경』의 한 대목이 떠올랐다. '산다는 것은 죽어가는 것'. 죽은 형은 그 말을 자신의 책상 위에 커다랗게 써놓고 좌우명처럼 되새김하곤 했다. 모두가 죽음을 향해 가고 있지, 하지만 산다고 생각하니 인생이 허투루 살아지는 거야, 내일이 인생의 마지막인 것처럼 열심히 살아야 해. 내게 짐짓 자랑스럽게 자신의 철학을 이야기하던 형은 내게 고된 짐을 맡기고는 무심히 떠나버렸다. 삶과 죽음의 경계에서 형은 서둘러 죽음을 재촉했다. 고마운 줄 모르고 받기만을 바라는 동생도, 분명 형에게는 짐스러운 존재였을 것이다.

사회복지사의 연락을 받고 도착한 곳은 노인의 고독사 현장이었다. 그의 처절한 외로움을 증명하듯 화분이 가득했다. 혼자 남은 노인은 화분에 물을 주며 식물에게 말을 걸었을 것이다. 노인이 떠나자 더는 물을 받아먹을 수 없는 화분들은 형편없이 뒤틀려 말라버렸다. 가꾸던 손길이 떠나자 힘없이 죽어갔을 가여운 생명들이다. 볕이 잘 드는 곳에 화분을 놓아두고 때에 맞춰 물을 주면서 노인은 자신의 일상을 생기 있게 가꾸고자 노력했을 것이다. 대화할 사람이 존재하지 않는 빈집에서 화분들은 그녀의 친구처럼 이야기를 받아주었을 것이고 화분을 가꾸는 재미에 소소한 일상이 소중했을 것이다. 애처롭게 죽어버린 화분들은 노인이 방치된 시간이 짧지 않았음을 증언하는 셈이다. 지저분하고 흉물스럽게 변해버린 화분을 정리하는데 죽은 화분들 사이, 여전히 건재하게 살아 있는 행운목이 눈에 들어왔다. 돌보는 손길이 없었지만 굴하지 않고 꿋꿋하게 버텨낸 행운목을 보니 마음이 짠했다. 열악한 환경 속에서도 행운목은 새 잎을 틔우고 최선을 다해 살아남고자 버둥거렸을 것이다. 연두색 새 잎이 그렇게 반가워 보일 수가 없었다. 만약, 화분의 주인이 살아 있었으면 대견한 녀석의 초록 잎을 반질반질 닦아주었을 것이다. 고인의 정성스런 손길이 남아 있는 소중한 유품을 나는 깨어지지 않게 스티로폼으로 조심스레 감쌌다. 사회복지사는 생전 얼굴을 많이 대면했던 할머니의 죽음을 안타까워하며 좀 더 들여다보지 못한 자신을 책망하고 있다. 복지 예산은 적고 돌봐야 할 인구는 점차 늘어나는 실정에 누가 복지사를 탓할 수 있으랴. 할머니의 죽음과 함께 말라 죽은 화분들은 쓸쓸한 죽음을 더욱 비극적으로 만들어주었다. 유품관리사 일을 하면서 나는 유품들은 고인의 인생을 투영한다는 사실을 알게 되었다. 화분을 어여쁘게 가꾸며 인생의 마지막을 정갈하게 지내셨던 할머니는 성품이 단정하고 단아한 외모를 가지셨을 것이다. 문득, 행운목의 질긴 생명력은 이름과 너무 맞아떨어진다고 생각되었다. 녀석은 말라 죽기 전, 안전하게 구조되었음으로 제 이름값을 하며 연한 초록 잎들을 맘껏 틔울 수 있게 되었다.

복지사의 흐느낌을 뒤로하고 문을 닫고 나오는데 옆집에 사는 꼬마가 삐죽이 내다본다. 그러고는 불현듯, 할머니의 안부를 묻는다. 할머니는 어디 계세요? 유치원에서 맞춘 원복을 입고 있는 것으로 보아여섯 살이나 일곱 살쯤 된 예쁘장한 외모의 꼬마 숙녀다. 화분을 가꾸신 정성으로 보아 이웃에게도 마음을 기울였을 할머니, 꼬마 숙녀도 요즘 통 뵐 수 없는 할머니를 걱정했던 모양이다. 나는 잠시 망설이다가 할머니는 하늘나라에 가셨단다, 라고 이야기해주었다. 아이는 방긋 웃더니, 할머니가 이사를 가셨구나! 그래서 통 보이지 않았구나! 라고 이야기를 하며 나의 하늘나라 이야기에 사뭇 안도하는 표정을 짓는다. 그러고는 내게 그럼 아저씨는 하늘나라 이삿짐을 싸는 사람이군요! 라며 내 직업을 새롭게 정의해준다. 꼬마 숙녀의 말간 웃음이 너무 예쁘다. 유품관리사라는 이름보다는 근사한 이름이다. 그랬구나! 나는 홀로 먼 길을 떠나는 망자의 하늘나라 이삿짐을 싸는 사람이로구나. 꼬마 숙녀 덕분에 나는 앞으로 내 직업을 좀 더 사랑할 수 있게 되었다.

병원에서 전화가 걸려왔다. 아직도 밀린 병실 사용료가 정산되지 않은 모양이다. 전화를 받자 귀에 익숙한 수간호사의 음성이 들려왔다. 아버지의 상태가 급격히 나빠지고 있으니 속히 병원으로 들어오라는 전갈이었다. 한 번 심정지의 고비를 위태롭게 넘긴 아버지께서 오늘을 넘기기 힘들 것 같다며 담당의가 보호자에게 연락을 취하라고 했단다. 다시 한 번 심폐소생술을 실시하기는 어려울 것 같다며, 환자의 상태가 나빠서 갈비뼈가 부러져 폐를 찌를 수 있기에 다시 한 번 심정지가 온다면 그냥 보내드리기로 했다는 이야기를 전달해주었다. 순간, 어머니의 얼굴이 그려졌다. 심폐소생술을 실시하지 않는다는 보호자 서명을 하며 손을 벌벌 떠셨을 어머니, 오로지 내가 오기만을 기다리고 계실 당신께 속히 가봐야 한다. 병원에 도착하니 반쯤 넋이 빠진 어머니가 퀭한 눈으로 나를 맞았다. 흐리멍덩한 눈의 아버지는 산송장일지언정 생사의 고비를 넘는 것이 힘겨웠는지 눈가가 축축하게 젖어 있다. 뺑소니 사고의 피해자가 되어 억울하게 죽는 자신의 처지도 알지 못한 채, 그저 몸이 힘드니 흐르는 눈물일 것이다. 그 사실이 아버지를 더욱 불쌍하게 만들었다. 나는 아버지의 손을 잡고 말했다. 아버지! 힘을 내요. 그래도 살아야지. 우리 함께 잘 살아야 되지 않겠습니까. 이대로 죽을 수는 없어요. 힘을 내요. 어머니는 담담하게 뱉는 내 말에 목이 콱 막혀 꺽꺽 소리를 내며 우셨다. 망자의 모습들을 많이 보아온 까닭에 죽음의 그림자를 가늠할 수 있게 된 나는 아버지가 이미 틀렸다는 걸 알 수 있었다. 굵은 눈물이 주르르 흐르더니 아버지는 생의 끈을 놓았다.

급하게 호출을 받고 들어온 담당의는 작은 소리로 속삭이듯 말했다. 심장은 멈췄지만 아버지의 귀는 아직 듣고 있어요. 사람의 신체에서 가장 늦게 죽는 것이 귀랍니다. 아마도 신께서 아름다운 이별의 시간을 허락해주신 것 같아요. 지금 이 시간을 놓치지 마시고 아버지께, 남편께 하고 싶은 이야기 모두 하세요. 후회하지 마시구요. 담당의는 시간을 확인하고 아버지께 최종 사망 시간을 선고했다. 그리고 우리들이 편안하게 아버지의 마지막을 배웅할 수 있도록 자리를 비켜주었다. 아버지의 귀가 살아 있다면 아버지는 당신의 사망 시점을 똑똑히 알고 계실까? 육신을 떠난 당신의 영혼은 말짱하게 깨어나 우리의 묵직한 슬픔을 보고 계실까. 아직은 열려 있다는 아버지의 귀에 대고 어머니가 나지막한 소리로 말했다. 편히 가요, 산송장처럼 사느니 육신의 감옥을 떠나서 훨훨 자유롭게 날아다니며 살아요. 당신을 짐짝처럼 생각해서 정말 미안해. 그 죄는 죽어서 받으리다. 혹, 다시 태어나려거든 한 마리 새로 태어나서 마음껏 날아다니며 사시구려. 어머니의 마지막 말을 들으며 나는 차마 소리 내어 뱉지 못한 말이 있다. 아버지! 당신을 짐스럽게 생각해서…… 진심으로 죄송합니다, 였다.

언젠가 치매를 앓던 아내를 돌보던 남편의 죽음을 거둔 적이 있다. 치매로 인해 정신이 온전치 못한 아내를 케어하면서도 그는 불평 한 마디 없는 착한 남편이었다. 치매 아내를 집에 두고 할 수 있는 일이 마땅치 않아 택시 운전을 하였는데 늘 아내를 조수석에 태워 다니는 마음씨 착한 사람이었다. 간혹 그 택시를 타는 승객들은 기사의 인간성을 극찬하며 쉽게 할 수 없는 일이라며 입을 모았다. 사연을 접한 대부분의 사람들은 남은 잔돈을 받지 않고 내리려 했지만 그는 손사래를 치며 사양했다고 한다. 정정당당하게 돈을 벌고 싶다고 아직은 동정을 받고 싶지 않다며 훗날, 진짜 도움이 필요할 때는 공개적으로 도움을 구하리라 약속했단다.

하지만 그는 우리에게 다짐한 약속을 지키지 않았다. 본인이 몰던 택시의 운전대를 놓고 차 안에 번개탄을 피웠다. 차 안에서 발견된 유서에는 본인 또한 깜빡깜빡 무서운 치매 증상을 보이고 있다며 남아 있는 가족들에게 짐이 되고 싶지 않아 함께 떠난다는 활자가 야속하게 적혀 있었다. 그렇게 부부는 질식사로 숨을 거두고 말았다. 모진 아비는 자식들에게 평생 씻을 수 없는 마음의 짐을 남긴 채 먼 길을 떠나버린 것이다. 그토록 애지중지했던 아내의 동의 없이 목숨을 거두어 가면서 마지막에 그는 어떤 말을 했을까. 그는 택시 운전을 하며 근근이 모았던 돈을 자식에게 남겼고 부부의 결혼 예물은 팔아서 치매 노인들을 위해 써달라고 지자체 센터에 위탁해놓았다. 우연히 노인의 유서를 첫 번째로 읽게 된 나는 모든 것을 내려놓고 혼자 죽음을 준비했을 노인의 모습을 그려보고 울컥 목이 메었다. 사랑하고 살면서도 우리는 어쩔 수 없이, 짐스러운 스스로의 존재를 인정해야만 하는 각박한 현실 속을 헤매고 있다.

병원에서 간소하게 장례 절차를 마치고 어머니를 모시고 집에 돌아왔다. 어머니와 함께 아버지의 남은 짐을 챙겼다. 당신의 옷가지를 정리하고 더는 신을 사람이 없게 된 신발을 신발장에서 빼냈다. 듬성듬성 비워진 신발장은 난 사람의 자리를 눈으로 확인시켜주었다. 아버지께서 소중히 여겼던 앨범들도 차분히 정리했고 모범 기사가 되어받은 기념패도 차곡차곡 정리했다. 유품관리사 일을 하면서 많은 물품들을 정리해보았다. 그래서 아버지의 유품을 정리하는 일도 별 차이가 없을 거라 생각했는데 가족의 유품을 정리하는 심정은 달랐다. 더 아리고, 짠했다. 당신을 한 번 더 돌아보고 싶은 욕심 때문에 속도를 내지 않고 일부러 더디게 정돈했다. 아버지의 유품들은 우리에게 많은 얘기를 하고 있었다. 살아생전, 선물받은 넥타이를 아끼고 아껴 형에게 줄 거라고 하셨던 아버지, 그레이 톤 넥타이는 이미 색이 바랜 지 오래였다. 무좀이 심했던 아버지의 뒤축이 닳아빠진 발가락 양말이며 손때 묻은 가죽 지갑, 형과 내가 용돈을 모아 선물해준 구형 디자인의 저렴한 메탈 시계가 보석함 중앙에 떡하니 자리 잡고 있었다. 당신의 유품, 사이사이에 아버지의 사랑이 가족을 위한 희생이 오롯이 살아 숨 쉬고 있었다. 넉넉하지 못한 형편에 가족을 부양하시면서도 오직 '사랑'으로 우리를 대하셨던 아버지, 그런 아버지의 험난한 마지막을 나는 짐스럽게만 생각했다.

　아버지의 사망 소식을 알고 처음에는 하늘이 무너지듯 슬펐지만 시간이 흐르자, 나의 서글픔은 희석되었고 한편으로는 마음이 가벼웠다. 건강하던 아버지가 들어놓은 여러 보험은 치료가 보장되는 것은 거의 없고 사망한 후 유가족에게 사망보험금이 지급되는 것이 많았다. 당신의 가파르고 짧은 생을 마치 알기라도 했던 것처럼 사망보험금이 큰 상품만을 잔뜩 들어놓으신 것이다. 치료비가 궁핍하던 우리는 아버지의 선택을 비난하며 형편이 쪼들릴 때마다 아버지를 원망했다. 형은 차라리 아버지가 돌아가셨으면 남은 가족은 편했을 거라며 모진 말을 했고, 어머니도 날선 말을 뱉는 형을 나무라지 못했다. '사망확인서'. 아버지의 죽음을 서류상으로 확인했을 때, 나는 무정하게도 사망보험금의 증권약관이 떠올랐고 서둘러 보험을 청구해야겠다는 생각을 했다. 아버지가 하늘나라로 이사 가시는 슬픈 날, 슬픔의 무게에 무감해진 나는 좋은 집과 넓은 평수의 아파트를 떠올렸던 것이다. 부모의 주검을 돌아보려 하지 않는 냉정한 자식들과 다를 게 없다.

　흘릴 눈물도 없다고 생각했는데, 나는 아버지의 짐을 싸며 죄스러워 운다. 그리고 당신의 귀가 살아 있다는 말을 듣고도 끝내 하지 못했던 죄스러운 고백을 이제야 한다. 아버지, 당신이 살아 계신 시간을 짐스럽게 생각해서 정말 죄송합니다. 아버지를 짐이라 여겼던 저를 부디 용서해주세요. 속절없이 흐르는 눈물을 훔치고 당신을 배웅할

준비를 했다. 마지막 짐을 정리하는 일은 늘 슬펐지만 내 아버지의 짐
이 가장 서글프고 무거웠다. 녹록치 않은 생의 짐이다.

| 나의 씨몽키

나의 씨몽키

대입 수시 원서를 마감하던 날, 제자 녀석이 '씨몽키 (sea Monkey) 키우기' 상자를 뜯었다. 숨 가쁘게 앞만 보며 달려온 아이들의 작은 일탈이었다. 요 앞에 생활용품점에 갔더니 이게 있지 뭐예요, 라며 사뭇 상기된 얼굴로 상자를 내민다. 옅은 파란색 상자 위에는 작고 앙증맞은 빨간 새우가 긴 수염을 늘어뜨리고 동그란 눈을 귀엽게 치떠 이쪽을 건너다보고 있었다. 관상용 새우인데 손바닥만 한 작은 수조에 수돗물을 넣고 포장된 알을 넣으면 된단다. 휴면 상태의 씨몽키 알을 살기 적합한 상태로 만들어주면 휴면란에서 깨어나 생명 활동을 시작하게 된다는 설명을 덧붙여주었지만 나의 고개는 절로 갸웃거려졌다. 여러 개의 알 중에 몇 개의 알이 부화에 성공하면 뭔가 꿈틀거리는 것이 생기는데 그것이 바로 관상용 바다 새우라며 이틀에 한 번 먹이만 넣어주면 된다는 것이다. 포장되어 있는 알이 부화할 수 있다는 것이 놀라웠다.

나는 아이들을 향해 물었다. 그건 정말 살아 있는 거니? 나의 목소리는 나도 모르게 살짝 격양된 어조로 변해 있었다. 나는 침을 한 번 꿀꺽 삼키고 침착하게 말을 이었다. 내 말은…… 생명이 있는 건지를 묻는 거야. 아이들을 향한 첫 질문이었다. 그럼요! 살아 있는 거죠. 예전에 한 번 키워봤는데 잘 크면 새끼 손톱만큼도 커요. 발랄한 말을 받아 똑똑한 제자 녀석이 다소 성가신 듯 말을 이었다. 씨몽키는 서식 환경이 척박한 곳에서는 단단한 키틴질로 덮인 알을 낳는데, 이 알은 강인한 생명력을 가지고 있다고 했다. 과학자들은 가사 상태에서 다시 깨어나는 과정을 거치는 이런 생물을 '음폐생물'이라고 명명한다고 말해주었다. 말이 끝나기가 무섭게 서로 친한 녀석 세 명이 한 명은 수족관을 씻어 수돗물을 받아 오고 또 한 명은 알이 담긴 포장을 뜯고 또 한 명은 공기를 넣어줄 스포이트를 테스트하며 일사불란하게 움직였다.

대체 이런 게 왜 키우고 싶니, 나는 퉁명스럽게 물었고 아이들은 시큰둥하게 그냥요, 재밌잖아요, 라고 답했다. 단지 재미 삼아 생명을 키우는 녀석들을 혼내고 싶었지만 전날 원서를 마감하면서 피로가 쌓인 나는 녀석들이 하고 싶은 대로 하도록 내버려두었다. 내가 키울 새우들이 아니고, 녀석들의 몫이니 모른 척하면 그만이다. 공연히 나무랐다가는 잔뜩 날이 선 아이들과 괜스레 신경전만 벌이게 될 것이다.

아이들은 검정색 매직으로 또박또박 오늘 날짜를 적었고 자기들의 이름을 썼다. 휴면 상태의 알을 깨어나게 만든 전지전능한 녀석들이 자신의 이름을 검정 매직으로 굵직하게 썼다.

나는 생명을 키우는 것을 싫어한다. 아니 두려워한다는 표현이 훨씬 더 정확하다. 8개월 된 아이가 뱃속에서 죽어버린 이후로 나는 생명을 품는 것을 겁내는 여자가 되었고, 서른여섯. 임신 시기를 놓쳐버린 고위험군에 속해 있지만 아이 가질 엄두도 내지 못하고 있다. 다니는 산부인과에서는 기형아 출산 위험이 점점 높아지고 있으며 나이가 많을수록 임신성 당뇨에 걸릴 확률도 높아지고 있다며 서둘러 아이를 가지라고 권해주지만 망설여지는 내 마음을 나도 어쩔 도리가 없다. 뱃속에서 잘 자라고 있던 아이는 탯줄이 목에 감겨 어이없게 죽어버렸다. 확률적으로 희박한 일이 내게 일어난 것이다. 탯줄이 목에 감겨 죽은 아이는 힘주어 낳아야만 할 만큼 많이 성장해 있었고, 사산아를 출산한 경험은 내게 큰 충격을 안겨주었다. 나는 차마 내 뱃속에 품고 있던 아이를 보지 못했다. 아이의 아빠만이 얼굴을 보고 작별 인사를 했다. 부모 중 누군가 해야 할 일이었고 엄마가 할 수 없는 일이니 아빠가 하는 것이 옳았다. 잘 갔…… 어……. 아이를 보낸 남편은 내게 그렇게 상황을 마무리했다.

뱃속에서 쿵쿵 발길질하며 힘차게 놀던 아이가 세상을 떠났다는 사실이 도무지 믿어지지 않았다. 아기가 없는 뱃속은 허전하기만 했다. 더 이상 아이와의 교감을 나눌 수 없었고 나는 심각한 우울증을 앓았다. 지금은 많이 호전되긴 했지만 아직도 약을 처방받아 복용하고 있다. 그 뒤로 나는 살아 있는 것들을 키우는 것을 두려워하게 되었고 생명을 품는 일에 겁을 집어 먹고, 남편의 불만에도 꾸준히 피임약을 먹고 있다. 예전에는 작고 귀여운 토이푸들을 키우기도 했고, 문조 한 쌍을 분양받아 정성껏 기르기도 했지만 이젠 더는 키우지 않는다. 살아 있는 것은 언젠가는 죽기 마련이고 그 죽음을 두 번 다시는 보고 싶지 않다. 장기간 피임약을 복용하니 부작용이 생겨 몸이 수시로 붓는다. 임신 계획이 없다면 모르지만 이제는 약을 끊고 자녀 계획을 세워보라고 산부인과 전문의는 조심스럽게 권한다. 하지만 아직은 자신이 없다.

아이를 사산한 내게 친정 엄마는 해산 국밥을 끓여다 대령했다. 몸이 힘든 것은 똑같다며 너는 마음까지 힘드니 먹는 것이라도 되게 잘 먹어둬야 한다고 내게 단단히 일렀다. 아마도 엄마는 내가 나쁜 마음을 먹게 될까 봐 더욱 두려우셨을 것이다. 아이를 출산하면 내게 먹이려고 단단하고 예쁜 해산 바가지를 사고, 발품 팔아 좋은 기장 미역을 준비해두셨을 나의 친정 엄마는 차마 나와 눈을 마주치지 못하고 국밥 한 그릇을 들이밀고 도망치듯 병실을 떠나가버렸다.

아이를 잃은 내게 간호사가 찾아와 복대를 쥐어주며 말했다. 절대로 미역국은 드시지 마세요. 젖이 돌거든요. 내일부터는 젖이 돌지 않도록 유선을 끊는 약을 처방해드릴 거예요. 복대는 배에 차는 게 아니구요, 가슴을 압박하는 용도로 쓰시면 돼요. 하지만 나는 엄마가 눈물로 끓여 온 미역국을 차마 버릴 수 없어 꾸역꾸역 밀어 넣었다. 아이를 따라 죽을 용기가 없었으므로 눈물로 밥을 씹어 삼켰지만 이내 아이를 죽게 하고 식사 중인 나 자신이 혐오스러워 헛구역질이 올라왔다. 왠지 나는 밥을 먹을 자격조차 상실해버린 인간 같았다. 간호사의 지시대로 가슴을 복대로 단단히 동여매고 엎드린 채 나는 밤새 꺽꺽 울었다.

　오늘 예정된 특별한 수업은 없었다. 지원 원서를 다시 점검하고 면접일이 겹치지 않는지 확인하고 농어촌 출신을 인정받을 수 있는 경우, 대학 입학관리처에 보내야 할 서류들을 간단히 체크했다. 아이들은 서둘러 가방을 둘러메고 일어선다. 여섯 개의 원서만을 쓸 수 있는 어제의 치열했던 하루는 녀석들에게도 고단했을 것이다. 입학 서류를 넣어두고 기다리는 마음이 편치는 않을 것이다. 오늘 하루쯤은 저희들끼리 어울리며 맛있게 밥도 먹고 차도 마시고, 노래방도 가겠노라고 말한다. 목청껏 노래를 부르고 스트레스를 확 날려버릴 계획이라며 능글맞게 웃는다. 이어, 내일 다시 학원에 와야 하니까 씨몽키 수조는 이곳에 놓아두겠다며 쓰지 않는 책장 맨 위를 가리킨다. 아직 부화한 것이 아니기 때문에 그냥 두기만 하면 되는 것이고, 오늘 같은 날 저 수조를 들고 돌아다닐 수는 없다며 슬금슬금 눈치를 보며 줄행랑을 친다. 그렇게 씨몽키는 뽀얗게 먼지가 내려앉은 내 책장 위에 놓이게 되었다.

　죽은 아이를 위해 시부모님은 장례를 치러주었다. 죽은 것도 가여운데 차가운 냉장고에 안치했다가 종이 박스에 담겨 수거당하는 것은 인간이 차마 못할 짓이라며 사산아의 작은 관을 짜고 아기를 위해 준비했던 신발과 옷을 가지런히 넣어 화장해주었다고 들었다. 성인과 같이 화장을 하기 위해서는 24시간이 지나야 했고, 특별 주문한 관을 짜는 동안 시아버지는 작은 생명의 이마를 몇 번이고 쓸어주며 서글 픈 작별 인사를 했다고 들었다. 시동생이 직접 작은 오동나무 관을 맞춤 주문해 짜 왔다는 얘기를 아이를 보내고 한참 후에 전해 들었다. 나는 스스로를 추스르기에도 힘에 부쳐서 죽은 아이에 대해서는 생각할 겨를이 없었다. 분명 내게 닥친 나의 일임에도 현실감이 전혀 없었고, 끔찍한 악몽을 꾸고 있다고 생각했다. 비어버린 뱃속의 허전함을 느끼자 나는 스스로가 혐오스럽게 느껴졌다. 행운처럼 찾아온 생명 하나도 지키지 못한 나 자신이 미워 견딜 수가 없었다.

주말에는 수업이 없다. 월요일 아침, 조금 서둘러 출근을 하고 교실을 청소하는데 씨몽키 수조가 눈에 띄었다. 물속에서 작은 먼지 같은 것이 꿈틀꿈틀 움직이고 있었다. 녀석들의 말처럼 알이 부화에 성공한 것이다. 진공 상태의 포장에 갇혀 있던 것들이 생명이 되어 움직인다는 것이 생경스러웠다. 막 등원하는 아이에게 녀석의 부화를 알리고 집으로 데리고 갈 것을 권했다. 우리집은 안 될걸요, 늦둥이가 아직 어려서요. 아마 저걸 보면 바로 엎어버리고 말 거예요. 이따가 친구들 오면 상의해서 데리고 갈게요. 근데, 선생님. 여기다 두는 것도 나쁘지 않을 것 같아요, 쟤들은 먹이를 이틀에 한 번만 주는 거고, 공기 주머니로 하루에 두 번 공기만 넣어주면 되니까 크게 신경 쓸 일이 없잖아요. 나는 단호하게 고개를 저었다. 공기를 꼭 주입해줘야 하잖아. 그럼 누군가 데리고 가서 책임 있게 키워야지. 너도 알잖니, 선생님은 지금 입시 원서 때문에 너무 바빠서 저 작은 새우에 신경 쓸 틈이 없단 말이야. 오늘 중으로 꼭 데리고 가도록 하렴. 아이는 말없이 고개를 끄덕였다. 책장에 손을 뻗어 수조를 내린 아이는 펌프질하듯 두어 번 공기를 찍찍 넣어주었고 '씨몽키 먹이'라고 쓰인 비닐을 벗겨 함께 동봉되어 있는 작은 스푼을 꺼내 휙 뿌려주었다. 먹이를 넣자 물이 흐린 녹색으로 변하며 먹이와 씨몽키가 제대로 구분되지 않았다.

다음 날도 씨몽키는 내 책장 위에 놓여 있었다. 누구도 씨몽키를 신경 써서 데리고 가지 않은 것이다. 녹색 먹이는 덩어리져 아래로 가라앉아 있었고 먼지 같던 녀석들은 조금 자라 꼬리 같은 것이 보였다. 작은 수조에서도 불평 없이 그들은 잘 자라고 있었다. 관심 있게 세어보니 부화에 성공한 것은 열 마리쯤 되어 보였다. 그때 학생들이 늦는다는 문자가 왔다. 학교에서 수시 2차와 관련해 진학 설명을 하는데 담임 선생님이 빼주지 않는다는 문자였다. 학원에만 의존하지 말고 스스로 자기가 쓸 전형을 파악해야 한다는 것이 담임 선생님의 주장이라고 눈치 없는 녀석은 하지 않아도 될 얘기까지 학원 강사인 내게 장문으로 전송해주었다. 탐탁지 않은 문자를 눈으로 훑어 읽으며 나는 뜬금없이 녀석들의 공기를 넣어줄 일이 걱정되었다. 많이 늦으면 못 오게 될지도 모른다는 마지막 문장을 보고는 마음이 급해졌다. 처음부터 수조를 놓아두는 걸 허락해서는 안 됐다. 그날 바로 누군가 들고 가도록 완강하게 지시하지 못한 것이 못내 후회스러웠다.

책장에서 씨몽키 수조를 내려 바라보았다. 아이들이 팽개쳐둔 손바닥만 한 작은 수조 옆에 작은 상자에는 주의해야 할 사항이 빨간 글씨로 적혀 있었는데 생수를 사용해서는 안 되고, 반드시 수돗물을 부어주어야 하며 구태여 물을 갈아줄 필요가 없다고 적혀 있었다. 검지 손가락만 한 공기 주머니는 씨몽키의 호흡을 위해 반드시 필요한 도구였다. 나는 슬쩍 그것을 만져보았다. 선심을 쓰듯 공기를 넣어주려던 것이 큰 잘못이었다. 공기 주머니를 넣고 물속에서 눌러야 하는데, 공기를 뺀 채 물에 넣으니 작은 씨몽키들이 그곳으로 쑥 빨려 들어간 것이다. 나는 실수를 알아챈 순간 허둥대며 바로 다시 주머니를 꾹 눌렀지만 멍청한 나 때문에 몇 마리가 죽은 것은 확실해 보였다. 갑자기 심장이 두근두근 뛰었다. 나는 보기 싫은 수조를 얼른 눈앞에서 치워버렸다.

눈앞에서 치워버리면 상처도 금방 아물 것이라 생각했다. 사산아를 보겠냐는 간호사의 물음에 나는 조금의 망설임도 없이 대답했다. 제발요, 눈앞에서 치워주세요, 라고 울먹이며 말했고 남편만이 황급히 간호사의 뒤를 따라 세세히 뒷일을 의논하는 듯했다. 간간이 들려오는 소리들은 사체검안서, 사산증명서 따위의 소름 끼치는 말들이었다. 나는 세차게 고개를 흔들며 귀를 틀어막아버렸다. 훗날 내가 뱉은 말을 떠올리며 나는 오소소 소름이 돋았다. 품고 있던 생명이 힘없이 가버리자 나는 징그러운 물건 대하듯 당장 치워달라고 했다. 아이의 영혼이 남아 그 이야기를 들었다면 얼마나 서운했을까?

　내가 뱉은 징글맞은 말들이 귓가에 웅웅 떠돌며 나를 괴롭혔다. 가슴이 답답한 증세가 시작되더니 숨이 콱콱 막혔다. 남편과 함께 병원을 찾았고 '외상후애도증후군'이란 병을 진단받았다. 나의 유산 소식을 들은 눈치 없는 친구는 유산 기운이 있을 때는 은반지를 삶아서 그 물을 쭉 마시면 좋다던대! 라는 말로 내 속을 뒤집어놓았고, 나는 더욱더 친구들을 만나는 일이 싫어졌다. 외상후애도증후군을 털어내기 위해서는 자꾸 사람들과 부딪쳐야 한다고 담당의는 얘기해주었지만, 주절대는 그 쉬운 일이 내게는 퍽 어려운 일이어서 감당이 되지 않았다. 임신 중에는 오리고기를 먹지 말라고 했는데 딱 한 점 맛본 오리고기가 화근이 되었을까, 나는 스스로를 질책하는 일에 자꾸 익숙해져만 갔다.

　아이는 화장되어 강에 뿌렸다고 했다. 아직 한 번도 아이가 뿌려진 강에 가보지 못했다. 가서 하고 싶은 말이 많은데 갑작스러운 이별에 말 한마디 하지 못하고 헤어진 것이다. 임신 기간 내내 둥글게 나의 배를 쓰다듬으며 아이와 많은 이야기를 나누었다. 새 생명을 품은 나 자신이 그렇게 대견하고 기특할 수가 없었다. 펑퍼짐하게 변하는 내 몸매도 마르고 탄력 있는 할리우드 여배우의 몸매보다 아름답다고 생각했고, 두 개의 심장이 뛰고 있는 내 몸이 너무도 신비롭고 자랑스러웠다. 아이가 죽기 며칠 전, 만삭 사진을 촬영하기도 했다. 나만의 특별한 D라인을 남겨두고 싶은 마음에 유명 스튜디오를 찾아 비싼 값을 치르고 화보 촬영까지 할 만큼 나는 분명 행복한 임산부였다. 시간이 나면 아이에게 재미있게 동화책을 읽어주기도 했고, 쿵쿵 발길질하는 태동을 느끼며 얼마나 행복했던가! 놓쳐버린 찰나의 행복이 떠오르자 이내 눈물이 맺혔다.

마음을 진정시키기 위해 차를 한 잔 마셨다. 뜨거운 물을 부어 여린 녹차 잎을 우려내었고, 다시금 씨몽키 수조에 시선을 옮겼다. 물을 갈아주지 않아 탁한 수조는 어떤 것이 먹이이고 무엇이 생명인지 가늠하기조차 어려울 지경이었다. 처음 알을 넣었던 투명하고 맑은 물은, 마치 이끼가 낀 것처럼 탁해 보였고 내가 저 물을 유영하는 바다 새우라면 갑갑할 것 같았다. 부화될 가능성이 없어 보이는 작은 흑갈색 알들이 아직도 물 위에 둥둥 떠 있었다. 시야도 확보될 것 같지 않은 탁한 물에 살면서 관상 새우는 태어난 것을 축복이라 생각할까? 내가 생각 없이 죽게 만든 씨몽키들은 아픔을 느낄 새도 없이 하늘나라로 가버린 것 같다. 어이없게 죽은 새우가 먹이 덩어리에 엉켜 처참하게 가라앉았다. 죽은 것을 알고 보니 새우의 죽음이 보이지 실상 너무 작아서 보이지도 않는 씨몽키의 주검이다. 나는 의도치 않게 막 눈 뜬 새우들을 질식시켜 죽인 것이다. 왜 내게는 예측하지 못한 불행이 거푸 찾아오는 것일까.

나는 남은 씨몽키들에게 먹이를 뿌려주었다. 보는 내가 답답한 것이지, 녀석은 만족스러운 유영을 펼치며 태어난 것에 대해 가슴 벅찰

지 모를 일이다. 많이 먹고 무럭무럭 자라 새우의 모양을 갖추어가길
빌어주었다. 오늘 씨몽키를 죽게 한 일은 아이들에게 비밀로 하리라
마음먹었다. 무관심했다가도 죽었다고 하면 불쌍하다며 야단법석을
떨 아이들이다. 늦은 시간, 등원한 아이들은 가장 먼저 씨몽키를 찾
았다. 몇 마리가 헤엄치는지 헤아려볼 때는, 씨몽키의 죽음이 들킬까
봐 공연히 가슴이 콩닥거렸다. 생명의 개수에 무심한 아이들은 씨몽
키의 유영을 오래 바라보지 못했고, 여기서 두 마리만 살아남아도 성
공이라며 시큰둥하게 대화를 끝냈다. 오늘은 씨몽키를 데리고 가라
고 말했지만 아이들은 서로 눈치만 볼 뿐이었다. 덜컥 호기심으로 사
기는 했지만 감당할 자신이 없는 모양이었다. 이미 탁해진 수조는 욕
심을 부리기에는 너무 지저분해 보였고 생각보다 작은 씨몽키는 관상
용 새우로 적합하지 못했다. 핸드폰으로 인터넷 창을 열어 씨몽키를
검색해본 아이는, 야, 우리 그냥 씨몽키 버려버릴까? 이거 최대로 오
래 살아봤자 6개월이라는데 그냥 오늘 보내줘버릴까? 6개월 동안 키
워봤자잖아, 라고 무심하게 물었다. 씨몽키의 운명에 대해 어떤 감정
도 실리지 않은 아이의 목소리가 굉장히 섬뜩했다. 지금부터 밥을 주
지 않으면 알아서 굶어 뒈지겠지 머. 어찌 되든 상관없다는 듯 뱉는
말들이었다. 안 돼, 그래도 불쌍하잖아. 스스로 죽을 때까지는 먹이를
주며 살려둬야지. 자연사할 때까지 말이야. 내게 씨몽키에 대해 비교
적 많은 정보를 주었던 녀석이 그나마 인간적으로 대답했고, 아이들
의 대화는 거기서 끝이었다. 학생답지 못한 아이들의 잔인한 대화를

엿듣게 된 이후, 나는 씨몽키를 집으로 데리고 가라고 더는 채근하지 않았다. 나의 재촉이 씨몽키를 서둘러 죽게 할 수도 있다는 두려움이 앞섰기 때문이다.

아이들은 키득거리며 씨몽키의 죽음에 대해 매번 아무렇지도 않게 말했다. 변기에 내리는 게 제일 깔끔하지 않아? 똥독이 올라서 바로 죽겠다. 큭큭. 아니면 살아 있는 놈들 건져서 커터칼로 잘게 해부해볼까? 그냥 버리기엔 돈 아까우니까 뱃속에 뭐가 들어 있는지 한번 봐 보는 거야. 킥킥. 너무 작아서 보이기나 하겠어? 공연히 힘들게 칼질만 하는 거지 뭐. 조금만 더 키워서 프라이팬에 바삭하게 굽자. 새우 구이 맛 좀 봐야지. 문구점 앞에 유기견 토리한테 가져다줄까? 새우탕 맛 좀 보라고? 잔인한 그들의 대화에 머리가 지끈거렸다. 나는 화가 실린 목소리로 힘주어 물었다. 니들, 저거 안 키울 거지? 아이들은 잔뜩 성이 난 내가 되려 의아하다는 듯 저희들끼리 눈을 맞추며 분위기를 파악했다. 다시 한 번 묻는다. 저 바다 새우 더는 키울 생각이 없는 거지? 아이들은 뭔가 잘못되었다는 걸 느낀 듯 누구도 대꾸하지 않았고, 나는 이제 저 씨몽키는 선생님이 키울게. 더는 교실 안에서 씨몽키와 관련한 어떤 얘기도 하지 마, 라고 협악한 분위기를 마무리했다.

그렇게 나는 씨몽키의 새 주인이 되었다. 아이를 잃은 후, 집에 있는 식물들까지 모두 가져다 버린 나였다. 정신적인 충격은 내가 감당할 수 없을 만큼 버거웠고 나는 살아 있는 생명을 돌볼 자격이 없는 사람이라는 자괴감이 들었다. 산모가 극심한 스트레스를 받으면 태아가 탯줄을 목에 감고 자살하는 경우도 종종 있다는 신문기사를 읽고 펑펑 울었던 기억이 난다. 아기의 죽음에 대해 의구심을 품고 있던 나는 뱃속의 아이가 대체 왜 죽은 것인지 알고 싶었고, 산모의 스트레스가 가장 큰 원인이라는 글을 찾아 읽게 된 것이다. 그전에는 아이의 실수로 탯줄이 목에 감겼다고 자기합리화하며 최대한 내게 유리한 쪽으로 생각하려 애썼다. 그렇게 해야만 숨을 쉴 수 있기 때문이다. 하지만 뱃속의 아이가 스스로 선택할 수도 있었던 죽음이라 생각하니 아이에게 미안해서 견딜 수가 없었다.

그즈음, 나는 걱정을 많이 했다. 곧 아이가 태어날 것을 생각하니 남편의 월급만으로는 생활비가 감당이 안 될 것 같았고, 아직 갚지 못한 장기임대아파트 대출 이자에 숨이 막혔다. 당장 카드 한도를 높여야 할 것 같고, 태어난 아기를 함께 보살펴줄 사람 없이 독박 육아에 시달려야 할 현실에 절로 한숨이 새어 나왔다. 시부모님은 적극적으로 틈틈이 집을 방문해 아기를 돌봐주시겠다고 웃으며 말씀하셨지만 그것은 실상 더욱 성가신 일이었다.

당장 학원 일도 쉬어야 할 판이었다. 교육제도는 하루가 다르게 바뀌고 있었고 교육과정도 툭하면 개편되는 판국에 경력이 단절되는 것은 실로 두려운 일이었다. 대입 정보는 많이 알수록 학생들에게 가장 유리한 전형을 써줄 수 있었고, 빠르게 사세를 확장하며 떠오르는 컨설팅 회사들은 또 얼마나 많은가. 일을 쉰다는 것이 마냥 편하고 좋지만은 않았다. 하지만 아기를 낳고 바로 복직할 수는 없는 처지였다. 이미 수능 시험을 볼 학생들은 다른 선생님께 넘겨둔 뒤였다. 수시 전형이 대폭 강화되면서 1년 내내 입시를 대비해야 하는 실정이었다. 수시 1차를 마감하면 바로 2차 전형이 시작되었고, 학군이 좋은 탓에 정시를 보는 학생들도 제법 많아서 만삭의 임산부에게는 분명 무리가 가는 업무였다.

몸이 허약한 친정 엄마는 아이를 봐줄 형편이 되지 않았고, 사는 게 빠듯한 오빠도 나를 살뜰히 챙길 형편은 아니었다. 주식을 투자해 손실을 많이 본 탓에 처가 도움을 많이 받고 사는 눈치였다. 남편 앞에서 내세울 것 없는 처가도 은근히 나를 주눅 들게 만들었다. 시어머니는 여의치 않은 친정 형편을 훤히 알면서도 친정 도움은 받을 수 없는 거지? 라고 확인받듯 묻곤 하셨다. 자격지심 탓일까. 어쩐지 그 물음이 못마땅하기만 했다. 남편과 상의하여, 산후조리원에 가서 몸을 추스르기로 결정했지만 만만치 않은 비용에 깜짝 놀랐다. 너나없이 가는 곳이 산후조리원인지라 그렇게 비싼 줄은 상상도 하지 못했던 것이다. 불현듯 내 신세가 따분하게 여겨져 내리 한숨을 쉬었었다.

재력이 좋은 부모 밑에서 태어난 아이들은 '금수저'라고 불린다. 나는 아이에게 은수저라도 쥐어줄 수 있을까? 생각이 거기까지 미치자 머리가 지끈거렸다. 없는 집에서 태어난 흙수저들은 금수저를 쥐어주지 못한 자기 부모들을 원망한다는 신문기사를 눈으로 훑어 읽으며 세상이 요지경이라는 말에 공감했다. 당시의 나는 오롯이 아이만을 생각하고 행복만을 전해주어야 했는데 꼬리에 꼬리를 문 걱정들로 신음하고 있었던 것이다. 어쩌면 가엾은 나의 아기는 자신의 탄생을 온전히 기뻐해주기보다는 걱정과 한숨으로 마중하는 것이 울컥 서러워져 그만 죽기로 마음먹은 것이 아닐까? 아기의 얼굴은 숨을 쉬지 못해 시퍼렇다 못해 새까만 모습을 하고 있었다며 죽은 아기를 만나고 온 남편은 어깨를 들썩이며 한참을 울었다.

나는 씨몽키 수조를 집으로 옮겼다. 학원 가까이에 집이 있어서 조심조심 수조를 들고 퇴근한 것이다. 찰랑대는 물이 넘치지 않게 조심조심 걸음을 딛고 퇴근했다. 잔인한 아이들의 눈에 띄어 쉽게 죽어버릴 수도 있는 여린 생명이라 생각하니 안전한 곳으로 씨몽키 수조를 옮겨야 한다는 생각을 하게 되었고, 가장 안락한 나의 집으로 은신처를 정한 것이다. 나는 씨몽키를 키우기 위해서는 관련 정보가 필요하다고 판단하여 컴퓨터를 켜고 인터넷 창을 열었다. 생각보다 많은 사람들이 씨몽키를 키우고 있었다. 6개월 동안 건강하게 잘 키운 사람들도 꽤 많았다. 워낙 생명력이 강한 까닭에 성공적으로 씨몽키를 키우고 있었고 3주 이후, 교배에 성공하여 개체수를 늘려간 사람들도 많았다. 미네랄 워터를 사용한다면 물갈이도 가능하다는 정보를 얻었다.

마트에 가서 미네랄 워터를 사면서, 나는 또 힘없이 가버린 아기 생각에 가슴이 먹먹했다. 태명은 '다정이'였다. 평생 알콩달콩 다정하게 살고 싶어서 내가 지어준 이름이었다. 배를 쓰다듬으며 다정아~ 라고 부르면 마치 대답을 하듯 꿈틀꿈틀 태동을 하던 아기, 나는 뱃속의 다정이를 위해서 과일도 최상급의 제일 탐스러운 과일을 먹었으며 모양도 예쁘장한 걸로 골라 먹고는 했다. 물도 늘 미네랄 워터만을 고집해 마셨다. 내가 좋은 물을 마셔야 아기도 건강해질 수 있다는 유난스러운 믿음 때문이었다. 남편은 내게 별나게 군다고 하면서도 질 좋은 음식들을 부지런히 사다 날랐다. 우리 부부는 그렇게 다정이를 맞을 준비를 했던 것이다. 두 사람이 벌어도 빠듯한 살림이었고, 상의하여 자녀 계획을 세운 후로는 돈을 허투루 쓸 수가 없어서 우리는 유통 기한이 임박한 식품을 50%씩 할인해서 파는 코너를 자주 들락거렸다. 당장 조리해 먹으면 괜찮은 것들이었고 매일 장을 봐야 하는 불편이 따르지만 반값에 물건을 사는 조건치고는 나쁘지 않은 탓에 우리는 동네 대형 마트를 수시로 들락거렸다. 그런 내가 다정이에게는 얼마나 관대했던가. 뱃속의 사랑스러운 아이를 위해서라면 못할 일이 없던 예비 엄마였다. 나는 고개를 저어 우울한 생각들을 떨쳐내기 위해 노력했다. 어서 서둘러 집으로 돌아가 씨몽키에게 맑은 물에서 헤엄칠 수 있는 행복을 주리라 다짐한다.

찬찬히 헤아려보니, 살아 있는 녀석은 모두 다섯 마리였다. 그중에 셋은 제법 자라 까만 눈동자가 또렷이 보였다. 두 마리는 여리고 작았다. 헤엄을 치는 것도 재빠르지 못해 먹이를 주어도 늘 후다닥 찾아 먹지 못했고, 그래서 더 작게 자라는 느낌이었다. 일회용 물컵을 이용해 이사를 시작했다. 씨몽키들이 살기 좋은 적정 온도는 30도라고 한다. 아기를 출산하면 가장 필요한 것이 온도계라고 해서 여러 개 사다 두었던 기억이 난다. 아기들이 열이 오를 때가 부모들은 제일 겁이 난다며 조카를 키우고 있는 언니도 체온계를 선물로 주었었다. 남편이 마련해둔 일자형 온도계는 물의 온도를 재는 데 효율적이었다. 수시로 물의 온도를 측정하며 알맞은 생활환경을 만들어주리라. 밑에 가라앉은 건 미처 부화되지 못한 알 껍질과 태어나서 얼마 살지 못하고 죽은 사체, 그리고 먹잇감인 듯 보였다. 지저분하게 깔린 것만 남겨두고 물을 따라 신속하게 씨몽키들을 이사시켰다. 한결 맑아진 물속에서 녀석들도 기분이 좋은지 활개를 치며 유영을 즐긴다. 자세히 보니 알주머니를 달고 다니는 암컷이 눈에 띄었다. 어느덧 성체로 자라 엄마가 된 씨몽키는 풍뚱한 몸으로도 지느러미를 파닥대며 쉬지 않고 유유히 수영을 즐기고 있다. 씨몽키 엄마가 새끼를 잘 부화할 수 있도록 도와주어야 한다. 먹이를 주자 움직임이 더욱 빨라졌고, 새끼를 가진 예비 엄마 씨몽키도 먹이로 잽싸게 달려들었다. 나는 한동안 알주머니를 달고 있는 엄마 씨몽키에게 눈을 떼지 못했다.

주치의는 말했다. 되도록 많이 움직이셔야 해요, 좋은 글을 읽고, 차분한 음악을 듣는 것도 좋습니다. 꾸준한 걷기 운동을 추천해드릴게요. 걸으면서 아기에게 말을 걸어주세요. 뱃속의 아기가 반응하는 걸 느끼실 수 있을 겁니다. 몸이 무겁다고 집에만 계시면 안 돼요, 대형 마트를 돌며 미리 육아용품을 구매해두는 것도 좋고요. 잘 자라고 있으니 안심하시고 남편 분과 자주 산책을 즐기도록 하세요. 나는 주치의의 말을 순종적으로 잘 이행했지만 뱃속의 아이는 죽어버렸다. 아기가 죽은 후, 나는 주치의를 노려보며 말했다. 마치 당신이 나를 잘 관리해주지 않아서 아기가 죽은 것처럼 왜 내게 이런 일이 일어난 거냐며 악다구니를 썼고 주치의는 진정하라는 말만을 수차례 반복하다가, 도저히 진정되지 않는 나를 두고 병실을 나가버렸다. 씨몽키 엄마도 본능적으로 알고 있는 것일까? 몸이 좀 힘들어도 열심히 수영을 해야 새끼에게 좋은 영향을 끼친다는 걸 알고 바지런히 수영을 하는 것일까? 문득, 궁금해졌다.

실제 씨몽키의 알은 질긴 생명력을 가지고 있어서 추운 곳, 더운 곳에서도 잘 견디고 심지어는 높은 온도에서 끓여도 죽지 않을 정도로 강하다고 한다. 위대한 생명력 또한 학원의 학생들에게는 비밀에 부칠 것이다. 아이들은 낄낄거리며 끓여도 죽지 않는대! 우리 한번 펄펄 끓는 물에 넣어보자, 라고 잔악하게 말할 것이다. 끈덕진 생명력 덕분에 포장된 가사 상태로 오랜 시간 머물 수 있는 것이며 온도와 염분 농도만 잘 유지해주면 비교적 키우기 쉽다며 본래의 이름은 '브라인쉬림프'라고 한다. 브라인쉬림프라는 이름보다는 씨몽키라는 이름이 더 귀엽고 부르는 어감이 예쁘다. 녀석의 본래 이름을 알게 되었어도 나는 "씨몽키"라고 녀석을 불렀다.

평소보다 일찍 퇴근한 남편이 무슨 좋은 일이 있느냐고 묻는다. 여느 때와는 달리 내가 퍽 생기 있어 보인다며 어쩐 일이냐고 기분 좋게 웃는다. 나는 말없이 씨몽키 수조를 가리켰다. 좋긴, 피곤하기만 한 걸, 생각지도 않게 씨몽키라는 관상용 새우를 분양받았지 뭐야. 남편은 수조 앞으로 쪼르르 달려가 일일이 씨몽키를 세어보며 어린아이처럼 와우! 다섯 마리나 있네, 라고 좋아한다. 이쪽을 향해 환하게 웃는 모습이 사랑스럽다. 남편은 참 좋은 사람이다. 간절하게 아이를 원하면서도 내 눈치를 보며 살고, 늘 친가와 외가에 자신이 바빠 자녀 계획이 늦어지고 있다며 나 대신 양해를 구해주는 속 깊은 사람이다. 화살을 자신의 탓으로 돌리는 것이 마음 편하다며 신경 쓰지 말고 마음을 얼른 추스르라고 다독여주는 멋진 사람이다. 생명을 아스라이 놓쳐버린 나를 단 한 번도 힐난하거나 비난하지 않은 남자다. 작은 생명의 움직임에 헤벌쭉 웃을 수 있는 마음씨 착한 그를 위해 나도 서둘러 아기를 가지고 싶다. 하지만 머리로는 아기를 가져야 한다고 생각하면서도 가슴은 여전히 두렵고 겁이 나는 건 어쩔 수 없다. 조금은 더 시간이 필요하다.

잠들기 전, 나는 엄마 씨몽키를 위해 인터넷 쇼핑에 접속하여 수질 정화제를 넉넉히 구입했다. 조금 더 안락한 공간을 만들어주고 싶다. 엄마 씨몽키가 안전하게 알을 낳고 부화에 성공할 수 있도록 힘껏 조력자 역할을 할 것이다. 햇볕 쪼이기를 좋아하는 씨몽키를 위해 빛이 잘 드는 곳에 수조를 옮겨두었다.

다음 날, 학원에 가서 일을 하면서도 도통 일이 손에 잡히지 않았다. 씨몽키 생각이 났다. 벌써 정을 주어버린 것일까? 무심하려고 노력했지만 뜻대로 되지 않았다. 엄마 씨몽키가 알주머니를 잘 지키고 있는지가 무척 궁금했고, 다른 씨몽키들도 즐겁게 유영하고 있는지 자꾸 생각이 났다. 무료했던 나의 일상에 새로운 변화가 싹튼 것이다. 학원 수업이 종료되어도 느릿느릿 집으로 향하던 나는 한달음에 달려 집에 도착했다. 먹이를 기다리고 있을 씨몽키들에게 초록색 가루를 뿌려주니 헤엄쳐 둥실 위로 올라왔다. 엄마 씨몽키는 몸이 무거운지 조금 뒤에 물 위로 올라왔다. 나는 엄마 씨몽키 쪽으로 먹이를 여유 있게 더 뿌려주었다. 많이 먹고 무탈하게 알을 낳을 수 있길 기도하면서 넉넉히 먹이를 주었다. 그런 내 마음을 아는지 엄마 씨몽키는 맛있게 오래오래 먹이를 먹었다. 유난히 작은 녀석이 눈에 띈다. 물속에서도 자꾸 아래로, 아래로 내려앉으며 영 기운을 차리지 못한다. 꼬리의 움직임도 힘이 없고 더디다. 먹이를 주어도 통 관심이 없는지, 혹은 먹고는 싶어도 높이 떠오르지 못하는지 보는 내내 마음이 갑갑하다. 나는 공기 주머니를 이용해 녀석 쪽으로 산소를 많이 넣어주어 보지만 작은 공기 방울들에 의해 잠깐 떠올랐다가 이내 다시 가라앉고 만다. 소멸하고 있는 작은 존재 씨몽키에게 마음이 쓰였다. 부디, 죽지 않길! 꼭 살아남아서 언젠가는 건강하게 알주머니도 달고 유영할 수 있길 빌어주었다.

모든 바람이 이뤄지는 건 아니지만 유독 나의 소원은 잘 이뤄지지 않았다. 처음 아이들이 씨몽키 알을 물속에 넣을 때를 기억한다. 아이들은 전지전능한 신의 영역에 서서 그들에게 생명의 호흡을 불어 넣어주고 있었다. 하지만 그 과정에서 아이들은 무책임했고 찰나의 호기심이었을 뿐 생명에 대한 염려 따위 없었다. 다음 날, 예상했던 슬픔은 어김없이 닥쳐왔다. 작은 씨몽키는 죽어 있었고, 씨몽키 네 마리만이 유유히 헤엄치며 나를 맞아주었다. 힘없이 가버린 생명은 까만 눈 덕분에 부패한 먹이와는 구분이 되었다. 새까만 눈이 아니었다면 녀석의 죽음을 분별하기 어려웠을 것이다. 살아 있는 듯 까만 눈에 이내 서글퍼졌다. 꼭 살아주길 바라는 간절한 내 마음이 이번에도 역시나 전해지지 않은 모양이었다. 엄마 씨몽키를 위해 나는 녀석의 주검을 치워주기로 마음먹었다. 살아 있는 것들은 사는 동안만이라도 제대로, 옳게 살아야지. 이미 죽어 너저분한 사체와 섞여 같은 물에서 먹이를 먹고 일상을 공유한다는 것은 있어서는 안 될 일이다. 생명이 끝난 것은 그대로 잊히고 말 것이다. 엄마 씨몽키의 심신의 안정을 위해서라도 녀석의 모습은 보이지 않도록 치워주는 것이 바람직하다. 나는 택배로 친절하게 배달된 수질 정화제를 혼합하여 알맞게 잘 섞은 뒤 새롭게 환경을 정비해주었다. 시중에 파는 먹이보다는 건새우나 마른 멸치를 갈아서 넣어주면 훨씬 잘 자란다는 정보를 메모해두었었다. 나는 냉장고를 열고 마른 멸치를 꺼내 뭉툭한 칼끝으로 잘게 다졌다.

사산을 하고 첫 등원을 한 날, 직장 동료는 내 눈치를 보며 조심스럽게 해산 급여에 대해 말해주었다. 산부인과 의사의 '사산확인서'를 제출하면 60만 원 정도의 현금을 지원받는 제도에 대해 이야기해준 것이다. 나는 얼굴이 발갛게 달아올랐다. 도대체 왜 이 얘기를 하느지 알 수가 없었다. 내 생활이 그다지도 궁핍해 보였던 걸까? 혼자 집에만 있으면 죽은 아기 생각만 나서, 어렵게 서둘러 나온 직장이었다. 내 앞에서 두 번 다시는 죽은 아이에 대해 이야기하지 말아야 한다. 나를 위하는 척, 정보를 알려주는 척 위선을 떨고 있을 뿐, 죽은 아이에 대해 그에 대한 책임을 묻는 말로만 들렸다. 내가 그 돈을 받는다고 한들, 어디에 그 돈을 쓸 수 있을까. 나는 아무 대답도 하지 못한 채 그 자리에서 힘없이 눈물을 떨구고 말았다. 죽은 아이를 가슴에 묻은 어미의 심정은 당사자가 되지 않는 한, 그 누구도 모르는 것이었다. 공연한 말로 나를 울린 동료 교사는 원장실에 불려가 야단을 맞았지만 그것이 나를 더 난처하게만 만들 뿐이었다. 사람들과 마주하는 일은 나를 더욱 힘들게만 했다. 그럼에도 그 시간들을 이겨낼 수 있었던 건 나와 공평한 슬픔을 가진 남편 때문이었다. 나보다도 더 가슴 아팠을 그가 최대한 의연해지려고 노력하고 있었으므로 힘을 내야만 했다. 같은, 평등한 무게를 짊어지고도 그는 일상을 살아내기 위해 발버둥치고 있었다.

결국, 엄마 씨몽키는 해냈다. 건강한 알들을 성공적으로 낳은 것이다. 내가 준 건새우가 영양식이었다고 굳게 믿고 싶다. 마른 멸치를 먹고 힘을 내서 알들을 잘 낳은 것이라고, 나의 돌봄이 엄마 씨몽키에게 큰 힘이 되었다고 그렇게 믿고 싶다. 알주머니가 사라진 엄마 씨몽키는 자유롭게 물을 휘젓고 다니며 스스로 자축하고 있는 듯 보였다. 얼마나 많은 알을 낳은 것일까. 다음번에는 손바닥만 한 수조를 벗어나 큰 수조로 이사를 시켜주리라. 씨몽키 가족이 계속 번식하며 대를 이어 살 수 있도록 힘껏 도우리라.

아기를 맞을 준비를 하면서 우리집에는 흔들이 침대가 들어왔고 아기 전용 식탁이 놓여졌다. 아기의 낮잠 이불이 백화점 택배로 배달되었고, 속싸개와 발싸개를 직접 만들기도 했다. 시어머니는 공기 구멍이 있는 젖병을 선물해주셨고 남편은 특가로 나와 미리 주문했다며 1단계 아기 분유를 사다 놓기도 했다. 비싼 산양 분유를 사서 면박을 주고 싶었지만 내심 나도 먹여보고 싶던 분유라 눈만 흘기고 말았다. 모유 수유와 분유를 병행해 먹이고 싶다는 내 말을 기억하고 있었던 것이다. 친정 오빠도 없는 형편에 실용적인 유모차를 선물해주었고, 큰 맘 먹고 할부로 보행기를 들여놓았다. 젖병을 소독하는 기계를 들이는 남편에게 너무 서두르는 것 아니냐며 핀잔을 주었지만 사랑스러운 아기 용품으로 집 안이 조금씩, 조금씩 채워지는 것이 나쁘지 않았다. 남편은 슬금슬금 눈치를 보며 입기 편한 우주복을 부지런히 사다 날랐고, 모유를 유축할 수 있는 최고급 유축기까지 들여놓았다. 나도 새 생명을 맞이하는 분주함은 다르지 않았다. 귀여운 아이의 사진을 담을 액자들을 미리 구입했고, 동글동글 예쁜 뒤통수를 유지하기 위해 토끼 베개를 미리 주문했다. 친정 엄마에게는 배냇저고리를 손수 만들어주십사 부탁드려놓았다. 친한 친구들이 필요한 거 없냐고 예의상 묻는 말에도 슬쩍 아기 기저귀나 턱받이를 부탁하는 뻔뻔한 예비 엄마가 되어갔다. 아기가 오지 못한 우리집에는 지금도 주인 없는 육아용품들이 넘쳐나고 있다. 사연을 모르는 누군가가 우리집에 방문한다면 분명 아기가 있는 집이라고 착각할 것이다. 키울 환경을 모두 갖추어놓고도 새 생명을 집으로 들이지 못한 바보 같은 엄마다. 주인이 오지 않은 육아용품들을 나는 차마 치우지 못했고, 남편도 손대지 않았다.

작은 생명을 살뜰하게 관찰하고 애정을 가지면서 차츰 나도 생명이 있는 것을 다시금 욕심내도 괜찮을 것 같은 용기가 생긴다. 작은 엄마 씨몽키도 해냈으니 나도 아픔을 딛고 다시 일어설 수 있지 않을까. 남편은 씨몽키를 키우며 조금씩 변하고 있는 나의 모습이 만족스러운지 부탁하지 않았는데도 사용하기 편한 스포이트를 사다 주었다. 여덟 시간마다 한 번씩 공기를 주입해주는 것이 좋다는 얘기를 들었다며 시간을 잊지 않고 챙기기 위해 알람도 맞춰두었다. 알람이 울리면 자다가도 벌떡 일어나 스포이트를 챙겨 공기를 넣어줬다. 호흡하는 것들에게 산소가 얼마나 소중하겠냐고 하면서 전혀 귀찮은 내색을 비치지 않았다. 사산 이후, 충격을 받은 내가 얼마나 힘들어했는지 잘 알고 있는 그이는 최선을 다해 생명 있는 것을 사랑으로 키워내고 있는 것이다. 간밤에는 추적추적 비가 내려 날씨가 제법 쌀쌀해졌는데 남편이 보일러를 틀어 실내 온기를 훈훈하게 조정해 나의 씨몽키들이 온도의 영향을 받지 않도록 만들어주었다.

이제 보내주어도 괜찮을까. 죄책감으로 가슴에 품고 있던 나의 소중한 첫 아기, 다정이. 주말에는 남편과 함께 다정이가 뿌려진 강에 가서 못다 한 말들을 하고 와야 할 것 같다. 너무 늦게 찾아가는 엄마를 과연 반겨줄까. 차마 얼굴도 보지 않고 떠나보낸 엄마라 미안한 마음 때문에 아기에게 찾아갈 수도 없었다. 하지만 다정이는 용서했으리라. 세상에 태어났더라면 너와 함께 참 많은 것을 하고 싶었노라고, 온 맘 다해 너를 사랑했었노라고 이미 늦었지만 마음을 털어놓고 싶었다. 다정이를 생각하면 눈물부터 앞섰는데 이제는 눈물을 내비치지는 않는다. 너무 슬퍼하면 자꾸만 뒤를 돌아보느라, 생을 등진 망자가 저승으로 편히 갈 수 없다는 말을 어머니께 들은 후로는 눈물 나지 않게 속으로 우는 법을 터득했다. 다정이를 찾아가서도 울지 않으리라 굳게 마음먹는다.

만삭 화보 촬영을 했던 스튜디오를 인터넷으로 다시 검색했다. 배속에서 아이가 죽고 정신이 없었던 나는 멋진 D라인이 드러난 사진조차 찾지 않았던 것이다. 시간이 오래 지나버려서 혹시 버렸으면 어쩌나 걱정스러운 마음이 앞섰지만 망설이지 않고 전화를 걸었다. 아주 작고 사소하지만 다정이와의 추억을 간직하고 싶었다. 돌아보는 일이 녹록지 않아서 잊고 싶었던 어여뻤던 기억들을 당당히 마주하며 살겠노라고 다짐해본다. 촬영 전에 대금을 완불했기 때문에 사진이 있을 가능성이 영 없지는 않았다. 전화는 연결이 되었고, 언젠가 들었던 익숙한 음성이 수화기 너머로 들려왔다. 나는 차분하게 오래전 스튜디오에서 만삭 사진을 찍은 임산부인데 사정이 여의치 않아 아직까지 사진을 찾지 못했다고 혹시 필름을 가지고 계시다면 인화하고 싶다고 이야기했다. 상대는 망설임 없이 말했다. 저희는 촬영하신 분들 사진 하나도 버리지 않는답니다. 스튜디오 문을 닫는 날까지는 고객 님들 촬영분, 간직하고 있을 거예요. 혹시, 사진을 찍으신 날짜를 대충 기억하신다면 필름을 찾는 데 많은 도움이 될 거 같아요! 그렇게 나는 그날의 추억을 간직할 수 있게 되었다. 다행스럽고 감사한 일이다. 처음으로 다정이에게 엄마다운 선물을 해줄 수 있을 것 같다.

알에서 부화한 녀석들은 나름 즐겁게 유영을 하고 있다. 얼핏 보면. 작은 먼지들이 무리지어 몰려다니는 것처럼 보인다. 나는 씨몽키 수조에 새겨진 전지전능했던 학생들의 이름을 세제로 깨끗하게 지웠다. 무책임 속에서 구조된 나의 새우들은 각별한 나의 보살핌으로 무럭무럭 성장할 것이다. 나는 굵은 수성펜을 이용해 나의 이름 석 자를 문신처럼 정성껏 새겨 넣었다. 아기 씨몽키들아, 깨어나주어서 참말 고맙다. 바지런히 움직이며 엄마 씨몽키는 갓 부화한 아기 씨몽키들을 챙기느라 홀로 분주하다. 옹색한 빛 한 점만이 머무르는 작은 수조 안은 어엿한 생명들로 북적거린다.

이사도라 사감의
병원 24시

이사도라 사감의 병원 24시

당뇨 합병증이 시작된 203호 아줌마는 오늘 세상과 작별했다. 발끝이 괴사되기 시작하면서부터 그녀는 별반 살고 싶어 하지 않았다. 이미 상당히 진행된 족부 궤양을 고칠 마음은 없어 보였다. 발가락 다섯 개를 절단하는 순간부터 이승과의 작별을 마음먹은 듯했다. 오늘 가나 내일 가나 뭔 차이가 있겠냐면서 당뇨 환자들이 먹지 말아야 하는 금기 식품들에 입을 댔고, 속이 터져 죽겠다며 차가운 탄산음료를 벌컥벌컥 마셔댔다. 독약이나 마찬가지인 음료를 마시며 살고자 하는 본심을 외면했다. 마치 오기를 부리고 먹는 사람처럼 달달한 음식만을 찾아 꾸역꾸역 삼켰다. 우적우적 베이컨 치즈와 패티가 추가된 햄버거를 게걸스럽게 먹다가 난데없이 허공을 향해 그녀는 물었다. 지랄맞은, 이렇게 왕창 처먹고 죽으면 두 다리는 금방 잘릴

테고, 팔이 잘리는 것도 시간문제일 것 아냐, 그럼 관을 짤 땐 몸통만 쏙 들어가게 작은 관을 짜도 되는 겐가! 상상만으로도 오소소 소름이 돋는 이야기를 그녀는 정말 아무렇지도 않게 뱉었고 혼자 키득키득 웃으며 남은 음식물을 모조리 해치웠다. 담당 의사가 회진을 돌 때면 그녀는 늘 야단을 맞았지만 채 예순 살도 되지 않은 그녀는 자신에게 닥친 불행이 담당 의사의 탓인 양 항상 바락바락 대들며 죽어도 내가 죽지, 라는 날선 말로 대화를 종료했다. 갑자기 저혈당이 찾아와 피씩 쓰러져 누운 그녀는 침대에 누워서도 모진 말들을 쏟았다. 그녀에게 두 딸이 있었지만 차츰 찾아오는 횟수가 줄어들었고 첫째 딸은 마지못해서 찾아오는 게 눈에 보였다. 침대 밑에는 보조 의자가 늘 비어 있었지만 딸들은 자리에 안착하지 않은 채 중얼중얼 주문을 외우듯이 말했다. 오늘은 밀린 빨래가 있어서 집에 빨리 가야 해요, 지금 당장 해결해야 할 일이 생겨서 얼른 나가봐야 해, 원무과에 들러서 미리 병원비는 계산했어요. 제 어미의 괴사한 발을 물끄러미 바라보기만 할 뿐 안타까운 마음도 들지 않는 양 건조하게 말했다. 딸들의 냉담한 태도에 화가 치민 그녀는 사납게 눈을 부라리며 말했다. 내가 죽으면 혼자 죽을 줄 알아, 니들 두 년도 함께 잡아갈 거여! 인정머리 없는 년! 독기 가득한 말로 병실을 소란스럽게 만들던 그녀는 위급하게 중환자실로 침대를 이동했고, 다시는 돌아오지 못했다. 몸이 서늘해지면서 사지가 떨린다고 중얼거렸다. 몇 시간을 두들겨 맞은 사람마냥 삭신이 쑤신다고 혼잣말을 했지만 아무도 관심을 갖지 않았다. 성질 사나운 그녀와 잘못 말을 섞었다가 봉변을 당하기 일쑤였기에 모른 척하는 편이 마음 편했기 때문이다. 저혈당 쇼크로 쓰러진 그녀는 미처 챙겨가지 못한 일회용 인슐린 주사 바늘과 검은색 장우산만을 남긴 채 203호 병실에 다시 돌아오지 못했다. 그녀의 마지막 물품들은 새로운 환자가 들어오면서 간호사들이 임의로 치워버렸다.

청소부 아주머니는 그녀의 죽음을 듣고 사뭇 반가운 기색을 숨기지 못했다. 항상 청결하지 못한 병실을 탓하며 청소부 아주머니에게 좀 더 부지런할 것을 당부했던 그녀였다. 뇌경색으로 쓰러진 후, 기적적으로 살아난 청소부 아주머니는 병원의 장기 입원 환자였다. 그녀가 병실을 돌며 청소를 하는 것은 놀라운 일이라며 사람들은 입을 모아 살기 위한 아주머니의 강한 의지를 칭찬했다. 목숨을 건져준 병원이 고마워서 병원 청소 일을 시작했다는 아주머니는 다른 병동 청소부들에 비해 바지런히 몸을 놀리는 편이었지만 그녀에게는 늘 뒤퉁거리 취급을 받았다. 락스로 바닥 청소를 해 소독 냄새가 심해도 욕을 먹었고 간호사를 부르는 호출기에 먼지라도 살짝 앉으면 호되게 야단을 맞았다. 그때마다 아주머니는 별로 노하는 기색 없이 그녀에게 살살거렸다. 그래서 아주머니의 만족스러운 미소는 어쩐지 배신감이 들었다. 나 또한 그녀의 죽음이 서글픈 것은 아니었다. 텔레비전 채널을 마음대로 돌렸다가 한 바가지 욕을 얻어먹은 적이 있다. 소극적인 성격에 바로 대거리하고 따지지 못하고 끙해 있었을 뿐 그녀에 대한 반감이 가시지 않은 터라 그녀의 빈자리는 홀가분하기도 했다. 허나 이래도 흥, 저래도 흥 장단을 맞춰주던 청소부 아주머니의 밝은 낯빛은 어쩐지 내게 그녀를 불쌍히 여기도록 만들었다. 그녀의 빈소는 아래층 장례식장에 마련되었지만 병실 내에서 관심을 갖는 사람은 없었다. 그저 죽었다는 것만 이슈화되었을 뿐이다. 그녀는 몸통만 들어가는 관을 짜지 않고 딸들의 결정대로 화장되었다는 소문만 흉흉하게 돌았다.

콧속에 물혹이 생겨 이비인후과에서 진료를 받던 도중 수술 전 피 검사를 통해 당뇨를 알게 된 20대의 건장한 사내는 밤낮없이 걷기만 했다. 식사를 마친 후에도 수저를 놓자마자 열심히 걸었으며 링거를 주렁주렁 달고도 사내는 묵묵히 걸었다. 영화감독이 꿈인 사내는 당뇨라는 병과 싸워 절대 지지 않을 듯이 당 조절을 성공적으로 수행했다. 의사 선생님은 그의 놀라운 호전을 늘 큰 소리로 말하며 자신의 처방에 순종적으로 따라오는 사내를 특별히 아꼈다. 미래에 대한 꿈은 사내를 용기 있게 걷게 만들었다. 사내에게 투여되는 인슐린의 양은 점차 줄어들었고 퇴원 수속 후 통원 치료를 해도 무방하다는 의사의 결정이 있었다. 그가 퇴원하던 날, 많은 사람들이 배웅의 인사를 건넸다. 그는 인심 좋게 병문안을 온 친구들이 사다 준 음료수와 빵들을 골고루 나누어주었으며 견과류와 사탕도 두루 돌렸다. 알사탕을 조금씩 지급받은 환자들은 더욱 간절한 마음으로 그의 빠른 쾌유를 기뻐했다.

당뇨병성 망막증을 앓고 있는 207호 아저씨는 재검을 위해 동공이

확대되는 물약을 시간에 맞춰 투여하고 있었다. 차츰차츰 확대된 동공은 시야를 흐릿하게 만들었지만 그는 당뇨병을 극복하고 퇴원하는 사내를 마중하기 위해 병실을 찾았다. 부디 혈당을 잘 관리하여 본인처럼 합병증으로 고생하지 않길 바란다며 마지막 인사를 전했다. 같은 병을 앓고 있는 사람들끼리의 끈끈한 정이 느껴졌다.

중풍으로 쓰러진 할머니를 지극정성으로 간호하는 할아버지가 있다. 이미 30대에 풍을 맞아 남편이 남자 구실도 못 하고 살았다며 불쌍한 사람이라고 늘 떠들어댔다. 자신이 직접 남편에게 돈을 쥐여주며 몸을 풀고 오라고 주문한 적도 있다고, 그 마음을 아느냐며 했던 말을 매번 반복했다. 당시 그 돈을 거절했던 할아버지의 사랑을 병실 사람들에게 알리고 싶은 모양이었다. 같은 병실에 우리는 새로운 입원 환자가 생길 때마다 할아버지의 순애보적인 나는 당신뿐이야, 라는 거짓말 같은 사랑 이야기를 들어주어야 했다. 조강지처가 주는 돈을 반기듯이 받아 몸을 풀고 올 나쁜 놈이 세상에는 많지 않다는 걸 모두는 알고 있었지만 입바른 말을 보태며 할아버지를 칭찬했다. 중풍을 맞은 할머니는 눈치채지 못하고 있지만 할아버지에게는 휴게실에서 정담을 나누는 예쁘장한 외모의 205호 할머니가 계셨고 둘의 관계가 그렇고 그런 사이라는 것은 할머니만 모르고 계셨다. 지극정성으로 간호하는 할아버지를 보고 착한 영감이라고 판단한 할머니가 적극적으로 구애했다. 할아버지는 그렇고 그런 할머니와 있을 때 늘 웃는 얼굴이었다. 중풍으로 쓰러진 할머니의 곁을 지킬 때처럼 세상 짐을 다 짊어진 듯한 우울한 표정은 찾아볼 수 없었다. 할머니의 비뚤어진 입은 할아버지의 마음을 되돌리기에 힘들어 보였다. 205호의 할머니 또한 늙어서 나누는 사랑에 큰 욕심이 있는 건 아니어서 할아버지가 본처에게 충실한 시간을 이해했으며 성가시게 구는 타입이 아니었다.

중풍 할머니 슬하에 자식은 아들이 셋 있었지만 큰아들은 외국 건설 현장에 나가 돈을 벌고 있고, 둘째 아들은 유학을 떠났다고 했다. 품안에 자식이라며 푸념하듯 말을 뱉었다. 유년 시절, 할머니에게 별다른 혜택을 받지 못했던 막내딸만이 혼자 자식 노릇을 다하고 있었다. 그녀는 생김치를 좋아하는 어머니를 위해 겉절이를 담가다 날랐고, 좋아하시는 블루베리를 냉장고에 떨어지지 않게 담뿍 사다 넣어주었으며 담당 간호사의 간식까지 살뜰하게 챙겼다. 막내딸의 정성스러움에 감복한 할머니는 이럴 줄 알았으면 딸을 곱게 키울걸 그랬다며 많이 가르치지도 못했다고 막내딸에게 미안해했다. 사분사분한 막내딸은 환자들에게도 상냥했다. 주사를 달고 있는 환자들의 식판을 가져다 날랐고 종이컵도 인심 좋게 나누어주니 좋아하지 않을 이유가 없었다. 어쩌다 엘리베이터 앞에서 만나도 허리를 숙여 공손하게 인사하는 예의바른 딸아이 덕분에 바람난 남편과 무심한 두 아들만 거느린 할머니의 팔자가 썩 불쌍해 보이지는 않았다.

나는 갑상선 기능 저하증을 치료받기 위해 입원했다. 정기적인 건강검진 과정에서 갑상선 생김이 기형으로 진단되었고 정밀한 검사 과정을 거쳐 기능 저하증을 판명받아 입원 치료 중이다. 호르몬 수치를 정확히 확인하고 약을 쓰기 위해 입원하여 치료하고 있다. 갑상선에 작은 종양이 발견되었는데 아직 점처럼 작아서 위험해 보이지는 않지만 혹시 이것이 암세포일 가능성도 배제할 수는 없으며 제자리 암이나 경계성 종양인 경우는 심각한 문제가 되지는 않지만 튀어다니는 암일 경우에는 다른 장기로의 전이 속도가 빠를 수 있으니 주의해야 한다는 의사의 경고가 있었다. 근래에 수시로 피곤하고 잠을 자도 숙면을 취하지 못하고 찌뿌둥한 것이 갑상선과 관련할 수 있다는 의사 선생님의 말에 덜컥 겁이 났다. 시간이 좀 걸리더라도 이참에 건강을 회복해야겠다는 생각에 망설이지 않고 입원을 결정했다. 병원에 오니 아픈 사람도 아픈 사연도 제각각으로 많았으며 종합병원은 생사화복의 축소판 같았다. 내가 머물고 있는 2층만 보더라도 삶의 길흉화복이 고스란히 녹아 있다.

기숙사 사감으로 일하며 24시간을 돌아다녔다. 학생들을 위해 질서와 규칙을 준수하는 습관을 들이고자 애썼다. 시간에 맞추어 기상을 하고 자율학습의 감독을 도왔으며 수면 시간을 체크했다. 하지만 학생들은 쉬지 않고 일하는 내게 '이사도라'라는 별명을 붙여주었고, 자기들을 위해 일하는 것에 대해 고마워하기는커녕 비아냥거리기 바빴다. 멀리서 내 실루엣을 확인하면 피곤한 이사도라가 온다며 쪼르르 도망가 자리를 피해버렸고, 나에게 주의를 받거나 지적을 당하는 날이 오면 재수 없는 '이사도라'라며 나를 힐난했다. 기숙사에 머무는 아이들은 상의 10% 안에 드는 우등생들이었고 학교에서도 특별히 대입 진학을 위해 관리해주는 학생들이었지만 그들의 인성은 10% 안에 들지 못했다. 맡겨진 임무에 충실했지만 내겐 일없이 학교를 휘젓고 다닌다는 '이사도라'라는 별명만 남았을 뿐이다. 그 별명은 나에게 큰 스트레스를 주었고 기숙사 사감 일을 계속해야 할지 진지하게 고민하고 있던 중 갑상선 이상이 감지된 것이었다. 모든 병은 스트레스를 기반으로 한다고 가정할 때 학생들은 나의 병과 무관하지 않다. 나의 입원 사실을 듣고도 건강에 대한 염려는 않고 '이사도라'가 없으니 기숙사 생활이 편하다고 좋아할 것이 뻔했다.

환자를 담당하고 있는 주치의들은 오전 8시와 오후 5시에 회진을 돌며 모든 환자들에게 비슷한 질문만을 던진다. 괜찮으시지요? 많이 불편하지 않으시지요? 별일 없지요? 괜찮지 않다고 자신의 상태에 대해 세세하게 이야기하거나 불편하다고 병실의 개선점을 부탁하거나 별일이 있다며 증상의 정도에 대해 자세하게 늘어놓으면 그네들은 대부분 피로에 지친 눈을 들어 빨리 환자의 말이 끝나기만을 기다렸다. 주절대며 시간을 끄는 환자들의 이야기를 뚝 잘라 끊는 의사도 있었고, 미리 나올 질문을 예상해 답변을 주는 담당의도 보았다. 환자가 많은 탓인지 오전과 오후에도 누적된 그들의 피로감은 감출 수 없었으며 뒤에 줄줄이 가운을 맞춰 입은 간호사의 얼굴도 별반 다르지 않았다. 잠시 동안이나마 자신의 주치의를 만나 나의 병에 대해 자세한 정보를 얻고 먹는 약에 대해 물어보고 싶었던 환자들은 속마음을 감춘 채 괜찮았어요, 라고 눈치껏 답했다. 침대 머리맡에는 나를 담당하는 의사라고 이름을 박아놓았지만 주치의는 나만의 의사 선생님이 될 수 없다는 걸 입원 환자들은 훤히 깨닫고 있다.

나도 학생들에게 그런 존재였을까? 아침 식사는 잘 했니? 자율학습 때 공부할 과목을 챙겨 가렴, 저녁 점호 시간은 알고 있지? 사설 모의고사가 있는 날이야. 그래서 등급을 퍽도 올리겠다. 내일은 구술 면접 특강이 있으니 잊지 말고 과제를 해야 해. 9월 모의고사를 망치면 정시 전형은 포기하렴. 다소 강압적인 내 말투에 아이들은 진절머리를 치며 지겨운 '이사도라'라고 외쳤을지도 모른다. 이미 대학은 지식의 전당이라기보다 취업을 하기 위한 하나의 관문이 된 지 오래였다. 대학에 가지 않으면 학생들도 언젠가는 후회할 거라는 생각에 시시콜콜 잔소리를 하고 그들의 학업을 감시해야 했다. 하지만 일방적으로 감시를 당하는 학생들은 '이사도라'의 눈을 피해 다니며 걸핏하면 시간을 어겼고 과제를 소홀히 했으며 애석하게도 나의 수고에 보답하지 못했다.

병동 안에서 이야기는 끊이지 않았다. 외과 의사가 안과에 들러 안압 검사를 하고 있다며 순서를 새치기한 의사를 욕하기도 했고, 뚱뚱한 간호사가 인슐린 주사를 들고 들어오면 뒤뚱거리는 걸음걸이를 흉보고 저 간호사도 분명 비만과 관련한 여러 질병이 있을 거라며 뒤에서 키득거렸다. 키와 몸무게를 어림잡아 혈당의 수치를 예측하기도 했다. 당장 자리를 깔고 돈을 벌어야 하는 점쟁이 같은 환자들은 많았다. 수다스러운 기숙사 학생들처럼 쉬지 않고 떠들어댔다. 나는 짐짓 못마땅한 표정을 지으며 병실을 둘러보았지만 '이사도라'의 폭풍 잔소리를 겪어본 적 없는 환자들은 더욱 시끄럽게 목소리를 높였다.

오랜만에 달콤한 카라멜 마끼아또가 마시고 싶었다. 1층에는 작은 카페가 마련되어 있다. 면회객들이 오면 대화를 나눌 수 있도록 테이블도 놓여 있다. 운동도 할 겸 카페를 찾아 나서는데 1층이 소란스럽다. 사이렌 소리가 시끄럽게 울리고 119 차량이 도착했다. 후송 차량을 타고 환자가 이송되었다. 궁금한 마음에 어정어정 슬쩍 뒤를 따랐다. 구급대원이 도착했을 때는 심정지 상태였다며 농약을 마신 것 같다고 했다. 심폐소생술로 잠시 심장이 뛰었다가 다시 멈춘 상태라며 신속한 처치를 당부했다. 얼핏 보아도 죽기에는 아까운 나이였다. 아직 머리칼이 검은 그는 어떤 사연을 품고 삶의 끈을 놓아버린 것일까. 의료진들은 이미 가망이 없어 보이는 시신을 옮겨 최종적으로 죽음을 확인했다. 응급의학과 전문의는 손으로 크게 엑스표를 그으며 그가 세상과 작별했음을 알렸다. 참으로 야속한 제스처였다. 숨을 헐떡이며 응급실로 뛰어든 노모는 아들의 징글맞은 시신을 확인하고도 죽음을 믿을 수 없다는 듯 뺨을 찰싹찰싹 때리며 어서 일어나보라고 오열했다. 정신없이 뛰쳐나온 어머니는 헝클어진 머리에 짝짝이 슬리퍼를 꿰차고 있었다. 다리에 힘이 풀려 자꾸 주저앉으면서도 어미는 다시 일어섰다. 주저앉고 일어나기를 반복하며 엄마가 도착했으니 빨리 깨어나보라는 명령을 멈추지 않았다. 자신의 뜻대로 죽어버린 그는 편안할지도 모른다. 허나, 어미의 남은 생은 어쩌란 말인가. 절규하는 어머니를 보니 무책임하게 떠나버린 연고 없는 자식이 원망스러웠다.

뇌수술을 받고 심드렁하게 천장만 바라보고 있는 새댁은 안타까운 사연을 품었다. 수술실에 들어가기 전까지도 생글거리며 웃던 그녀였다. 다소 위험부담이 따르는 수술이지만 의사 선생님을 신뢰하고 있다고 차분하게 말했고, 살면서 나쁜 일을 저지르지 않았으니 모든 것이 순조로울 거라고 말했다. 두려운 마음이 없지는 않지만 수술을 안 할 수 없는 입장이니 용기를 내서 수술을 할 거라며 어린 아들을 양육하기 위해서라도 어서 빨리 건강을 회복해야 한다고 자신에게 다짐하듯 말했던 새댁이다. 새댁에게는 예기치 못한 불행이 닥쳤다. 간뇌에 종양이 생겨 제거를 하던 도중 심각한 뇌출혈이 일어나 손도 쓰지 못하고 닫게 된 것이다. 수술 전에 자신만만했던 의사는 의료 과실 혐의를 받고 있지만 계란으로 바위 치기의 싸움이다. 의학적 상식이 없는 일반인들은 그를 법정에 세울 기회조차 얻기 힘들 테고 병원 측에서는 의사를 꽁꽁 뒤로 숨긴 채, 환자의 가족과 수술을 집도한 의사의 합의를 종용하고 있다. 의식이 없는 새댁은 자신을 둘러싸고 어떤 일이 일어나고 있는지도 모른 채, 긴 잠에서 깨어날 생각을 하지 않는다. 아직 너무 어려서 자신의 어미에게 닥친 일을 감지하지 못하는 철부지 아들은 제 엄마를 보고 비실비실 웃기만 한다. 새댁이 아들의 얼굴을 단번에 알아보고 벌떡 일어나기를 소원했지만 실상 가망 없어 보인다. 새댁은 위태로운 자신과의 지루한 싸움을 시작했고 중환자실과 일반병실을 수도 없이 오가며 힘든 시간을 버텨내고 있다.

수시로 병원을 드나드는 보험설계사는 새댁을 실제 사례로 언급하며 두둑하게 실적을 올리고 다녔다. 남의 불행을 팔아 영업을 하는 보험설계사를 사람들은 못마땅해하면서도 자신의 개인정보를 넘겨주었고 혹시 자신에게도 일어날지 모를 불행을 대비하고자 설계사에게 연락을 취했다. 눈앞에 보이는 불미스러운 상황이 내 일이 될지도 모른다는 생각에 사람들은 저마다 두려워했다. 불투명한 미래를 보장받기 원하는 사람들은 청약서에 자필 서명을 하며 금전적으로나마 내일을 짱짱하게 보상받길 바랐다. 204호 아가씨는 의료실비 보험에 암보험, 입원비 보험들을 어렸을 때부터 두루 들어놓아서 병에 걸리고 돈 방석에 앉았다고 했다. 보험만이 나의 노후를 책임져줄 수 있는 유일무이한 자식이며 아파서 자식에게 기대봤자 긴 병에 효자가 없더라는 설계사의 말에 사람들은 고개를 주억거렸다. 204호 아가씨의 보험 가입 내역을 쉬지도 않고 읊어대며 중복 보상이 가능한 상품에 대해 한 템포도 쉬지 않고 말을 이었다. 아가씨는 운이 좋게도 세 번이나 암 진단을 받았고 암이 재진단되어도 다시금 암 진단금을 지원하는 보험을 선택했기 때문에 매우 운이 좋았다고 말하며 졸지에 세 번이나 암에 걸린 여자를 행운아로 만들어놓는 놀라운 말재주가 있었다. 사람들은 보험설계사가 그려놓은 안전한 설계도에 따라 자동이체 통장 계좌를 적어주었다.

설계사는 내게도 보험을 끈질기게 권유했다. 실비 보험이 있다고 하자 상해와 관련한 입원비 보험이 출시되었는데 이것이야말로 고객을 위한 맞춤 상품이라고 꼭 들어야 한다고 말했다. 상해 보험은 설계사에게 남는 이익금도 없다고 하면서 너무 인기가 좋아 상품이 곧 없어질 수도 있다는 말로 나를 꼬드겼다. 조금 더 생각해보겠다는 내 말에 설계사는 상품 안내서를 챙겨 들고 일어나면서 병실 생활에 필요했던 종이컵과 물티슈를 개인 탁자 위에 놓아두었고 칫솔을 꽂아둘 수 있는 작은 컵도 챙겨 침대 위에 올려주었다. 심심할 때 드시라며 낱개 포장된 견과류까지 아낌없이 내어주며 언제고 전화해달라고 눈웃음을 보냈다. 당장 계약을 성사하지 않더라도 나를 고객으로 인정하는 설계사는 분명 베테랑임이 틀림없다. 상해 보험이 아니더라도 보험이 필요한 사람이 있다면 설계사를 소개해주고 싶은 마음이 들게 만드는 실력이 있는 여자였다.

지역에서 최초로 병원 3층에 포괄간호병동이 오픈했다. 보호자가 없는 사람들을 케어해주는 병동이 만들어진 것이다. 가족이 없는 사람들, 혹은 보호자를 자청하지 않는 가족들, 홀로 사는 노인들, 세상에 쓸쓸하게 남겨진 사람들은 포괄간호병동을 향해 문을 두드렸다. 전문적인 지식을 갖춘 간호사와 충원된 간호조무사는 환자를 안심시키기에 충분했다. '24시간 잠들지 않는 의료진'이란 슬로건은 환자들을 매혹하기에 충분했지만 뜻을 곧이곧대로 해석하면 그보다 더 끔찍한 표현이 없었다. 충분한 숙면을 취하고 환자를 돌보는 것이 바람직한 태도이기 때문이다. 물론 24시간을 교대로 깨어 있는 의료진이라는 의미를 담고 있음을 이해했지만 다소 경악스러운 표현에 오소소 소름이 돋았다. 24시간 병실을 도는 간호사는 의료적인 책임을 다해 환자를 돌보았으며 수시로 위로의 말을 건네 환우들을 안심시켰다. 몸이 아파서 절실한 말 한마디가 필요했던 환자들은 포괄간호병동 안에서 삶의 위안을 찾으며 자신의 몸을 열심히 치료했다. 간호조무사까지 여럿 배치되어 있어서 일대일로 보살핌을 받고 있는 느낌이었다. 포괄간호병동 안에서 환자들은 자유로울 수 있었다. 너나없이 수시로 찾아올 가족이 없는 형편인지라 눈치를 볼 필요도 없었고 면회객이 오면 슬며시 자리를 피해줘야 할 성가신 일도 찾아오지 않았다. 수시로 간호사를 호출한다고 해도 그녀들은 성심껏 환자들을 돌보아주니 더할 나위 없이 맘이 편안하다며 포괄간호병동을 향해 긍정적인 평가를 내렸다. 치매를 앓고 있는 노인도 많았고 오랜 병원 생활로 지친 중병을 가진 환자들이 포괄간호병동으로 모여들었다. 간병인은 뒷돈을 받지 않도록 되어 있지만 뒷돈을 주지 않을 수 없다고 말했다. 뒷돈을 주지 않으면 목욕도 덜 깨끗하게 씻기고 약을 먹어야 하는 시간도 제때에 맞춰주지 않으며, 링거 주사가 끝나도 한참 후에 간호사를 호출한다는 것이 뒷돈을 주는 보호자들의 일관된 생각이었다. 경험에서 우러난 그들의 충고를 모른 척할 수도 없는 많은 사람들은 이참에 포괄간호병동으로 모여들었고 덕분에 병원은 환자들로 북새통을 이루었다.

포괄간호병동에 암이 발견되어 입원한 환자가 있었다. 암 제거 수술을 간곡하게 원하는 환자의 청에 따라서 수술을 하기 위해 개복했지만 암세포는 이미 여러 곳으로 전이된 후였다. 의사는 자신의 능력으로 도저히 해결할 수 없는 상황만을 확인하고는 가른 배를 닫아버렸다. 오랜 병원 생활로 의사보다 더욱 해박한 지식을 귀동냥으로 얻어들은 환자들은 하나 같이 입을 모아 말했다. 저렇게 열었다가 닫으면 길어야 6개월이래, 아이고, 불쌍해서 우쩨······. 타인의 소중한 생명줄을 가늠하며 생존이 가능한 시간까지 이야기했다. 왜 말기 암임에도 불구하고 돌보아줄 가족이 없는지에 대해서는 전혀 궁금해하지 않았고 환자가 누워 있던 침상의 위치를 궁금해했을 뿐이다. 창문이 바로 보이는 자리이거나 병실에 딸린 화장실이 가까운 경우에는 미리 간호사에게 말하여 침상을 바꾸기를 원했다. 많은 사람의 아픔을 지켜보며 슬픔의 무게에 둔감해진 사람들은 그저 나의 이익만을 우선시했다.

화재가 발생하였습니다, 환자 여러분들은 당황하지 마시고 비상계단을 통해 탈출을 하시기 바랍니다. 연이은 화재 안내 알림이 병원 가득 울려 퍼졌다. 무엇을 먼저 챙겨야 할지 사람들은 우왕좌왕했다. 폐종양을 앓고 있는 아저씨는 가장 먼저 소중한 성경책을 끌어안았고, 작가가 꿈인 골절상의 환자는 노트북을 먼저 챙겼다. 노트북 안에는 손만 보면 대작이 될 작품이 담겨 있다고 방실대던 친구였다. 삶의 갈림길 앞에서 어리석게도 감기에 걸릴까 봐 두터운 외투까지 챙긴 아주머니는 두고두고 병실의 웃음거리가 되었고 무엇 하나도 손에 쥐지 않고 뛰어나간 위암 초기 환자는 진정 살고 싶다는 걸 온몸으로 증명한 셈이었다. 204호 아가씨는 촉각을 다투는 위태로운 시간에도 자신의 보험 가입 증서를 챙겼다. 생명보다 귀한 가치를 향해 환자들은 손을 뻗었다.

나는 카드 지갑만을 챙겼다. 지갑을 들고 나가자니 대피를 하는 판국에 수월치 않을 것 같았다. 환자복 주머니에 쏘옥 들어갈 수 있는 카드 지갑만을 잽싸게 챙겨 넣었다. 비록 대환 대출을 한 빚이 많은 카드일지언정 돈줄을 먼저 챙겨야 했다. 병원비를 내달라고 손을 벌릴 만큼 넉넉하게 사는 가족도 없고 혹여 불이 나서 내가 죽더라도 나의 빚이 많은 신용카드는 내가 누구인지 정확하게 증명해줄 것이다. 사망을 한다면 나와 관련한 정보를 가지고 있는 카드 회사에서 나의 신원은 확인해줄 것이라 생각되었다. 카드 지갑을 주머니에 쑤셔 넣고 주변을 둘러보니 아까운 물건들이 눈에 들어왔다. 새로 산 지 얼마 안 된 핸드크림이며 새로 장만한 커피포트, 개봉한 지 얼마 안 된 잇몸에 좋은 치약이며 제법 비싼 가격을 치르고 산 텀블러도 눈에 띄었지만 모두 다 버리고 탈출에 성공해야 한다는 생각으로 마음을 정했다. 비상구로 대피하십시오, 신속히 대피하십시오, 머뭇거리지 말고 속히 도망쳐야 한다고 안내 방송은 쉼 없이 흘러나왔다. 먼저 뛰어나가는 사람들의 뒷모습을 보니 덩달아 마음이 급해지고 몸은 마음대로 움직여지지 않았다.

학교에서 화재 대비 훈련을 했을 때, 나는 굼뜨게 행동하는 아이들을 꾸짖었다. 장난치는 아이들은 호되게 혼을 냈다. 위급한 사태가 일어나면 생사가 갈리는 일이 아닌가! 그렇게 느려터져서 퍽도 살아남겠다, 빨리빨리 이동해. 장난치지 말고. 나의 시선이 닿는 곳마다 학생들은 눈길을 피했다. 제발 자신에게는 태클을 걸지 말아달라고 애원하듯 재빨리 고개를 숙였다. 화재 대비 훈련이 끝나고 방을 점검하러 돌아다니는데 소곤소곤 이야기가 새어 나왔다. 이사도라 말이야, 화재 경보가 울리면 저 혼자 미친 듯이 도망갈 게 뻔해! 우리를 전혀 챙기지 않고 저 혼자 살겠다고 도망칠 거야. 듣는 학생도 동조하듯 맞아 맞아를 외치며 깔깔대고 웃었다. 학생들 말대로 24시간을 돌아다니며 그들을 위해 일했지만 학생들은 똘똘 뭉쳐 나를 비난했고 미워했다.

202호에는 어머니의 손을 잡고 아버지를 문병 오는 꼬마 아이가 있다. 꼬마는 201호에 입원한 할아버지를 무척 잘 따랐다. 자식이 없는 할아버지는 애교 많은 꼬마 아이를 퍽 귀여워했고 편의점에 데리고 가 맛있는 초콜릿을 곧잘 사주었다. 자신을 문병 온 사람들이 사다준 비싼 과일 음료도 아껴두었다가 꼬마 녀석을 먹이곤 하였다. 야무지게 빨대를 꽂고 쭉쭉 먹는 모습이 귀여워서 빙긋 웃으며 꼬마를 바라보던 할아버지. 그 애틋한 우정을 지켜보며 병원 사람들은 행복해했다. 친손자로 아는 사람까지 있을 정도로 할아버지는 꼬마를 귀히 여겼다. 아버지는 교통사고 환자로 사고를 낸 사람들과 합의가 늦어져 퇴원이 미뤄지고 있었고 눈에 보이는 특별한 외상은 없었다. 나이 롱환자라고 손가락질하는 사람들도 생겼지만 사고가 났으면 3주 동안은 기본으로 입원을 하는 거라며 꼬마의 아버지를 두둔하는 사람도 많았다. 분명한 건, 꼬마의 아버지는 꼬마와는 달리 속물 근성을 얼굴에 드리우고 있었다. 유난히 기름기로 번들대는 콧잔등과 툭 불거져 나온 광대뼈는 번진번질 지저분하게 광이 났다. 자신의 피해 정도를 말하는 꼬마 아버지의 눈빛이 얼핏 흔들리는 것을 보상 담당자는 놓치지 않고 보았을 것이다. 아버지가 원하는 보상 금액은 생각보다 큰 것이어서 보상 담당자는 혼자 결정을 내리지 못하고 회사로 돌아가 윗분들과 상의해보겠다고 답했다. 한숨을 내쉬는 보상 담당자의 얼굴에 수심이 가득했다. 협상에 실패했으니 회사에 돌아가도 한마디 얻어들을 것이 불을 보듯 훤했다.

띠링띠링 귀청이 찢어지게 화재 경보가 울리고 안내 방송이 거듭되는 위급한 상황에서 꼬마는 아버지의 손을 잡고 할아버지를 찾았다. 곤히 잠들어 있는 할아버지를 고사리 같은 손으로 흔들어 깨우고, 함께 도망가야 한다며 201호로 뛰어온 꼬마는 병원의 스타가 되었다. 발을 동동 구르면서도 할아버지 손을 꼭 잡고 놓지 않았다고 사람들은 의리 있는 녀석을 입이 마르도록 칭찬해주었다. 허둥지둥 꼬마의 손에 이끌려 병실을 탈출한 할아버지는 똑바로 정신을 차리고 한참 동안 꼬마를 품에 꼭 안아주었다. 꼬마를 향한 할아버지의 깊은 포옹에는 마음 깊이 우러나오는 감사가 묻어났을 것이다. 병원을 발칵 뒤집어놓은 화재 안내 방송은 기계의 오작동으로 판명되었고 놀란 가슴을 쓸어내리며 환자와 보호자들은 강력하게 항의하고 병원 측의 제대로 된 사과를 요구했다. 잘못된 안내 방송으로 간호사들은 병실마다 찾아다니며 죄인처럼 머리를 조아려야 했다. 기계의 오작동을 간호사들에게 꾸짖으며 환자들은 스트레스를 받아 혈당이 치솟았다고 말했고 보호자도 없이 움직임이 신통치 않은 환자들은 통곡을 하며 펑펑 울었다는 소문도 돌았다.

기계가 오작동한 것이 아니라 누군가 흡연 금지 구역에서 담배를 피워 똑똑한 기계가 뭉글뭉글 피어오르는 연기를 정확히 감지한 것이라는 말도 있었다. 관리를 소홀히 한 관리자가 문책되었다며 얼굴도 모르는 관리자에 대해 사람들은 무책임하게 말했다. 떠도는 소문에 일일이 응대하기 피곤해진 종합병원은 간략하게 '기계 오작동'이라는 일관된 변명으로 사태를 무마해버렸다. 짧은 찰나의 시간이었지만 사지가 결박된 것이나 마찬가지인 움직이지 못하는 환자들은 똑똑하게 자신의 처지를 돌아보게 되었고, 한참을 슬퍼해야만 했다. 누구 하나 곁에 없어 외로웠던 환자들은 오래토록 자신의 주어진 현실을 가슴 아파했다. 고독하고 외롭게, 엄습하는 죽음의 공포에 무방비로 노출되었던 그들은 쉽게 서러움을 떨쳐버리지 못했다.

201호에 입원한 할아버지는 꼬마와의 진실된 우정을 오래 이어가지 못했다. 마치 자신의 핏줄인 양 꼬마를 어여삐 여기던 할아버지는 두 번의 수술을 통해 폐암을 극복하려 애썼지만 끝내 숨을 거두고 말았다. 병원에 입원하기 전부터 예후가 좋지 않은 상태였다. 할아버지가 돌아가시던 날, 꼬마는 할아버지가 돌아가시는 꿈을 꾸었다고 했다. 어리지만 불안한 마음에 병원에 오자마자 할아버지를 찾은 꼬마는 깨끗하게 정돈된 침대를 보며 하염없이 눈물을 흘렸다. 어린아이답게 울고불고 떼를 쓰며 할아버지를 불러댔지만 끝내 마음을 나누었던 할아버지와 재회할 수는 없었다. 간호사들은 서러움에 북받쳐 꺽꺽 우는 꼬마를 달래며 다른 병원으로 가신 거라고 어르고 달랬지만 꿈에서 생생하게 할아버지를 만난 아이는 선의의 거짓말을 믿지 않았다. 어렴풋하게 할아버지의 쓸쓸한 죽음을 눈치챈 것이라며 빛나는 둘의 우정에 거듭 탄복했다. 홀로 저승길을 가신 할아버지도 꼬마의 눈물을 보았다면 차마 발길이 떨어지지 않았을 거라며 모두들 눈물을 글썽거렸다. 생면부지의 할아버지를 마음으로 아낀 꼬마의 동화 같은 이야기는 병마에 지친 환자들의 마음을 달래주었다. 답답한 병실에 갇혀 지내며 삶의 의미를 잊고 지냈지만 가슴 밑바닥에는 누구나 사랑을 베풀고 싶고, 사랑을 받고 싶은 속내가 감추어져 있는 까닭이다.

할아버지의 애석한 죽음으로 꼬마는 금수저를 손에 쥐게 되었다. 젊은 시절, 아내와 사별하고 재혼을 하지 않은 할아버지는 재산을 물려줄 자식도 없었고 사후 재산을 모조리 꼬마 앞으로 남겨주었다. 삶의 마지막을 정리하면서 자신이 고생해서 벌어놓은 재산을 어디에 위탁할까 고민이 많았다는 메모와 함께 나의 가장 소중한 친구에게 이 모든 재산을 넘긴다는 유언장을 남겼다고 했다. 금액이 얼마인지는 정확하게 밝혀지지 않았지만 조금이라도 보상을 더 받으려고 보험사와 합의를 보지 않던 꼬마의 아버지는 유언장을 들고 홀연히 사라졌다며 사람들은 할아버지의 재산을 멋대로 추측했다. 억대의 재벌이라는 소문도 있었고, 시골 동네의 졸부라는 말도 떠돌았지만 정확한 것은 알 수 없었다. 진심을 다해 할아버지를 구하고자 했던 어린 마음은 재산도 모두 다 물려줄 만큼 숭고한 것이라는 게 병원 사람들이 배운 참된 교훈이었다.

병원 24시, 병이 나은 사람은 퇴원을 준비하고 있고 처방전을 받아 들고 가벼운 마음으로 병원을 떠난다. 사고로 병원을 찾은 사람들은 입원 수속을 하고 가족들을 찾으며 애타게 운다. 생사의 갈림길에서 먼 길을 떠나는 안타까운 일도 일어나고, 돌아가신 아버지를 부르며 곡하는 소리도 들린다. 당뇨 관련 신약이 개발되었다는 플래카드가 펄럭이는 병원, 100대 의료인으로 선정되었다는 내분비외과 전문의가 활짝 웃으며 병원의 24시를 은밀히 감시하고 있다.

| 합리적 의심

합리적 의심

　　그이는 오늘도 기관사로 근무 중이다. 식은땀으로 축축이 젖은 베갯잇이 눅눅하다. 이젠 그만 좀 달려요, 낮게 속삭이는 내 음성을 잠결에 들은 걸까. 외마디 비명을 내지르곤 그대로 눈을 질끈 감아버린다. 2년 전, 그이가 운전하는 철도에 몸을 던진 시민. 생활고 때문이라고 했다. 지긋지긋한 가난을 견딜 수 없어서 노숙 생활을 하게 된 그는 고달픈 현실을 끝내기로 마음먹고 지하철 승강장에 선 것이다. 지하철이 전 역을 출발하였으니 한 발짝 뒤로 물러서라는 친절한 경고에, 그는 한 발짝 두 발짝 서서히 다가섰고 결국 고달픈 현실에 종지부를 찍었다. 죽고 없는 이에게 왜 하필 그 기차여야 했냐고 따져 물을 수도 없었다. 죽은 자는 어떤 변명도 하지 않았고 단말마 같은 외침은 그이의 뇌리 깊숙이 박혀 오늘도 더딘 운행 중이다.

어려운 가정 형편에도 굴하지 않고 공부했던 착실한 사람이었다. 기관사가 되는 건 그이의 오래된 꿈이었다. 처음 맞선 자리에서 그이를 만났을 때, 직업이 기관사라며 환하게 웃던 모습이 참 소박하고 순수해 보였다. 자신의 장래 희망의 반을 이루었으니 장가만 잘 들면 된다던 그이는 허락 없이 끼어든 타인의 죽음으로 인해 인생의 마디마디를 위태롭게 견뎌내며 살고 있다. 철도대학에 합격하고 세상을 다 얻은 듯 기뻐했다던 그이는 차츰 철도 위의 삶을 포기하며 살고 있다.

사고가 있던 날, 남편을 위해 특별식을 준비하고 있었다. 미꾸라지에 왕소금을 뿌려 깨끗하게 해감을 하고 산 채로 끓였다. 물이 미지근해질 때가 되면 온도에 민감한 미꾸라지들은 허둥대기 시작하고 그때 차가운 두부 한 모를 집어넣으면 몸에 열이 난 미꾸라지들은 순식간에 차가운 두부 속으로 처박힌다. 꽤나 고급 요리에 속하는 추두부 요리법은 생각보다 간단하다. 찬 두부를 넣는 시간대만 적절하게 맞추면 고소한 맛이 일품인 추두부 요리는 완성된다. 요리 방법의 댓글에는 먹음직스럽다는 글과 소름 끼친다는 의견이 반반이었다. 만드는 과정이 조금 잔인하기는 하지만 남편이 좋아하는 음식이라 큰 맘 먹고 장만하던 중이었다. 근래에 야간 근무가 많아 힘들어하는 그이의 원기 회복에 도움이 될 거라 생각하니 마음이 뿌듯했다.

이제 두부가 적당히 식어 굳어지면 알맞은 크기로 먹기 좋게 썰기만 하면 된다. 요리를 마무리하고 설거지를 하는데 아끼던 밥그릇이 손에서 미끄러져 박살이 났다. 이천 도자기 축제 때 구입한 투박하고 튼

실한 녀석인데 무척 아까웠다. 혼잣말처럼 오늘 재수가 없으려나, 읊조리듯 중얼거렸던 게 화근이었다. 말이 씨가 된다고 정말로 그이 인생 최대의 재수 없는 날이 되고 말았으니 입방정을 떤 걸 얼마나 후회했는지 모른다. 일순 불안한 전화벨이 울려댔다. 마치 죄를 짓고 도주 중인 사람처럼 급하게 심장이 뛰었다. 덜덜 떨리는 음성으로 전화한 그이는 바들대며 최대한 침착하게 말을 뱉었다. 자기… 내가… 사… 사람을… 죽인… 것… 같…… 아…….

사고 현장에 도착했을 때는 이미 폴리스라인이 쳐져 있었고, 처참한 광경을 차마 볼 수 없어 상황실로 급히 올라갔다. 불미스러운 자살 사고로 인해 잠시 출입문을 폐쇄한다는 안내 방송이 연이어 나오다 질서 있게 하차하라는 음성이 뒤따랐다. 생생한 사고 현장을 목격하고 나서야 그이에게 닥친 시련이 실감이 났다. 지하철 문이 빼꼼히 열리며 가장 먼저 탈출한 노인은 잔뜩 인상을 찌푸리며 말했다. 재수 없게 사람 친 기차에 탔네그려. 기관사는 뭘 한겨! 정신을 똑바루 챙기구 살필 일이지! 하필 내가 탄 기차에서 치여 죽을 게 뭐여! 경박한 노인을 질타하고 싶었지만 나는 울음을 삼키며 지나쳤다.

불행 중 다행으로 그이는 현장에 없었다. 사고 직후, 전후 사정도 모르는 영감에게 원망을 들었다면 얼마나 속이 상했겠는가. 그이는 경찰 조사를 받기 위해 자리를 비운 뒤였다. 얼마나 가슴이 떨릴까. 후들거리는 다리를 끌고 경찰서로 가는 내내 어떤 말을 건네야 할지 막막했던 마음. 택시에 타서도 목적지를 묻는 기사에게 그이에게 데려다 주세요, 라고 답할 만큼 나 또한 혼이 쏙 빠진 상태였다. 경찰 조사를 받는 남편이 보였다. 난데없이 죄인이 된 그이가 처참한 얼굴로 상황에 대해 이야기하고 있었고, 경찰 또한 그이를 다독이며 위로하기 바빴다. 그이에게 명백히 죽음에 대한 책임은 없었다. 그이의 죄는 기관사의 꿈을 이룬 것이 전부였으므로 진술을 마친 그이는 유유히 경찰서를 빠져나올 수 있었다. 하지만 사고 이후 그이는 스스로가 만든 감옥 안에 갇혀버렸다. 집행 기간도 없는 감방 안에서 본인에게 죄수복을 입히고 긴 복역 중이다.

그 사람 말이야, 내가 알고 있었던 사람 같아. 뜬금없이 사망자의 신원에 대해 마치 잘 아는 것처럼 이야기를 했다. 둘만 있는 공간에서 비밀스러운 이야기를 하듯, 최대한 목소리를 낮춰 주변을 살피며 그이는 말을 이었다. 대학 시절, 자신이 듣던 수업에서 조별 과제가 있었는데 과제를 성실히 수행하지 못한 학과 동기에게 심한 말을 뱉은 적이 있단다. 곰곰이 생각해보니 자살한 그 남자가 맞는 것 같다며 생김이 퍽 닮았다는 말을 했다. 물론 얼토당토않은 이야기다. 사고자의 얼굴을 그이는 본 적도 없을뿐더러 자살한 남자는 그이와 대학 동기가 되기엔 나이 차이가 많이 나는 사람이었으니까. 군복무 기간을 계산해 빼더라도 사고자와 그이는 대학에서 만날 연배가 아니었다. 상당히 불합리한 의심이었다. 스스로의 망상에 사로잡혀 자신을 궁지에 몰아넣는 그이가 참으로 가엾고 불쌍했다. 그이가 상황을 잘 받아들일 수 있도록 돕고 싶었지만 나 또한 처음 겪는 일이 매양 서툴기는 마찬가지였다. 남편의 사고 이후, 나는 잠이 들면 접시를 깨고, 국그릇을 깨고 심지어는 항아리까지 깨는 꿈을 반복해 꾸며 위태로운 잠자리에 들어야 했다. 다크서클이 짙어지는 퀭한 눈자위로 남편의 이야기를 묵묵히 들어주는 것이 당시 내가 할 수 있는 위로의 전부였다.

그이는 담담한 얼굴로 내게 물었다. 표정이 사라진 얼굴은 공포 영화의 주인공처럼 섬뜩하게 느껴졌다. 당신은 알아? 왜 그 사람이 내 기차에 뛰어들었는지? 왜 하고 많은 기차 중에 내 기차여야만 했을까? 그다음 열차도 곧 들어왔을 테고, 아니면 그전 열차도 있었잖아. 그런데 말이야. 왜 하필 내 기차에 몸을 던졌을까? 그 사람과 나는 전생에 어떤 악연이 있었던 걸까. 그이도 알고 있겠지. 그에 대한 답을 줄 수 없다는 걸 너무도 정확히 알고 있을 것이다. 나 또한 그가 살아 돌아온다면 멱살을 잡고 왜 내 남편의 기차에 뛰어들었냐고 따져 묻고 싶었다. 생명을 끊은 타인의 공으로 현실과 벽을 쌓는 그이를 앞으로 어쩔 거냐고 악다구니를 쓸 판이다.

OECD 가입국 중에서 자살률이 1위라며 아나운서가 똑 부러진 음성으로 오늘도 우울한 뉴스를 전하고 있었다. 얄미울 정도의 정확한 발음으로 쪽방촌에 살던 노숙인이 지난 새벽, 하루를 머물 쪽방촌에서 생목숨을 끊은 안타까운 사연을 말했다. 서울역에서 길을 잘못 들어 벌집촌에 발을 들인 적이 있었다. 다닥다닥 붙어 지어진 남영동의 집들은 가난을 오롯이 증명하며 세워져 있었고 누추한 옷차림의 사람들은 그곳에서 힘든 생계를 꾸려가며 어두운 표정으로 골목을 누비고 있었다. 서울 도심의 한복판에서 마주한 쪽방촌의 생경한 모습이 쉬 잊히지 않았던 기억. 그날의 헛헛했던 마음이 스멀스멀 밀려오는 찰나, 남편의 거친 쌍소리가 이어졌다. 젠장맞을 새끼. 뒈져버릴 거면 제 집구석에 가서 죽어야지. 누구 인생을 망치려고 남의 집에서 죽고 지랄이야. 왜 물귀신마냥 산 사람을 잡고 늘어지냐고. 저 쪽방촌 집주인은 뭔 죄야. 왜 대롱대롱 매단 징글맞은 놈의 주검을 봐야 하는 거냐고. 한 번도 접해보지 못한 그이의 모습에 놀란 건 나였다. 그이는 자살한 남자에 대한 강렬한 증오로 하루하루를 버티며 사는 중이었다. 그이도 욕을 할 줄 아는 사람이란 걸 난생처음 알았다. 분노를 표출하는 방식이 상당히 상스럽기는 했지만 화가 나도 참는 것보다는 낫겠다는 마음으로 거칠게 욕을 하는 그를 탓하지 않았다.

추두부 요리를 만들며 적당한 타이밍을 찾기 위해 미꾸라지의 유영을 건조하게 바라보았다. 제3자의 시선으로 그날의 내 모습을 들여다보니 오소소 소름이 돋았다. 잔인했겠구나……. 아직은 찬기가 남아 있는 물에서 미꾸라지들은 유유히 헤엄치며 그들에게 닥칠 불행을 생각지 못하는 듯했다. 온도가 오르자 급히 꼬리를 휘젓고 연신 몸을 비틀어댔다. 그 시간을 잘 맞춰야 미꾸라지들이 자신의 있는 힘을 다해 찬 두부 속으로 쏙쏙 들어간다. 차가운 두부에 머리를 처박는 미꾸라지들을 보며 만족한 듯 미소를 머금은 게 그날 내가 지은 죄의 전부다. 시장의 전시된 수조 안에 있는 미꾸라지들은 어차피 죽을 목숨이었다. 내가 추두부 요리로 선택하지 않았더라도 누군가는 추어탕 재료로 혹은 튀김용으로 싱싱한 추어들을 사 갔을 테니까. 애써 합리적인 변명을 해보지만 그들의 점점 느려지는 유영이 요즘 들어 눈에 자꾸 밟힌다.

휴직이 끝나고 동료들의 권유로 복직을 했지만 그이는 기차를 다시 몰지 못했다. 운전대를 잡을 수가 없다고 했다. 고해성사하듯 죽은 자의 눈동자가 자신을 따라다닌다고 말하고는 눈물을 떨궜다. 죽었으면 다 끝이야. 눈동자만 살아남아 당신을 지켜볼 리 없다고, 이야기하고 싶었지만 끝내 말하진 못했다. 내가 그이라도 운전대를 다시 잡을 순 없을 테니까. 그날의 악몽이 선연하게 떠오르겠지. 역사에 들어설 때마다 진정되지 않는 심장으로 그는 또 다른 공포와 날마다 마주하며 살아야 하겠지. 당장 생계에 대한 걱정이 없는 건 아니었지만 그이 인생 최악의 터널을 함께 걷는 게 또 부부일 테니까, 함께해야 한다고 나 자신에게 주문을 걸듯 다짐받았다.

도저히 멈출 수가 없었어. 경고등에 불이 깜빡일 때는 이미 늦어버려서 속도를 줄일 수가 없었다며 끔찍한 과거가 떠오르는 듯 두 눈을 꼭 감았다. 그이의 증언에 따르면 그는 웃고 있었다고 했다. 잔인하게 마주친 그의 눈은 버거운 생을 등지고 떠날 수 있어서 홀가분해 보였다고, 분명 웃고 있었다고 했다. 황망한 상황이 마치 꿈만 같아서 그의 눈을 똑똑히 다시 보기 위해 두 눈을 부릅떴을 때, 이미 기차가 그의 몸을 깔고 난 후였다고. 직관과 감으로 덜컹거림을 감지할 수 있었다며 총기 없는 눈을 홉떴다. 그 자식, 정말이지 웃고 있었다니까. 죽기로 작정한 사람이니 삶의 마침표 앞에서 행복했을 수도 있다. 하지만 참고 살아냈더라면 진정한 웃음을 지었을지도 모를 일이다. 사망자의 연고자를 찾기 위해 수소문했지만 쉽지 않았다. 신분증에 기재된 주소도 오래전에 실효된 상태였고, 가족 없이 떠돌이 생활을 오래했는지 인연이 닿는 사람을 찾기가 쉽지 않았다. 무리지어 노숙하는 사람들끼리 데면데면 얼굴을 익혀왔을 뿐, 그의 행적에 대해 소상히 아는 사람은 없었다. 그는 무연고자로 분류되어 시립 화장터로 옮겨졌고, 한 줌의 재가 된 한참 후에 부인이 찾아왔다는 소식만 전해 들었다.

그의 부인은 그다지 슬퍼하지 않더라고 했다. 노숙인으로 전락한 희망 없는 남편이 남겨준 보험금 앞에서 슬쩍 미소를 짓더라고. 사건 담당 형사는 죽은 놈만 불쌍하다는 말을 여러 차례 반복했다. 사망자의 이름은 들은 적이 없다. 아니, 들었으나 기억하고 싶지 않은 것이리라. 영리한 내 기억 회로는 그의 이름 따위는 흘려듣도록 조작 가능했다. 죽어서도 그는 여전히 세상으로부터 대접받지 못한 채, 죽은 놈이란 단어로 세상을 떠돈다. 등 돌리면 남이 되는 관계가 부부지간이라더니 그렇게 매정할 수도 있구나 싶어 젖은 한숨이 절로 새어 나왔다. 부인은 남편의 매장 위치에 대해 묻지 않음으로 둘의 관계를 말끔히 청산했다고 들었다. 사망자의 죽을 이유가 더욱 분명해지자 분노의 활시위를 어디로 겨누어야 할지 마음의 갈등이 심해졌다. 사망자의 부인은 사망확인서를 들고 빠르게 보험 창구로 걸음을 옮길 것이다. 살아생전 남편 구실을 못 하던 사람이 죽어 애비 구실을 한다며 사뿐히 걸을 그녀는 알까. 죽어서 그가 남긴 건 보험금만이 아닌 한 가족의 예기치 못한 불행이란 걸.

문득 찬 두부 속으로 고개를 처박을 수밖에 없는 미꾸라지 무리가 떠올랐다. 차가운 두부에 몸이 식을 때, 잠시 잠깐은 다행스럽고 행복했지만 두부가 서서히 익어가면서 미꾸라지는 얼마나 갑갑했을까. 다시는 돌이킬 수 없는 운명을 순순히 받아들이기에는 너무 갑작스럽지 않았을까. 우리 신랑이 불현듯 맞닥뜨린 현실 앞에서 하염없이 절망하는 것처럼 미꾸라지도 그렇게 찬 두부를 넣은 유혹의 손길을 원망하며 죽어갔을까. 그날 추두부 요리를 장만하는 게 아니었다. 자꾸만 후회가 드는 마음은 주체할 길이 없다. 어쩌면 미꾸라지들은 죽어가면서 자신들을 궁지에 몰아넣은 내게 최선을 다해 독기를 품었을지도 모른다.

그이의 단짝 친구 인성 씨도 공황장애를 앓고 있었다. 15년간 무사고로 운행을 하던 인성 씨는 승객의 가방이 스크린 도어에 끼어 고장이 나는 사고를 당하고는 심리적 불안감을 끊임없이 호소하게 되었다. 단짝 친구의 소식을 전하며 담담하게 말을 하던 그이의 얼굴을 기억한다. 그래서 인성 씨는 계속 일은 할 수 있는 거야? 그 와중에도 인성 씨를 진심으로 걱정하기보다는 당장 인성 씨의 가족에게 닥쳤을 생계에 대한 압박이 먼저 떠올랐다. 평생 직장처럼 보이는 기관사는 꽤나 매력적인 직업이다. 나 또한 맞선남의 직업이 기관사라는 것이 싫지 않았으니까. 남들의 눈에 비친 기관사는 월급 잘 나오는 직업군 중에 하나로 충분한 휴식도 동반된다고 생각하지만 실상은 그렇지가 못했다. 어지럼증과 가슴 답답한 증세로 정신과 치료를 받는 동료들도 많고 상태가 호전되지 못하는 경우가 훨씬 더 많은 직업군이다. 그런데도 경제 위기 탓인지 철도대학은 여느 정규대학 못지않은 인기를 누리며 승승장구 중이다. 한때 남편의 꿈을 싣고 철로 위를 힘차게 달렸을 기차를 등지고 남편은 공포가 깃든 무의식과 힘든 싸움을 하며 산다. 누군가 대상이 정해진 다툼이라면 속이라도 편할 것이다.

당신도 버거운 거 아는데 말이야. 정신과 치료를 좀 받아보면 어떨까. 조심스럽게 말을 건넸다. 최대한 얌전한 어투로 눈치 보며 이야기했는데 예상에 어긋난 반응이다. '정신과'라는 단어에 한껏 날이 선 그이가 못마땅한 듯 나를 건너다본다. 이제 나를 완전 미친놈으로 보는구나. 당신이라면 어떨 것 같은데? 지금 내가 사는 꼴이 우습지? 돈도 한 푼 못 버니까 앞으로 사람 구실할까 싶어서 답답한 거 아니냐고! 조금만 기다려주면 되지 어쩜 그런 말로 사람 속을 긁냐, 모진 여자 같으니라고! 마치 내 입에서 정신과라는 단어가 뱉어지길 기다렸던 사람처럼 속사포로 쏘아댔다. 언젠가 그런 권유에 이런 식의 대처를 하겠노라 벼르고 있던 사람처럼 상대방이 이야기할 틈도 없이 몰아치는 말에 기가 팍 질려버렸다. 언제가 되어야 끝날 수 있을까. 지난하기만 한 과거의 터널은 남편을 옥죄고 도통 놔주지 않았다.

집에 돌아오니 중학생 딸아이가 엉엉 울고 있다. 안방에서 들려오는 아빠의 전화 통화를 엿듣게 된 모양이다. 그이는 '생명의 전화'에 전화를 걸어 상담원과 통화 중이었나 보다. 사는 게 사는 게 아니라며, 이제 그만 떠나고 싶다고 마지막 유언처럼 내뱉은 아빠의 말에 잔뜩 겁을 먹은 딸은 꺽꺽 설움을 토해내며 울고 있었다. 아빠의 힘든 사정을 잘 알고 있었던 딸아이였다. 남편의 사고 이후, 갑자기 철이 들어버려 나를 놀라게 했던 딸이 섧게 울고 있으니 가슴이 아렸다. 그이가 우리 곁을 떠날 수도 있다고 생각하니 그저 상상만으로 마음이 저렸다. 내 속이 이렇게 짠하고 아픈데 어린 딸은 얼마나 상처를 받았을까. 딸아, 울지 마라. 아빠는 살기 위해 몸부림치고 있는 거란다. 죽지 않고 살아내야 할 이유가 있기에 아빠는 버둥대며 '생명의 전화' 벨을 울린 거란다.

자신의 문제점을 잘 알고 있으면서도 정신과 치료만은 극구 사양하는 까닭을 알 수 없었지만 그이를 믿어보기로 했다. 가족의 동의만 있으면 얼마든지 입원 수속은 가능했다. 직접 문의한 사설 정신병원에서는 언제든 모시러 오겠다며 병원차를 보내 환자를 신속하게 싣고 온다는 말로 통화를 종료했으나 그이를 그곳에 보낼 생각은 들지 않았다. 또다시 자신의 의지와는 상관없이 인생의 길이 바뀐다면 그는 얼마나 더 절망하겠는가. 남편의 선택을 존중해주는 부인이고 싶었다. 남편의 철로에 사고자가 끼어들지 않았다면 우리 가족은 순탄한 운행을 하며 삐걱대지 않았을 것이다. 나름 분명한 목적지를 가지고 화목하게 살던 가정이었으니까. 그의 노선을 송두리째 뒤흔든 사건을 묵묵히 운명이라 받아들이기엔 나도 그이도 너무도 억울했다. 죽음의 그림자를 드리운 승객은 스크린 도어가 없는 역사를 선택해 완전범죄를 저질렀으므로 그이는 차마 막을 길이 없었다. 치밀한 사망자는 그렇게 우리 가족에게 매일매일 생채기를 낸다.

고단한 시간은 그렇게 흘렀다. 고시원에서 목을 맨 남자의 이야기가 화면을 통해 흘러나오자 딸아이는 잽싸게 채널을 바꿨다. 갑자기 철로를 이탈해버린 남편은 꿈을 잃고 하루가 다르게 늙어갔다. 회사에서도 복직을 하라는 권고 전화를 더는 걸어오지 않았고 공황장애를 버티며 꿋꿋하게 기차를 몰던 인성 씨는 삼겹살집을 오픈하여 철도와의 인연을 뒤로했다. 단짝 친구의 개업식에도 불참할 만큼 남편은 세상사에 무관심한 남자로 하루하루 시간을 죽이듯 살아내고 있었다. 남편이 유일하게 외출하는 시간은 약국에 가는 시간이었다. 어떤 성분의 약인지는 모르지만 남편은 알약을 모으고 있었다. 남편의 서랍장에는 먹지 않은 알약이 차곡차곡 쌓여가고 있었다. 하지만 애써 모른 척했다. 남편을 굳게 믿었기 때문일까. 정직하게 내 마음에 묻는다. 절대 남편은 자살할 사람이 아니라고 믿고 싶었던 걸까. 사망자의 보험금을 수령해 간 아내를 본 적이 없는데 꼭 한 번 만난 사람처럼 그녀의 안부가 궁금해지는 건 왜일까. 말을 한 번 붙이더라도 다정하게 해야지, 퉁명스럽지는 말아야지, 생각했던 내 마음은 어느새 퇴색되어 되도록 말을 하지 않는 쪽으로 바뀌어가고 있었다. 중학교를 마치고 고등학교에 진학한 딸아이도 자신의 성적에만 연연할 뿐 아빠에 대한 관심을 차츰 잃어갔다. 스스로를 신뢰하며 사는 삶을 택한 것이다. 불안한 부모의 미래는 딸아이를 한 뼘 크게도 만들었지만 부모와 멀어지게도 했다.

마포대교에 갔어. 자살 방지 다리가 있더라고. 난간에서 내려다보는데 불이 반짝 켜지더니 별일 없지? 하고 묻더라. 활자 가득 사람 냄새가 나더라고. 가슴 한구석이 뭉클했어. 그이는 지금 내게 살고 싶다고, 반드시 살아야만 한다고, 조곤조곤 말을 건네고 있다. 그래서 당신은 뭐라고 답했어? 별일 없다고 이야기했어? 아니, 아무 말도 하지 않았어. 그랬더니 다음 불이 또 반짝반짝 켜지더니 내일은 해가 뜬다고 나를 위로해주더라고. 그이는 치열하게 자신의 반대되는 마음과 싸우는 중이었다. 그이와 함께 마포대교를 오른 것도 아닌데 나 또한 마음이 울컥해졌다.

순탄한 경로를 이탈하면서 그이의 불행은 이미 점쳐졌는지도 모른다. 사고 이후, 꼬박 2년을 힘들게 살던 남편은 끝내 가족의 곁을 영영 떠나버렸다. 그토록 자신이 혐오하던 자살을 택함으로 생의 마지막 페이지를 접었다. 남편은 근처 모텔에서 목을 맨 채로 발견되었다. 스스로 입이 닳게 얘기하던 젠장맞을 새끼가 되어 낯모르는 모텔 주인에게 민폐만 끼치고 떠나버렸다. TV 화면을 마주하며 남편의 사고 소식을 듣고 그이가 그랬던 것처럼, 누군가는 타인의 삶에 허락 없이 누를 끼친 남편을 한바탕 거칠게 욕할지도 모르겠다. 놓쳐버린 그이의 꿈과 암울했을 내일에 대해서는 구태여 알고 싶어 하지 않겠지.

그날 밤, 나는 접시를 깨는 꿈 따위는 꾸지 않았다. 119 구조대와 함께 도착한 곳에서는 긴 혀를 늘어뜨린 채 남편이 난간에 걸려 있었다. 그이가 죽고 없는 경우를 가정해보지 않은 건 아니었다. 가끔은 잔뜩 사다 모아둔 약을 한입에 털어 넣지 못한 그를 원망한 적도 있었다. 서로가 힘들어지면서 모진 생각이 들 때도 있었다. 그런 내 마음도 낱낱이 알고 있었다는 듯 그이는 내 곁을 훌쩍 떠나버렸다. 임종 전후 사람의 몸무게를 달아보면 21그램 차이가 난다고 한다. 그것을 영혼의 무게라고 보는 사람들이 있다. 지구상에서 가장 작은 벌새가 꼭 21그램이 나간다고 하는데 남편도 그리 가볍게 떠났을까. 한 마리 자유로운 벌새가 되어 고달픈 생을 떠나 훨훨 날아가고 있겠지. 한때 남편이 마지막으로 모는 기차는 천국 열차가 되기를 바랐던 시간도 있었다. 하지만 제아무리 천국으로 향하는 기차라도 이제 남편이 운전대를 잡는 것은 원치 않는다.

그이의 장례식을 치렀다. 기관사로 재직 중인 동료들은 오전과 오후반으로 나누어 문상을 왔고 술잔을 기울이며 그날의 사고에 대해 전혀 심각하지 않은 얼굴로 이야기를 나눴다. 삼겹살집 사장이 되어 번들번들 잔뜩 기름기가 오른 인성 씨는 공황장애가 정말 무서운 질환이라며 자신이 고통받았던 경험을 취기에 늘어놓았고 입시에 지친 딸아이는 졸음의 무게를 견디지 못하고 잠시 골방에 들어가 눈을 붙였다. 남편이 경로를 이탈하는 순간, 사실상 나의 목적지도 사라진 꼴이다. 가장의 역할을 만족스럽게 수행해준 남편이 있었기에 가정이라는 기차는 허둥대지 않고 각 정류장마다 소박한 추억도 많이 남겨 두었다. 허무한 마음이 앞서 이젠 눈물도 나오지 않았다.

상조보험을 가입해둔 터라 장례 절차는 격식 있게 잘 마무리되었고 그이의 가는 길은 헛헛해 보이지 않았다. 품격 있는 리무진으로 배웅 받는 그이는 진심으로 편안한 듯싶었다. 한 줌의 재가 되어 다시금 품에 안긴 그이를 보니 알약을 모으는 걸 방치했던 내 모습이 또렷이 기억났다. 자살방조죄. 딸아이도 나를 향해 의구심을 품고 있을 터다. 그리고 아마, 그이도 눈치챘을 것이다. 떠나주는 게 편하다고 무언으로 답했을 내 마음을 눈치 빠른 그이가 절대 몰랐을 리 없다. 아내의 뵈지 않는 속마음을 향해 합리적인 의심을 품고도 끝내 묻지 못했으리라.

그이의 장례 비용을 결제하고 나오는데 멀리 한 무리의 사람들이 피켓을 들고 줄지어 병원 입구에 서 있다. 유치원생으로 보이는 어린 꼬마 아이가 어머니의 검은 상복 속에 파묻혀 눈만 빼곡 내밀고 있었다. 너무 어린 꼬마 아이는 존재만으로도 아버지의 죽음을 더욱 가슴 아프게 만든다. 창문에 바짝 다가가 바라보아도 뒤집어쓴 진녹색 군밤장수 모자와 커다란 마스크 덕분에 꼬마가 여자아이인지 남자아이인지 구분이 가지 않았다. 그저 꼬마답지 않게 추위와 맞서 싸우며 자리를 지키고 있는 것이 안쓰러울 따름이었다. 허리 디스크를 수술하다 남편이 죽었다며 도와달라는 문구를 들고 파란 마스크를 한 채 일가족이 시위를 하고 있다. 두툼한 옷으로 무장한 그들은 오랜 시간 투

쟁을 약속한 듯 보였다. '수술실로 걸어 들어가 잠들어 나왔네'라는 환장할 문구가 피켓을 가득 수놓고 있었다. 노란 바탕에 붉은 활자는 한눈에 시선을 사로잡았다. 이미 고인이 된 환자의 가족들은 참담한 마음으로 추위를 이겨내며 싸우고 있었다. 불현듯 불안감이 엄습한다. 그들은 누구를 상대로 싸움을 하고 있는 것일까? 촌수조차 매길 수 없는 남편을 떠나보내고 졸지에 미망인이 된 아내는 남편의 죽음과 관련한 사람을 과연 만날 수 있을까. 의료 과실에 대한 합리적인 의심을 품고도 시위를 통해서만 관계자들을 소환할 수가 있었다.

나는 뚝섬역이 제일 좋아. 그곳을 지날 때면 유일하게 바깥 풍경이 보이거든. 답답한 터널을 빠져나와 환한 빛을 보면 가슴이 뻥 뚫리는 것 같아. 그래서 나는 뚝섬역을 가장 좋아해. 어린아이처럼 재잘대던 그이. 그이의 말을 듣고 언젠가 꼭 한 번 뚝섬역에 가보겠노라 다짐했던 걸 이제야 이룬다. 태어나는 순간부터 정말 운명이라는 게 정해져 있는 걸까. 그이의 뒤를 따르고 싶은 지금의 내 마음도 정해진 나의 운명일지 모른다. 돌이켜 생각해보면 그이의 생명선이 유난히 짧았던 게 마음에 걸린다. 장난 반, 진담 반으로 요즘은 손금도 운수 좋게 수술을 한대. 지능선이 짧으면 지능선도 길게 만들고 재물선이 짤막하면 재물선도 길게 만들어버린다지 뭐야. 그럼 손금 수술만 하면 대박 나겠네? 명줄 짧은 놈도 길게 늘어뜨리면 그만 아냐? 깔깔대며 이야기하고 웃던 시절이 있었다. 이 모든 진실은 내 합리적 의심을 뒷받침한 채, 또 다른 의심을 증폭시켰다.

조용한 병실에 쩌렁쩌렁 확성기 소리가 울려 퍼졌다. "내 아들을 살려내라!" "내 남편을 돌려놔라!" 유독 귀에 들어오는 "우리 아빠를 다시 살려주세요."라는 육성이 비수가 되어 박힌다. 꼬마는 씩씩한 사내아이였다. 비겁한 관계자는 그들의 거센 항의에도 얼굴을 비치지 않았다. 수술방에서 그날 어떤 일이 일어났던 걸까? 관계자만이 아는 진실을 그들은 밝히지 않고 확성기 가득 울리는 음성은 고독하게 병원을 떠돈다. 그때였다. 차분한 음성의 안내 방송이 울려 퍼진다. 저희 병원을 사랑해주시는 여러분께 진심으로 감사드립니다. 병원 내의 소란을 정말 송구스럽게 생각합니다. 병원 관계자들은 조속한 해결을 위해 힘쓰고 있으며 사건의 진상을 바르게 파악하여 해결할 것을 약속드립니다. 감사합니다. 고객님의 건강을 위해 더욱 힘쓰는 병원이 되겠습니다. 얼굴 없는 그녀는 나긋나긋한 음성 하나로 환우들을 잘 설득하고 있다. 문 밖을 내다보니, 추위에 지친 꼬마가 손을 비벼 귀에 가져다 댄다. 녀석은 제가 피워낸 작은 온기로 몸을 녹이며, 녹록지 않은 세상에서 억울하지 않게 살아가는 법을 배우는 중이다.

중학교 때였다. 방학 때면 외가댁에 내려가 지내곤 했는데 귀여운 토끼가 새끼를 낳았다. '토순이'란 이름을 가진 흰 바탕에 검정색과 갈색 반점이 새겨진 몸집이 작고 귀가 쫑긋 솟은 앙증맞은 녀석이었다. 예쁜 토순이가 새끼를 낳았다니! 새 생명에 대한 벅찬 기대로 가슴이 두근거렸다. 내가 새끼를 가진 양 어깨를 으스대며 친구들과 몰려 집으로 돌아오자 할머니는 말씀하셨다. "토끼장 근처에 절대로 가지 말거라. 새끼 낳고 들여다보면 토순이가 새끼 물어 죽인다." 신신당부해도 마음이 놓이지 않으셨던지 검은 천으로 토순이네 집을 가려두곤 밭일을 가셨다. 치렁치렁 둘러진 검은 천은 강렬한 호기심만 더욱 자극할 뿐이었다. 사랑스러운 토순이가 일없이 왜 제 새끼를 죽이겠나 싶었다. 매우 합리적으로 친구들의 방문을 귀찮게 여긴 할머니의 거짓말이라 생각했다. 살며시 검정 천을 드러내고 밝은 플래시 빛을 비추며 토끼장으로 고개를 디밀자 놀란 토순이는 갓 낳은 새끼를 입에 물었다. 그러곤 먹어치워버렸다. 갑작스러운 토순이의 반응에 나와 친구들은 멍하니 바라볼 뿐이었다. 초식 동물인 토끼가 야금야금 제 새끼를 씹어 삼키는 모습은 적잖이 충격적이었다. 어둠 속에서 안심하던 토순이는 갑작스레 비춰진 빛이 공포스러웠던 모양이다. 어쩌면 내가 제 새끼를 해치거나 데리고 갈 거라 생각했는지 모를 일이다. 분명한 건, 당시 나는 새끼를 잡아먹는 토순이가 모성애도 없는 멍청하고 잔인한 토끼라고 생각했다는 것이다. 하지만 세월이 흐르며 종종 토순이의 마음을 돌아보게 되었고 지극한 사랑으로 제 새끼를 삼켰을 거란 생각도 들었다. 힘들게 낳은 새끼를 위험한 세상에서 키울 자신이 없었던 것은 아닐까.

그날, 애써 받은 새끼를 잃은 할머니는 어미 토끼처럼 가슴 아파했다. 할머니께 토끼장을 들여다봤다고 혼날 줄 알았는데 할머니는 아무 말씀도 하지 않으셨다. 할머니께 꾸중을 듣게 되면 거짓말을 할 요량이었다. 절대로 토순이네 집을 훔쳐보지 않았다고 발뺌을 할 생각이었다. 하지만 할머니는 대답이 준비된 내게 묻지 않았다. 주둥이 전체를 검붉은 피로 물들인 토순이가 이 너머로 깡충깡충 뛰어온다.

7호선 진녹색 표지판을 따라 철로에 섰다. 낭패다. 스크린 도어가 설치되어 있다. 빈부의 격차가 심해 종종 사고자가 많다던 역. 익숙한 당신의 음성을 기억해낸다. 중앙선 환승을 마지막 역으로 선택한 나는 급할 것도 없이 어정어정 걸음을 딛는다.

할미꽃

할미꽃

꽃이 시들면 푸른 잎도 지고 고왔던 꽃망울도 힘없이 고개를 떨구지. 그래도 질기게 꽃의 은은한 향기는 남아. 언젠가 네 여자 친구가 준 꽃이라며 장미꽃을 말리던 네 모습을 기억한다. 너는 장미꽃을 말려 향기를 간직하고 싶은 욕심보다 꽃을 받았을 때의 느낌과 떨림을 곱게 말려두고 싶었을 거야. 이해해. 네 마음. 사람의 인생길에는 유리알에 반사되는 아름다운 빛처럼 반짝. 쨍, 하고 그렇게 눈부신 소중한 기억의 터널이 있기 마련이지.

민성아.

엄마의 이런 부탁이 무리한 거니? 장미꽃을 말렸던 그 고운 빛깔로 네 할머니를 이해해달라면. 솔직히 지금 엄마는 네 할머니를 사랑해달라는 부탁을 하고 싶은 거야. 할머니는 무조건적인 사랑을 받아 마땅한 사람이니까. 알아. 사람은 같은 말을 들었을 때, 웃으며 반기지 못해. 아무리 제 귀에 듣기 좋은 칭찬도 반복해 들으면 짜증이 나는 법이야. 제가 받는 칭찬이 자꾸 들어 어느새 귀에 익숙한데 너 잘했다, 너 참 잘했구나 하면 그래, 나 잘했으니까 이젠 제발 그 소리 좀 집어치워요. 그게 인간이다. 할머니가 그러시지. 식사 시간을 구별하지 못하시곤 왜 밥을 안 주느냐고 투정 부리고, 네 딴에는 걱정되어 걸어드린 전화번호가 박힌 목걸이도 힘주어 뚝 끊어버리면 그만인 그런 노인이 되고 말았어. 엄마도 야속하다. 할머니가 네놈의 성의를 몰라 목걸이를 뚝 끊어서, 또 몇 번이고 군소리 없이 차려야 하는 밥상 때문은 아냐. 그저 너무 빠르게 흘러 이젠 다시 검어질 수 없는 네 할머니의 백발이 성성한 머리칼과 새벽녘에 어슴푸레한 달빛을 바라보는 할머니의 공허한 눈빛이 엄마는 참 야속하다.

민성아, 혹시 할미꽃의 전설을 들어봤니? 꽃마다 전해지는 꽃말이 있는데 할미꽃의 꽃말은 슬픔, 추억이래. 꽃말에 걸맞은 눈물 그렁한 사연이 있는데, 너 한번 들어볼래?

옛날 어느 산골에 한 할머니가 두 손녀를 키우며 살고 있었는데 큰손녀는 얼굴이나 자태는 예뻤지만 마음씨가 고약했고, 둘째 손녀는 인물은 못났지만 마음씨는 비단결 같았대. 혼기가 되어 큰손녀는 부잣집으로 시집갔고, 둘째 손녀는 고개 너머 가난한 집에 시집을 갔대. 큰손녀는 남의 눈도 있고 해서 할머니를 돌보겠노라고 말했으나, 시집간 지 얼마 되지 않아서 할머니를 소홀히 대하게 되었고, 마침내 할머니는 끼니조차 이을 수 없게 되었대. 할머니는 마음씨 고운 둘째 손녀가 너무 보고 싶어서 굽은 허리로 산 너머 고갯길을 향했지만 기력이 쇠한 할머니는 그 높은 고개를 넘어갈 수가 없었고, 둘째 손녀 집이 내려다뵈는 고갯마루에서 털퍼덕 쓰러지신 채, 결국 말 한마디 못하곤 세상을 떠나고 말았단다. 뒤늦게 그 사실을 안 둘째 손녀는 허겁지겁 달려가서 부둥켜안고 서럽게 통곡했대. 둘째 손녀는 양지 바른 곳에 할머니를 묻고 늘 바라보며 슬퍼했어. 그런데 이듬해 봄이 되자 할머니의 무덤가에 이름 모를 풀 한 포기가 슬며시 고개를 내밀었대. 그 풀은 할머니의 고단한 허리처럼 땅으로 굽은 꽃을 피웠다는데, 둘째 손녀는 이때부터 할머니가 죽어 꽃이 되었다고 믿게 되었고, 이 꽃을 할미꽃이라 이름 불렀다고 해.

사람의 마음이 참 간사하지? 눈에 잘 띄지 않던 그 할미꽃을 말야. 요즘은 유년의 기억 속에서 끄집어내 자꾸 만나려 해. 엄마가 말이야. 그 굽은 등으로 그리움의 언덕을 넘었을 할머니의 애절한 보고픔이, 할미꽃 속에 고스란히 스며 있지. 근데 엄마는 말야. 그 못된 첫째 손녀가 어쩐지 가엾다. 첫째 손녀는 할머니를 박대한 죄로 할머니의 무덤 앞에서 울 수도 없었을 거야. 할머니를 가장 서운하게 했던 첫째 손녀. 그 마음의 짐이 가장 무거울 수밖에 없지. 진정으로 할머니를 사랑했던 둘째 손녀는 할머니를 떠나보낼 수 있어도, 첫째 손녀는 할머니를 보낼 수 없었을 거야. 알아, 넌 지금 이렇게 말하고 싶겠지. 엄마가 그걸 어떻게 알아요, 그건 단지 전해지는 전설이라고요. 굵은 목소리 톤으로 짐짓 짜증을 부리고 싶은 게지? 그래, 엄마도 알아. 잘 꾸며낸 있을 법한 거짓 앞에서 내내 엄마가 눈길을 떼지 못했던 건. 큰손녀가 남의 눈도 있고 해서 할머니를 돌보겠노라고 말했으나—라는 바로 그 대목이었어. 민성아, 주변 사람의 눈을 두려워했던 정직하지 못한 첫째 손녀의 겁먹은 눈동자는 엄마를 닮았어. 효부가 되겠다고 거듭 다짐하는 엄마의 마음속엔 오로지 할머니만이 존재하지 않거든. 그 마음의 밑바닥은 부끄럽게도 효심만은 아냐. 엄마만이 들여다볼 수 있는 본심의 바닥 속엔 네놈, 내 아들 민성이가 숨 쉬지. 엄마의 행실에 네가 손가락질받지 않길. 세상 사람들의 눈이 두려운 건 엄마를 기준 삼아 너를 평가할 그 잣대의 역할. 엄마는 그게 정말 두렵구나.

사람은 누구나 늙지. 세월은 신이 허락한 공평한 약속이야. 아마 너는 기억하지 못할 거야. 네가 초등학교 때였어. 추적추적 비가 오는 날이었지. 네 누나가 원체 좀 덤벙거리는 성격이잖아. 그날도 네 누나는 조르고 졸라서 산 빨간 우산을 신발장 위에 곱게 놓아두고는 학교를 갔어. 엄마는 네 손목을 이끌고 택시를 잡기 위해 한참을 기다렸다. 그런데 우리 앞에 한 할머니가 계셨지. 그 할머니는 초라한 행색을 하고 계셨어. 시골에서 올라오신 것 같아 뵈더라. 네 할머니가 상경하실 때처럼 보따리, 보따리 줄지어 짊어지고는 그것도 모자라 손에는 대가 휘어진 우산대를 들고 서 계셨다. 비 오는 날에는 택시 손님이 많잖아. 한동안 오래 서 계셨던 것 같았어. 할머니의 비에 젖은 바짓가랑이가 나, 택시 좀 태워달라고 눈물을 뚝뚝 흘리며 울고 있었거든. 하지만 엄마는 할머니보다 빨리 택시를 잡아탔어. 새치기한 택시에 올라타면서 외로이 서 계시던 할머니의 바짓가랑이가 생각나지 않았던 건 아냐. 하지만 엄마는 네 누나의 얼굴을 떠올렸더랬어. 우리 민지가 비를 맞고 있어요. 어머니, 부르면서 바리바리 싸든 짐에, 초라한 행색의 할머니를 제치고 나를 승차시켜준 택시 운전사께 엄마는 감사합니다, 라고 인사했던 것 같아. 그날 엄마는 훗날 자신의 모습과 잠깐 마주쳤던 거야. 나도 구부정한 등으로 대가 휘어진 우산 속에서 비에 젖으며 택시를 기다릴 시간이 머지않아 오겠지. 그때 나를 태우지 않고 지나치는 택시의 번호판에 엄마는 꿀 먹은 벙어리처럼 아무 말도 하지 못할 거야. 그때 엄마가 너 보는 앞에서 순서 없는 택시 기사를 좀 나무라고 그 할머니를 먼저 태워드렸더라면 어땠을까? 지금 가스 불을 끄지 않아 할머니를 나무라는 민성이 네 앞에서 좀 더 목소리 톤을 높였을지도 모를 일이야.

어제 시장에 다녀온 엄마의 옷깃을 잡아끌며 너는 무슨 큰일이 생긴 양 호들갑을 떨었어. 네 할머니가 할아버지 돌아가신 걸 모른다며. 이제 우리 할머니 정말 정신이 하나도 없는 건가 하고. 넌 심각하게 걱정을 했지. 혹시 이런 말 들어봤니? 나이를 먹을수록 현실의 기억보다는 과거의 기억에 친숙해진다고 하지. 네 할머니가 지금 그래. 현실의 기억보다는 과거의 기억에 집착하며 사시는 것 같아. 엄마도 느낄 수 있어. 과거의 기억 속에, 할머니는 여전히 다소곳이 할아버지를 기다리는 새색시일지도 몰라. 할아버지와 덮고 잘 이불 천에 곱게 한 땀 한 땀 수를 놓고 계시는지도. 그 과거의 공간 속에서 네 할아버지는 할머니와 늘 동행하고 계시지. 과거의 시간은 녹슨 기억 속에서 영영 늙지 않으니까 말야.

맞아, 엄마가 대신 너에게 사과할 일이 있었지. 네가 용돈을 모아 할머니께 목걸이를 선물한 것 말야. 엄마는 정말 눈물 나게 고마웠다. 그게 값나가는 목걸이이기 때문은 아냐. 그래도 제 할머니 갈 길을 잃지 말라고, 따뜻한 보금자리, 그곳에 직통으로 걸려들 숫자 여덟 개가 두 눈을 빤히 뜨고 바라보더라. 밤에 꿈을 꿨는데 네 할머니가 지하철 역에서 퀭한 눈으로 서 있지 않겠니? 길을 잃으신 거야. 그 길을 잃은 할머니께 한 마음씨 고운 처녀가 다가가 친절하게 물었다. 할머니, 어디를 찾으세요? 라고. 그런데 네 할머니는 대답이 없더라. 그저 퀭한 눈, 낯모르는 사람의 접근으로 인한 두려움과 대답할 길을 알지 못하는 막막함으로 네 할머니의 눈은 실쭉, 떨고 있는 듯 보였어. 정작 이 꿈을 꾸고 있는 사람은 엄만데, 엄마는 그 꿈속으로 뛰어들어 네 할머니의 팔을 잡아끌 수 없는 거야. 엄마는 애타게 할머니를 부르는데 그 절절한 외침은 목구멍에서 소리가 되어 나오지 않는 거라. 할머니는 가엾은 듯 바라보는 그 처녀 앞에 꼼짝도 않고 서서 진땀이 흐르는 악몽이었다. 너도 알지? 악몽에서 깨어난 후의 그 홀가분함. 일어나서 정신없이 할머니를 찾았어. 또 끼니 시간이 된 줄 착각하시곤 입속으로 구겨 넣듯 식사를 잡숫고 계셨는데, 엄마는 그 모습이 감사하고 또 감사해 눈물 두 줄기 주르륵 흘렸더랬어. 식사 시간을 모르고 시도 때도 없이 끼니를 드시면 어떠냐. 정신이 없어 귀한 손자 놈이 사준 목걸이를 좀 끊어먹은들, 엄마한테는 다 괜찮다. 그저 엄마의 손길이 필요한 이 시간을 함께 버티어주시면 그걸로 족하다. 엄마는 요즘 이런 생각이 들어. 인생은 버티는 것이라는. 누군가 죽어라, 죽어라 해도 버티고 살아야겠다는 생각. 엄마는 너를 낳고 처음으로 아주 오래오래 살고 싶다는 생각을 했어. 민성이 너를 안는 순간, 엄마에게는 아무 욕심도 없었다. 오래오래 아주 오래오래 너와 함께 살고 싶다는 생각만 들었어. 그 사랑으로 이 세상을 버티고 살아야겠다고 굳게 마음먹었지. 할머니도 그러셨겠지? 아빠를 안아 들며, 아빠의 응애응애 울음소리를 들으며. 내가 비바람을 막고 버텨 서주마. 마음속으로 아빠께 다짐하듯 약속하셨을 게다. 왜 엄마의 말이 믿어지지 않니? 할머니의 속마음을 엄마가 어떻게 알아요, 하고 뾰로통 묻고 싶은 게로구나. 그래, 넌 아들놈이니까 훗날이 되어서도 알 수 없을지 몰라. 엄마가 자식에게 갖는 애정과 아빠가 자식에게 지닌 사랑은 각도가 조금 다르거든. 배 아파 아기를 낳은 엄마는 확신한다. 네 할머니의 그 마음을 말야.

민성아, 많이 불안하지? 할머니의 예측할 수 없음이 너는 두려울 거야. 한 편의 콩트 같지? 뒤통수치는 할머니는 요즘 자신도 모르는 사이 늘 콩트의 주인공이셔. 하지만 인생이 곧 콩트 아니더냐. 가스레

인지에 주전자를 올려두고 까맣게 태워버린 밤, 엄마는 보았다. 할머니가 두려워하고 있다는 걸. 어쩌면 그때 잠깐 할머니는 번쩍 정신이 드셨는지 모른다. 한숨을 길게 쉬시더라. 그리고 아마 내가 왜 이러지…… 죽어야 할 텐데, 빨리 죽어줘야 하는데…… 라고 중얼거리셨던 것 같아. 엄마도 깜짝 놀랐지. 코끝에 탄내가 전해 오는 순간, 엄마는 할머니를 기억해냈다. 더운물을 드시기 위해 가스레인지에 불을 올렸을 그 굵은 손마디가 순간 머릿속에 그려졌어. 불이 났다면, 만약 할머니가 올려둔 주전자가 원인이 되어 화재가 발생했다면 엄마는 어땠을까? 할머니를 원망하지 않을 자신이 없다는 고백. 엄마도 부끄럽게 해야만 해. 그러니 사사건건 너를 몰아세우며 나무라는 엄마를 미워하지 말아주었으면 한다. 할머니 때문에 짜증나서 집에 들어오기 싫다는 네놈의 등짝을 철썩철썩 때리면서 엄마도 속으로 울었어. 내심 너와 같은 생각을 하고 있던 참이었다. 할머니가 머무는 곳마다 퀴퀴한 냄새가 스치고 가는 것, 엄마도 차츰 견디기 싫어졌을 때거든. 그런데 네놈이 나와 같은 마음으로 절규 아닌 절규를 내지를 때, 엄마는 엄마 자신이 미워 견딜 수가 없었다. 손으로는 네 등짝을 치면서도 맘으로는 엄마를 자책하며 또 달랜 그런 하루였어. 엄마가 더 나쁘지. 할머니를 사랑해달라고 부탁하면서. 아니, 강요 아닌 강요하면서 정작 엄마는 눈에 보이는 것이 전부라고 생각하며 마음으로는 정성스럽지 못하니까.

하지만 민성아, 할머니 많이 사랑해야 한다. 네가 아주 어렸을 때

갑자기 열이 펄펄 났을 때가 있었어. 심각한 고열이었대. 그때 네 할머니는 야리야리 늘 기운이 없었는데 말야. 할머니는 겁도 많아서 조금이라도 무섬이 느껴지는 일은 네 할아버지 몫이었어. 그 약한 몸에서 무슨 기운이 샘솟았는지, 너를 등에 업고는 야광 빛 고양이 눈만이 선명한 밤길을 할머니는 내달리셨대. 할머니의 목표는 오직 하나. 네 이마의 열을 내리는 것이라고, 엄마는 전해 들었어. 엄마는 아픈 네 옆에 없었어. 그때 엄마는 네 아빠의 회사 근처에서 우아하게 앉아 달콤한 칵테일을 마시고 있었던 걸로 기억해. 네 할머니가 안 계셨더라면, 누구나 한 번쯤은 설정해볼 수 있는 상황을 엄마는 단 한 번도 상상해보지 못했다. 만에 하나, 그 기막힌 순간에도 네 할머니는 우리 아들의 든든한 기둥으로 한시도 자리를 비우지 않으셨어. 할머니는 그렇게 늘 네 옆에 그림자처럼 계셨다. 가루약을 먹기 싫어하는 네게 딸기잼에 가루약을 섞어 먹이는 손쉬운 방법을 일러준 것도 네 할머니셨어.

넌 참 총명한 아이였어. 언제나 호기심이 많았지. 때로 그 호기심은 위험한 상황을 만들기도 했거든. 네가 수은 온도계를 가지고 놀다가 두 동강 낸 적이 있었어. 수은은 끊임없이 쪼개진다. 둘로 나뉘고, 넷으로 나뉘고, 다시 여덟 덩어리로 나뉘잖아. 수은 중독이 얼마나 무서운 건지 이제는 알지? 노란 가방 메고 유치원에 다니던 넌, 수은이 뭔지 알 턱이 없지. 하루는 수은 온도계에서 떨어진 은빛 수은을 이불 위에 넓게 펼쳐두고 신나게 쪼개고 다시 더하며 놀고 있더라. 할머니는 그것이 수은인 줄은 모르셨어. 그저 네 장난감에서 떨어진 부속의 하나쯤으로 여기셨겠지. 엄마는 수은 온도계가 깨진 것을 보고 경기하듯 놀랐다. 간이 떨어진다는 말, 처음으로 실감했으니까. 할머니를 나무랐지. 왜 네가 온도계를 가지고 놀도록 내버려두셨냐고 마치 미친 사람처럼 소리쳤던 것 같아. 네 할머니는 정신없이 수은을 모으셨다. 수은이란 게 다 모였다 싶으면 언제 모인 적이나 있었냐고 비아냥거리듯 다시 흩어지고 또 땀방울을 줍듯 모아놓으면 순식간에 뿔뿔이 따로 구는 속 터지게 신기한 거라. 할머니는 날이 밝도록 은빛 수은과 소리 없이 싸우셨고, 엄마는 네 몸을 씻기고 또 씻기며 불안한 하루를 보냈어. 다행히 지금껏 너는 잘 자라주었으니 수은 중독과는 영 거리가 먼 거지. 진땀 한 방울과 수은 한 덩이를 바꾸는 그 재미없는 게임의 승자는 할머니셨어. 네 할머니가 저리 정신을 놓고 있다가도 수은 얘기를 하면 낯빛이 노래지시지. 그때의 기억은 잔인하게 저 노쇠한 정신에 눌어붙어 쉬 떨어지지 않는 모양이야. 이젠 그만 잊으세요. 수은 덩어리 하나 주우면 다시 또 또르르 물방울 굴리며 사라지는 수은의 빛깔을 엄마는 본다.

바늘 사건은 어떻고. 네가 화장대에 있는 반짇고리를 모조리 쏟아엎은 적이 있었어. 그 속에 담긴 바늘까지 함께 우르르 쏟아졌는데 아무리 찾아도 작은 바늘 하나가 뵈지 않는 거야. 머리를 굴린답시고 문방구에 가서 자석을 사가지고 온방을 내리 돌았는데도 보이지 않던 바늘이었어. 바늘이 찔리면 아픈 것은 둘째 치고, 그 바늘이 네 혈관을 타고 도는 극한 상황만 우선 떠오르는 거야. 수학적 확률로 따지면 정말 몇 퍼센트 안 될 엄청난 상황만 뱅뱅 머릿속에 그려졌던 게지. 찾다 지쳐 엄마도 모르게 스르르 잠이 들었던가 봐. 잠결에 네 할머니의 우렁찬 목소리는 찾았다, 를 외치고 있었다. 네 할머니는 그런 분이셨어. 민성이 네게 해가 되는 것은 무엇도 용납하지 못하는. 당신 손으로 할 수 있는 모든 일은 꼬박 밤을 새워서라도 네녀석을 돕는 그런 그루터기 같은 분이셨어. 그러니 네 표정 하나하나에 민감하게 반응하며 나무라시는 것, 좀 받아줘. 알아. 네 마음. 그래도 소설가가 되겠다며 글을 쓴다는 네놈 앞에서 이 새끼, 저 자식, 못난 놈, 썩을 놈, 죽일 놈, 은혜도 모르는 종자 없는 것, 온갖 터무니없는 말로 퍼부어대는 망발을 참아내기 힘들다는 거, 근거 없는 욕을 듣는 네 귀도 많이 피곤하다는 거, 엄마도 잘 알지. 민성이, 너 졸업하고 나면 엄마는 시골에 가서 살려구 해. 뿌리 박고 살아온 서울 땅을 떠나기로 결심하긴 쉽지 않았어. 하지만 네 할머니, 이젠 편해지셔야지. 요즘 부쩍 고향 이야기를 많이 하시는구나. 그리우신 거야. 나이가 들어서 생기는 그리움엔 도통 약이 없어. 고향 땅을 밟는다고 네 할머니 그늘진 얼굴이 밝아진다고 보장할 수는 없지만. 엄마는 그렇게 하기로 결심했다. 네 할머니의 마음을 엄마가 모르면 누가 알겠니. 혹시 아니? 엄마 신혼 시절 말야. 엄마와 할머니는 물과 기름 같았어. 도통 섞이지가 않는 거라. 좀 섞인 것 같으면 어느새 마음이 따로따로야. 할머니와 엄마는 가장 사랑하는 사람이 똑같잖니. 네 아빠. 네 아빠는 한 명인데 둘이 서로 나만 제일이라고, 나를 가장 아껴달라고 아빠 많이 힘들게 했었어. 너는 믿어지지 않지? 언제부턴가 네 아빠만이 가정 밖의 사람이 되고 있어. 그럴 수밖에. 늘 할머니와 함께 붙어 있으면서 엄마도 할머니를 사랑하게 되었고, 그깟 남편의 정쯤, 네 할머니께 양보해도 되겠다는 생각이 들었어. 민성이 너만 봐도 충만한 기쁨에 신혼 시절 질투는 눈 녹듯 사라지고 없었지. 네 할머니도 엄마를 많이 사랑해 주셨고. 워낙 애교 있는 성격이 못 되어서 다정한 행동을 못 하셨지. 동대문 옷 시장을 몇 바퀴 돌고 돌아 산 옷가지도 성의 없이 던지며 요거 함 입어봐라. 하시던 무뚝뚝한 네 할머니야. 나중에 동대문 옷 시장 앞에서 슈퍼를 운영하는 영희 엄마한테 들었는데 네 할머니가 수도 없이 시장을 돌고 또 도시더래. 그때마다 옷가게 주인에게 똑같은 질문을 하셨대. 내 며느리가 키가 자그마하고 좀 통통허니 얼굴이 하얗고 보라색을 좋아해요. 그런 옷 있어요? 좀 봅시다, 하고. 엄마는 촘촘하게 잘 짜여진 털실 스웨터를 입어서 따뜻하기보다 힘들게 걸어 다니며 골랐을 할머니의 마음에 감동해서 따뜻했더랬어. 유난히 그해 겨울이 추웠는데 엄마는 흔한 감기 한번 걸리지 않고 겨울을 날 수 있었다. 엄마는 지금 분홍색 털실로 버선을 만들고 있어. 네 할머니께 드리려고. 꼼꼼하게 한 땀 한 땀 정성 들여 짜고 있다. 네 엄마가 보라색 스웨터를 입고 눈 내리는 밤이 춥지 않았던 것처럼, 할머니도 분홍색 버선을 신고 마음이 허허롭지 않았으면 좋겠어.

할머니 혼자 시골에 사셨을 때 말야. 할머니는 개장수에게 강아지를 한 마리 사셨다. 투실하게 생긴 누렁이였는데 이놈이 워낙 먹성이 좋은 거야. 밥을 잘 먹으니 금세 덩치도 커졌고, 지나치는 개장수마다 탐을 내며 팔라고 성화를 했는데, 처음에는 값을 받고 팔 욕심에 키운 짐승을 나중에는 정이 붙어 못 파시는 거야. 그래서 그 누렁이는 제몫의 삶을 다 살고 죽었다. 죽은 누렁이는 고향 뒷산에 무덤까지 남기고 떠났으니 네 할머니가 얼마나 맘 약한 사람인지 알겠지? 그런데 요즘 할머니의 기억 속에서 누렁이는 컹컹 부활했더구나. 누렁이 놈 밥 줄 시간이라고, 사료가 떨어져 내일이면 장에 나가봐야겠다고 중얼거리는 소리를 들었어. 안쓰럽다, 네 할머니. 할아버지와 누렁이 모두 가고 없다. 다시는 올 수 없는, 먼 길을 떠난 기억의 편린과만 할머니는 재회하려고 하시지. 아마도 할머니 자신이 베풀지 못한 남은 사랑이 있는가 봐. 너는 늘 시큰둥하게 왜 할머니는 나만 못 알아보느냐고 마땅찮은 얼굴로 묻지. 할머니는 나를 그렇게 사랑했다면서 어떻게 나만 알아보지 못하느냐고 너는 반문해. 민성아. 할머니는 네게 아낌없이 다 주신 거야. 할머니 자신이 더 줄 것이 없다고 여기실 만큼 네겐 가진 모든 것을 다 베푸신 거지. 너는 받지 않았다고 할지 몰라. 눈에 보이게 남는 것은 없으니까. 네가 좋아하는 동화작가 정채봉 선생님이 이런 말씀을 하셨지. 중요한 것은 눈에 잘 보이지 않는다고. 하나님이 그렇고, 마음이 그러하며, 동심이 또한 그렇다고. 그래서 작가를 꿈꾸는 사람들은 잘 보이지 않는 중요한 것을 보고 싶어 하는 사람들에게 보여주는 사람이 되어야 한다고 하셨어. 네 희망을 이루기 위해서가 우선이 아니었음 좋겠다. 엄마는 믿는다. 잘 보이지 않는 할머니의 속마음도, 너는 분명하고 투명하게 꿰뚫어 볼 수 있을 것이라고.

어제는 말야. 할머니를 파마 시켜드리려고 미장원에 갔었어. 엄마는 기억이 가물가물한 네 할머니와 나란히 팔짱 끼고 다니는 것이 아무렇지도 않은데 정작 주변의 사람들이 눈에 색안경을 끼고 바라보는 거야. 모두들 엄마가 참 불쌍하다는 듯이 측은하게 바라봐. 그런 사람들 하나하나를 세워두고 당신의 눈빛이 마음에 들지 않는다고, 나를 쳐다볼 때, 동정하듯 바라보지 말라고 엄마는 말하지 못했다. 대신 엄마는 활짝 웃었어. 눈이 마주치는 모든 사람에게 환한 미소를 나누어주었다. 그렇게 엄마의 마음을 대신 전하고 싶었는데 잘 전달이 되었는지는 모르겠어. 전 어머님이랑 다니는 것이 아주 좋아요. 정말 너무 행복해요. 제겐 정말 자랑스러운 어머니랍니다. 엄마는 하루 종일 목메게 외치고 다녔는데 별 효과는 얻지 못한 것 같아. 고생하십니다, 수고가 많으세요, 심성이 워낙 고우셔서, 복 받으실 겁니다, 란 인사를 연거푸 배부르게 들었으니 말야. 세상 사람들은 참 이상하지. 사회적으로 정해버린 약속, 치매 노인을 모시면 효부란 공식을 타당한 근거 없이 세워두고 나보고 모두 참 장한 며느리란다. 엄마가 할머니께 그동안 받은 사랑은 하루아침에 아무것도 아닌 것이 되어버려. 정말 웃기지. 염치없는 인사를 받고 다니는 엄마도 참 힘들었단다. 네 할머니 들으시면 뭐라 하시나. 졸지에 효부 되어 너 기분 좋으냐, 허허 웃으시려나.

집으로 돌아오는 버스 안에서 주무시는 네 할머니의 얼굴을 물끄러미 바라보았어. 참으로 편안해 보이시더라. 과장된 표현인지는 몰라도 십자가에 달리시기 전, 제자들과 만찬을 나누시는 예수님의 얼굴을 엄마는 보았다고 믿는다. 할머니는 그렇게 이웃의 쑥덕거림에도, 버스 안 사람들의 시끄러운 수다에도 콜콜 잠을 청하시게 되었어. 유난히 귀가 밝아 네 아빠께 고자질 한번 맘 편히 못했던 엄마다. 밤에 목이 말라 주전자 물을 찾아 부엌문을 열 때도 도둑고양이처럼 살금살금 깨끔발을 딛던 엄마는 아주 오래 네 할머니의 주무시는 얼굴과 마주하고 있었어. 왜지? 왜 사람들의 자는 모습은 하나같이 아름다울까? 곤드레만드레 술에 취해 엉망으로 엎어져, 쓰러지듯 잠을 자는 네 아빠도. 자는 얼굴 하나만은 밉지 않아. 민성이 너는 말할 것도 없지. 천사처럼 맑고 맑아. 그 모습이 예뻐서 네 옆에 드러누워 잠을 청한 적 얼마나 많았는지, 넌 모르지? 더디게 도착한 정거장 앞에서도 할머니는 깨우기 죄송할 정도로 달게 주무셨어. 그 모습은 엄마의 가슴에 찰칵, 아름다운 추억을 남겼어. 훗날 할머니가 가고 없는 시간에 엄마는 그 추억 속 사진 한 장에 얼마나 많이 울까. 겁이 나. 스스로가 만든 추억의 함을 열어본다는 건 생각만 해도 정말 겁나는 일이야.

다큐멘터리에 관심 있는 네 누나 덕에 요즘 엄마도 다큐 프로를 원 없이 보네. 네 누나가 훌쩍이면서 TV 앞에 앉기에 다가가 함께 시선을 맞췄어. 화면 속에서는 커다란 덩치의 코끼리 한 마리가 죽음을 향해 묵묵히 걸어가고 있었다. 코끼리는 스스로의 죽음을 안대. 코끼리 스스로 직감한 죽음은 그를 한없이 걸어가게 하는 거야. 죽음을 위해 고독한 여행을 떠나는 코끼리의 발걸음은 무거운 듯 가벼워. 일정한 템포를 잃지 않고 담담히 코끼리는 걷고 있었어. 코끼리는 죽음을 예감하면 어느 누구도 보지 않는 곳에서 죽음을 맞이한다고 해. 오직 죽음의 땅을 찾아 걸음을 내딛는 코끼리의 뒷모습에 네 누나는 눈물 콧물 섞어가며 훌쩍거리고 있더라만 엄마는 형언할 수 없는 경이로움을 읽었다. 사람의 악취미는 참 다양도 하지. 아무에게도 들키지 않기 위해 쪼글쪼글 주름투성이의 엉덩이를 실룩이며 걷는 그 코끼리. 결국은 실패했잖니. 카메라가 그의 죽음까지 추적해 뒤따랐으니. 죽어서 슬프기보다 제 뜻대로 죽지 못해 슬퍼 보였던 코끼리의 눈이 요즘 자꾸 떠오르네. 죽음의 길을 동행한 자의 몫인가 봐. 요즘 이미 죽고 없을 코끼리에게 엄마, 벌 받고 있어.

새벽녘에 학교에 가기 위해 일찍 집을 나서는 네 뒷모습이 안쓰러워 배웅을 하고 돌아오는데 아파트 현관의 등이 깜박깜박 영 뵈지 않는 거야. 버스 정류장까지 걸어가는 시간, 네놈이 올라탈 버스를 기다리는 시간, 마중하고 어정어정 아파트 단지를 거닐 엄마의 느린 걸음걸이까지. 열쇠를 챙겨오게 만들었지. 네놈과 함께 서서 문을 잠글 때는 찰카닥 잘 들어가던 열쇠 구멍이 좀체 보여야 말이지. 엄마는 그렇게 현관 키를 손에 쥐고도 문을 열지 못해 한동안 구부정한 허리로 서 있었어. 희미한 불빛 때문이라고 혼잣말로 구시렁구시렁 속없는 말도 내뱉어보고. 서글프더라. 엄마도 이젠 자꾸 뒷걸음치고 있어. 앞으로만 내달리겠다고 큰 욕심 부려본 적 없는 엄마도. 뒷걸음으로 밀려나는 기분이 슬픈 건 어쩔 수 없어. 젊은 시절, 엄마는 천리마임을 자부했지. 엄마 눈에는 또래 친구들 모두가 그냥 '말'인 거야. 그들은 천리 길을 달그락 달그락 힘차게 뛸 수 없어. 하지만 엄마는 건장하게, 경쾌한 말발굽 소리 바람에 날리며 천 리 길을 달려갈 수 있다고 믿었다. 하지만 이제는 흔한 말, 이라도 되어 경주에서 뒤처지고 싶지 않은 늙은 말의 땀내가 엄마에겐 묻어 있어. 어쩜 엄마는 스스로가 천리마임을 자부했던 그 시절에도 천 리 길은 달려가지 못했을지 모른다. 하지만 눈 감으면 그 젊은 시절, 선연하게 떠오르는 건, 아마도 그 시절의 당당한, 아름다움이 그리운 까닭일 거야. 엄마는 그렇게 열쇠를 쥐고도 내 살림살이가 놓인 집으로 출입하지 못했다. 그런 엄마의 서러운 맘을 위로하듯 새벽녘 검푸른 빛, 찡끗 눈짓해주더라. 할머니도 그러시지. 우리와 한 지붕을 덮고 살며, 함께 생활하지만 할머니는 늘 혼자인 거야. 열쇠 구멍이 잘 뵈지 않아 내 집 현관 앞에서 발을 동동 구르는 엄마도, 차츰 할머니의 독백에 익숙해져야겠지.

목욕탕의 큰 욕조에 가득 물이 차 철철 큰 소리 내며 넘쳐흘러도 언젠가는 가물가물 그 소리들이 들리지 않을 날이 엄마한테도 분명 찾아오겠지. 그때가 서둘러 찾아오지 않았으면 좋겠다. 물론 우리 착한 아들, 엄마가 할머니께 소리쳤던 것처럼 윽박 아닌 윽박이야 지르겠냐만. 엄마는 요즘 네 아빠께 참 섭섭해. 아빠는 엄마고, 또 엄마는 아빠이게, 무던히 긴 세월 정붙이며 함께 살았는데도 네 아빠는 미련한 곰처럼 둔해터져 엄마를 너무 몰라. 얼마 전, 목욕탕 온수를 넘치게 틀어놓고 변기 위에 정신 놓고 앉아 있던 할머니께 엄마는 소리쳤다. 어머니! 아이고! 어머니, 라고. 엄마는 더럭 겁이 났어. 혹시 온도가 너무 높아 네 할머니 시들어 빠진 굴껍질 같은 피부, 화상이라도 입으면 어쩌나, 하고. 그런데 말야. 잘나빠진 네 아빠 말야. 엄마더러 소리친다고, 그깟 수도 요금이 얼마나 나오냐며 화를 낸다. 엄마는 너무 기가 막혔어. 이 사람, 나를 이렇게 모르는구나. 설마 엄마가 물 값이 아까워, 아이고! 어머니, 외쳤으려구. 아빠를 이해하지 못하는 건 아냐. 아빠도 마음이 조급하신 게지. 이제 산 정상에 올라, 안정된 직장 상사로 할머니께 못다 한 효도 좀 하려고 두리번두리번 할머니를 찾는데, 예전의 눈꼬리가 사랑스럽던 네 할머니의 모습은 연기처럼 흩어지고 뵈지 않거든. 금쪽같은 귀한 내 어머니. 세월과 함께 늙어 가물가물 아들의 목소리 분간하지 못하시니, 그 숯덩이 속이 속이겠냐. 하지만 엄마도 마음 많이 상했어. 네 아빠, 엄마가 아니면 또 누가 이해해주냐고 입술을 질근질근 깨물어도 마음속의 화가 가라앉지 않는 거야. 모든 깨달음은 항상 뒤늦게 찾아와 고통스럽지. 네 아빠도 불쌍한 사람이지. 언젠가는 착한 며느리, 네 엄마에게 싫은 소리 한 것 기억나, 또 혼자 속앓이할 테니까 말야. 그때 엄마는 절대. 괜찮아, 미안해할 것 없어요, 라고 말하지 않을래.

민성아, 어느 책에서 읽고 뿌뚜리 말루라는 식물을 키워보고 싶다고 했지? 네 말에 따르면 그 식물은 아주 결벽증이 강한 식물로, 사람의 손길에 반응한다고 했잖아. '부끄러워하는 공주'라는 별명을 가진, 꼭 한 사람의 손길만은 허용한다는 관심과 애정을 기다리는 그 식물 말야. 엄마는 놀랐다. 그 식물을 연구한 박사의 누구도 흉내 내지 못할 사랑의 손길에 우선 놀랐어. 별다르지 않은 초록 잎은 어린아이가 손바닥을 쫙 폈을 때의 크기와 비슷해. '예민한 마음'이란 꽃말이 없었다면 무심코 보아 넘겼을, 심심한 외모를 지녔어. 너무 알고 싶은 식물인데 박사의 손길이 닿을 때마다 힘없이 죽어갔겠지. 시름시름 시들어가는 식물을 보며 낯모르는 그 박사, 무슨 생각을 했을까? 때론 연구를 포기하고 싶었을 테고, 아주 많은 시간 식물에 대해 호기심을 갖지 않았던 처음으로 돌아가고 싶었을 거야. 하지만 박사는 끝내 신경초의 감추어진 비밀을 알아냈고, 눈에 띄지 않던 생명력 없는 식물은 많은 사람들이 사랑으로 가꾸어보겠다고 너나 할 것 없이 법석이야. 어린 왕자에 등장하는 여우의 음성이 뿌뚜리 말루, 줄기 속에서 잎 속에서 메아리치듯 들리는 것 같아. 길들여지는 건 아주 중요해, 라고. 왜 느닷없이 식물 타령이라고 흘려서 듣지 말고, 마음으로 새겨 들어줬으면 좋겠어. 민성이 네가 그토록 가꿔보고 싶어 하는 뿌뚜리 말루는 먼 곳에 있지 않아. 소량의 물과 햇빛, 또 오직 한 사람의 손길만이 간절했던 뿌뚜리 말루. 저물어가는 할머니께도 많은 것이 필요치는 않아. 낡은 기억 속에 아름다운 추억, 그 기억을 함께 마주할 가족만이 절실한 거지. 민성아, 가족의 사랑과 관심 밖에선 영영 외톨이가 되고 말 네 할머니가 연약하고 위태롭게 흔들리고 있잖니. 할머니는 지금 가족이라는 울타리 넓은 화분 속에서 살고 계시지만 늘 혼자야. 우리들이 눈길 한번 흘기고, 볼멘소리로 투정 한번 부릴 때마다 시름시름 시들어가는 할미꽃. 어쩜 우리에게 할머니를 추억이란 단어로 회상할 날이 너무 성급하게 찾아올지도 몰라. 시들어빠진 뿌뚜리 말루를 다시 쓰다듬었던 그 박사의 애정 어린 따뜻한 손길이 이젠 우리 가족에게 필요한 거야. 만약에 박사가 시든 식물은 연구의 가치가 없다고 쓰레기통에 미련 없이 버렸다면 어땠을까? 아직까지 그저 결벽증이 강한, 참 까탈스런 식물로 사람들이 가꾸기 싫어했을 거야. 민성아, 그저 식물에 지나는 않는 뿌뚜리 말루를 소중하게 가꿔보고 싶은 맘 좋은 내 아들아, 우리 시들어가는 할머니를 넓은 마음으로 아끼고 사랑하자. 너무 익숙해서 맡지 못했던 할미꽃의 향기를 맡을 수 있는 가을이면 좋겠어. 시나브로 곱게 찾아온 가을의 속삭임, 가만히 귀 기울여봐. 그 속에 섞인 할머니의 아이 같은 웃음소리까지 민성아, 들을 수 있지?

완전한 소멸

완전한 소멸

대부분 나를 찾아오는 사람들은 살아 있으나 제대로 살기 힘든 사람들이다. 산 사람이 자신의 장례를 위해 실력 있는 나를 수소문하기 때문이다. 그들은 목숨은 붙어 있으나 하루하루 숨을 쉬고 사는 것이 고통스러운 사람들이다. 나는 그들의 장례를 치러주고 괜찮은 벌이를 이어가고 있다. '디지털 장의사'. 요즘 뜨고 있는 신종 직업이 나의 일이다. 지긋지긋한 과거에서 해방되도록 만들어주는 일이 나의 주된 업무이다. 아프고 너저분한 과거와 이별하게 하고 다시 새 삶을 살 수 있도록 만들어주는 일을 하고 있다.

내연남이 있던 여자는 남편 몰래 비밀스러운 관계를 이어가고 있었고, 불붙은 사랑에 제동을 걸 수 없었다. 늙고 기운 빠진 남편 대신 젊고 힘 좋은 남자를 택해 재미를 본 여자는 남편으로부터 사이버 테러를 당해 정신적 고통에 시달리고 있다. 내연남과의 은밀한 잠자리를 대담하게 휴대폰에 찍어 저장해둔 여자는 동영상을 확인한 남편으로부터 꼬리가 밟혔고, 화가 난 남편은 여자와 이혼할 것을 마음먹은 뒤, 그녀의 잠자리를 야동 사이트에 올리며 분풀이를 했다. 이제는 제대로 된 사회생활을 하기 힘들 정도로 얼굴을 알아보는 사람이 많다며 모든 자료를 샅샅이 찾아내어 자신의 사이버 장례식을 치러주길 부탁했다.

쉽지 않은 일이다. 아내에게 배신감을 느낀 남편은 자신의 화가 풀릴 때까지 치졸한 짓을 이어갈 것이고, 열심히 삭제를 한다고 해도 원본 파일을 남편이 가지고 있는 한, 사이버 장례식은 힘들 것이다. 리벤지 포르노에 대한 처벌 기준이 강화되었고, 이제는 벌금형이 아닌 실형을 살게 된다는 경고성 문자를 수차례 전송해주었지만 악에 받친 그에게 읽히지 않는 문자였다. 여자는 간절하게 죽고 싶어 했다. 단 한 번 실수로 사랑에 빠져든 것이라며 내게 하지 않아도 될 얘기까지 중얼거렸다. 내연남과의 잠자리에서 속궁합이 아주 잘 맞는다며 "자기는 정말 죽여주는 남자야."라고 영상 속에서 내연남을 향해 속살거리던 그녀의 얼굴이 오버랩되어 그려진다. 여자의 처지도 안쓰럽지만 같은 남자의 입장에서는 배신당한 남편의 마음이 더 아플 것 같다. 남편도 다른 여자가 눈에 들어오지 않았을까? 늘씬하고 예쁜 여자가 눈에 들어와도 한눈팔지 않고 살았던 건 가정이 있는 남자의 책임감이었을 것이다. 아내의 배신에 치가 떨린 그는 내연남과 아내의 사진을 여러 사이트에 올리며 배신의 대가를 치르도록 했다. 알몸의 그녀는 내연남의 사타구니 아래에 쭈그리고 앉아 서슴없이 구강성교를 하며 간간이 대화를 이어갔다. 시들어빠진 남편에 대해 키득거리며 이야기하고 젊은 사람의 기운이 좋긴 좋다며 능글맞게 웃어댔다. 화질이 좋은 카메라로 얼굴이 찍힌 그녀는 선명하게 자신의 얼굴을 드러내고 있다. 겁도 없이 둘만의 은밀한 시간을 기록으로 남긴 그녀는 하소연할 곳도 없는 처지가 되었고, 스스로도 타인의 동정을 받을 수 없다는 걸 잘 알고 있는 듯했다. 자신의 아들이 중학생이 되었다며 혹시나 자신이 등장하는 동영상을 보게 되면 어쩌나 싶어서 잠을 이룰 수 없다고 그녀는 젖은 한숨을 쉬며 말했다.

부인의 외도에 환장하고 미쳐버린 남편은 아들까지 걱정할 형편이 아닌 모양이었다. 자신의 마음도 추스르기 버거운 그는 이런 식으로라도 아내를 못살게 굴고 비참하게 만들고 싶었을 것이다. 자신과 변치 않는 사랑을 속삭였던 입으로 자신을 깎아내리고 다른 사내의 성기를 물고 있는 아내를 어찌 용서할 수 있겠는가. 남편은 아내가 돌아버릴 때까지 서서히 그녀의 숨통을 쥐고 결국엔 죽어버리기를 바라는 것은 아닐까. 일단 의뢰인의 사연을 접수하고 난 후 나는 분주해졌다. 우리의 일은 신속하게 움직이는 것이 생명이다. 발빠르게 움직이며 정확하게 삭제하는 것을 제1의 원칙으로 여긴다. 일반인들이 쉽게 접속해서 올릴 수 있는 사이트를 검색해 삭제를 하였고 운영진에게 연락을 취해 같은 게시물이 올라오지 않도록 주의해줄 것을 당부해두었다. 사이버 수사대에도 연락해 안전하게 삭제가 진행되도록 협조를 구했지만 현실적으로 완전한 소멸은 기대하기 어려웠다. 아내의 바닥을 봐버린 남편은 그녀를 배려할 생각이 전혀 없었기 때문이다.

얼마 전에 의뢰를 받은 한 장례식은 제법 엄숙하게 치렀다. 한때는 잘 나갔던 유명 연예인의 미니홈피를 정리하는 일이었다. 지금은 사람들이 많이 찾지는 않는 미니홈피였다. 한참 비싼 몸값을 자랑하며 활동하던 그녀가 악성 루머에 시달리면서 끝내 자살을 한 사건이었다. 그녀는 억울하다는 유서를 남기고 세상과 작별했다. 씩씩한 이미지로 드라마에 자주 등장했던 그녀인지라 더욱 충격적이었다. 망자의 미니홈피를 관리해주던 남동생도 스스로 목숨을 끊었다며 세상에 떠도는 그녀의 사진들을 모두 정리해달라고 요청했다. 관심도 없다가 다른 연예인들이 죽으면 같이 올라오는 기사들이 싫다고 말했고, 사진을 보고 있으면 죽은 자식이 보고 싶고 그리워 늙은 몸도 병이 날 것 같다고 말했다. 징글맞게 붙어 있는 숨이지만, 산 사람은 살아야 하지 않겠냐며 그녀의 부모가 사이버 장례식을 치러주길 청한 것이다. 비교적 수월한 작업이었다. 누군가 악의를 가지고 계속적으로 사진이나 동영상을 올리는 것이 아니고, 이제 세상 사람들에게 잊힌 그녀는 많은 자료를 확보하고 있는 상태도 아니어서 비교적 쉽게 일을 마무리 지을 수 있었다.

물이 오른 시절, 아름답고 예쁜 그녀를 다시 한 번 사진으로 들여다보며 짧게 살다 간 그녀의 삶이 애처로웠다. 그녀의 죽음을 목격한 남동생은 끝내 자신도 세상과 작별함으로써 누이의 뒤를 따르고 말았다. 누이의 주검이 선명하게 남아 잊히지 않았을 것이다. 악성 루머에 시달리며 자신을 괴롭혔던 사람들을 원망하며 죽음으로 끝내는 잊히고 싶었을 그녀의 아픈 속내가 오롯이 전해져왔다. 싱그럽게 웃고 있는 사진을 마지막으로 삭제하며 다음 세상에는 평범한 사람으로 태어나 오래오래 가족들과 함께 살다 가라고 빌어주었다.

그녀의 아버지는 대금을 결제하기 위해 일부러 찾아오셨다. 수고했다고 말씀하시며 이제는 검색해도 사진이 뜨지 않는다며 씁쓸하게 웃으셨다. 하루에 비누 한 통을 다 쓸 정도로 계속해서 손을 씻었단다. 더러워진 손을 깨끗하게 씻지 않으면 큰 일이 난다며 손을 씻고 또 씻었단다. 우울증 약을 먹고 정신과 치료를 받아도 계속되는 악성 댓글에 힘들어했다며 죽고 나서도 잘 죽었다는 댓글을 보고는 자식의 죽음이 다행스럽더라고 이야기했다. 그 모진 말까지는 보지 않고 죽었으니 잘되지 않았냐며 말을 잇는 눈에 끝내, 눈물방울이 맺혔다. 자식을 죽게 만든 세상 사람들이 싫어서 대한민국을 잠시 떠나 있었다는 아버지는 그래도 컴퓨터를 켜면 언제 어디서든 방긋 웃는 어여쁜 얼굴을 만날 수 있어서 좋았던 시절도 있었다며 막상 사진 한 장도 남지 않고 삭제되니 마음 한구석 허전하기도 하시단다. 자식을 앞서 보낸 아비의 마음을 어찌 짐작이라도 할 수 있으랴. 그저 말없이 아버지의 말씀에 귀를 기울여드렸다. 혼자만의 신세 한탄이 끝난 아비는 지금 쓰는 돈도 먼저 죽은 자식이 모두 벌어둔 돈이라며 카드를 건네주셨다. 자신을 비난하고 욕하고 손가락질하던 세상을 떠난 그녀는 하늘 나라에서 행복할까? 눈에서 멀어지면 마음에서도 멀어진다고 이제는 사진 한 장 남지 않은 그녀는 세상 사람들의 따가운 시선에서 마음껏 자유로울 수 있을 것이다. 스타로 사는 삶도 참으로 녹록치 않은 생이다. 나는 그녀의 잊힐 권리를 위해 최선을 다해 작업을 했고 깔끔하게 일을 마무리함으로 그녀를 배웅했다.

사이버 장의사를 하면서 나는 가장 먼저 나의 자료들을 삭제했다. 한때 글 쓰는 것을 좋아했던 나는 글을 투고하는 걸 즐겼고, 공모전이나 백일장에 나가서 상을 받는 걸 큰 자랑으로 여기며 살았다. 글을 쓰는 동안 나는 마음이 치유되는 걸 느꼈다. 원고지 앞에서 나는 누구에게도 이야기하지 못할 상처를 담담히 들여다볼 수 있었고, 컴퓨터 자판 앞에서 쓸 거리를 구상하며 행복한 고민을 하던 시간도 있었다. 완성된 한 편의 글을 보면서 조심스럽게 등단을 꿈꾸기도 했고 언젠가는 내 이름 석 자가 박힌 멋진 소설책을 내고 싶은 소박한 꿈을 꾸었다. 그녀를 만나기 전까지는 내 길은 순탄했고, 인생의 큰 사건 없이 지나왔던 삶이었다. 메신저로 연락을 취해 온 그녀는 공모전 수상작에서 나의 글을 읽었다며 서로의 작품을 보아주는 좋은 글 친구가 되고 싶어 했다. 나의 당선작에 대해 비교적 꼼꼼하게 평을 한 그녀는 나의 경계심을 느슨하게 만들기에 충분했고 그렇게 나와 그녀는 문우가 되었다. 이메일로 작품을 교환하던 우리는 자연스럽게 서로가 궁금했고 온라인의 공간이 아닌 오프라인 공간에서 만남을 갖기에 이르렀다.

그녀는 귀여운 호감형의 얼굴이었다. 긴 눈꼬리가 예뻤고, 어깨에 닿을락 말락 한 단발머리는 썩 잘 어울렸다. 연한 갈색으로 물들인 머리카락은 햇빛에 반사되어 탐스럽게 반짝거렸다. 이미 서로의 글을 많이 보았던 탓에 우리는 어색하지 않았다. 자연스럽게 카페에 마주 앉아 차를 마셨고, 맛집을 찾아가 점심을 먹었다. 내가 쓴 수필을 통해 나의 주량을 알고 있던 그녀는 허름한 선술집으로 나를 안내했고 우리는 부담 없는 안주를 겸해 부담스럽지 않은 얘기들을 주고받으며 시간을 보냈다. 어찌 보면 그녀는 나의 첫 독자였다. 포털 사이트에서 나의 이름을 검색해 나의 글을 읽어주는 사람, 제법 큰 전국대회에서 상을 많이 받기는 했어도 누군가 내 이름 석 자를 검색해 글을 찾아 읽어준 적은 없어서 그녀의 수고가 나는 고마웠고, 서점에 가면 베스트셀러들도 많은데 나의 글을 찾아 읽어준다는 것이 감동적이었다. 그는 유명 작가를 대하듯 내가 쓴 문장들을 읊으며 어떻게 그런 좋은 문장을 쓸 수 있는지 대단하다고 치켜세워주었다. 그녀의 그런 칭찬들이 좋아서 나를 빤히 올려다보는 선한 눈망울이 좋아서 우리는 자주 만나게 되었다. 그녀는 나에 대한 정보들을 꼼꼼하게 검색해 내게 관심을 표해주었다. 참가 신청한 정보를 토대로 내가 사는 동네, 나의 출신 학교 등 기본적인 정보를 가지고 있었고 나의 당선 소감까지 꼼꼼하게 찾아 읽으며 비교적 폭넓게 나에 대한 정보를 취하고 있었다. 관심이 있는 그녀가 나에 대해 알아주는 것은 분명 기쁜 일이었다. 나는 나의 첫 독자를 향해 조심스럽게 사랑의 감정을 키워나갔다.

그녀가 내게 자신이 쓴 글이라며 초고를 넘겨주었다. 어디서 많이 본 듯한 글이었다. 나의 글에서 모티브를 따온 글이었다. 그녀는 내 눈치를 살피며 평가를 기다리고 있었고 나는 내 작품을 모방한 글에 대해 어떤 얘기도 없이 그녀의 작품을 칭찬해주었다. 그녀의 문장은 점점 나의 문장을 닮아가고 있었다. 나는 그것이 나쁘지 않았다. 나를 벤치마킹한다는 것이 그저 좋아서 나는 그녀의 원고를 정성껏 수정하며 글을 다듬어주었다. 그러다 보니 그녀의 글은 점점 내 것과 다름없는 글이 되었다. 이름만 그녀의 이름이 박혀 있을 뿐이지 문장이나 호흡도 나의 글과 다를 바 없었다. 그녀는 그것을 매우 만족해하며 나와 만날 때마다 원고 뭉치를 들고 왔고 나는 처음과 같은 마음으로 늘 나의 첫 독자를 대면했다. 우리의 관계는 깊어졌다. 우리는 찻집을 거쳐 밥을 먹고 술을 마시는 코스에 하나를 더 추가했다. 나의 자취방을 가거나 인근의 모텔을 찾는 일이 더해진 것이다. 그녀의 작고 아담한 몸은 늘 나를 설레게 만들었고 우리는 그렇게 애인 관계를 이어가게 되었다. 사랑을 키워가면서도 부지런한 그녀는 내가 봐준 원고를 꾸준히 공모전에 투고하고 있었고, 종종 상을 받기도 했다. 이제는 검색창에 그녀의 이름을 쳐도 떠오르는 인터넷 기사들이 생겼고 시상식에서 환한 웃음을 머금은 사진도 어렵지 않게 검색할 수 있었다. 그녀는 자신의 발전이 매우 흐뭇한 듯 보였다. 앞으로도 더욱 작품 활동을 열심히 하겠다고 수줍게 인터뷰를 하는 모습을 보고 나는 자식을 키운 어미의 심정이 되어 가슴이 뭉클해지는 것을 경험하기도 했다. 그녀를 만나는 동안 나는 좋은 글감들로 글을 쓰지 못했다. 쓰고 싶은 소재를 찾으면 그녀에게 넘겨주기 바빴고, 내 손끝에서 문장이 완성되는 것보다 그녀의 손끝에서 글이 완성되는 것이 만족스러웠다. 그녀가 세상 사람들로부터 인정을 받는 것이 좋았고 그것을 즐기는 그녀가 그저 사랑스럽고 귀여웠다. 가끔은 내 실력을 검증받지 못하는 것이 아쉽기도 했지만 그녀의 맑은 웃음을 마주하고 있노라면 그런 아쉬움과 초조함은 금세 사그라졌다.

　드디어 그녀는 이름 있는 문학잡지에 등단을 하게 되었고 나보다 빠르게 문단에 발을 들여놓게 되었다. 나는 그녀의 성공이 그저 기뻤고, 수상 소감에 내 이름이 등장하는 것만으로 행복했다. 그녀가 잊지 않고 나를 기억해주는 것에 만족했다. 그녀의 톡톡 튀는 상상력은 문단의 주목을 받기 시작했고, 종종 '무서운 신인'이라는 이름을 달고 그녀의 작품이 잡지에 실렸다. 그 무렵, 그녀도 분주해져서 신진 작가들과 어울리기에 바빴다. 뿐만 아니라 그녀는 각종 문학 행사를 찾아다니며 작가들에게 얼굴도장을 찍고 다니는 듯싶었다. 나와 만나는 횟수도 점점 줄어들었다. 나는 그녀에게 조심스럽게 서운한 마음을 비쳤지만 생긋 웃는 그녀 앞에서는 더 투덜거릴 수도 없었다. 하지만 그녀는 여전히 글에 대해 내게 많은 것을 의지하고 있었고, 타인에게 원고를 보이기 전에 늘 나를 우선으로 찾았다. 나에 대한 그녀의 그런 특별한 대접이 좋아서 나는 내가 창작한 시들과 짐짓 비슷해지고 있는 글들을 모른 척했고 나의 경험이 담긴 수필이 그녀의 것으로 둔갑하고 있어도 일일이 피곤하게 따지려 들지 않았다. 내게서 들은 얘기가 그녀의 것이 된들 큰 문제는 없다고 생각했다. 그녀는 내가 마음에 품은 사랑하는 사람이니까, 글에 대해 그녀를 경계한다는 것은 당치 않다고 여겼다. 그녀를 소유하고 싶은 생각이 커질수록 나를 닮아가는 그녀가 좋았다.

어느 날 좀처럼 연락이 닿지 않던 그녀는 작가 모임에서 답사가 계획되어 있다고 했다. 애정이 식어가는 걸 느낄 수 있었지만 나는 인정하고 싶지 않았다. 좀 더 노력하면 얼마든지 회복할 수 있는 관계라고 생각했다. 여전히 나와 만나면 그녀는 차를 마시고 밥을 먹고 술을 한 잔 기울였고, 마지막은 서로를 품을 수 있었기에 모든 건 나의 기우라고 여겼다. 마음의 평정과 불안은 연속적으로 교차하였다. 그러던 어느 날, 포털 사이트에서 눈을 의심할 만한 기사를 접하게 되었다. 내가 사랑하는 그녀가 한참 주목받고 있는 메이저급 잡지로 등단한 신인 작가와 연인이 되었다는 기사였다. 그는 명문대 출신으로 글도 잘 쓰고 그림도 잘 그려 늘 화제의 중심에 있었던 시인이었다. 방송에도 종종 얼굴을 드러낼 만큼 말쑥한 외모를 자랑하고 있는 엄친아였다. 언젠가 그의 글을 읽으며 감탄을 했던 기억이 났다. 기발한 상상력에 무릎을 쳤고 단어의 맛을 살려 쓴 그의 작품을 곱씹어 읽으며 눈여겨 보아두었던 이름이었다. 그제야 모든 상황이 한눈에 들어왔고 그동안 내가 얼마나 멍청한 짓을 했는지 알 수 있게 되었다. 급기야는 나에 대한 접근도 의도적인 것이 아닌가 하는 의구심까지 들었다. 사실 관계를 확인해보고 싶었지만 그녀는 전화를 받지 않았고, 짧은 문자 한 통으로 이별을 고했다. 이미 알고 있겠지만 그렇게 되었다는 미안한 마음조차 읽히지 않는 성의 없는 사과였다. 마지막에 사과할게, 라는 문장이 빠져 있었다면 나는 그 짧은 문자가 사과를 구하는 문자인지조차 알 수 없었을 것이다.

그렇게 나는 버려졌다. 그녀에게 버려진 후, 글을 쓰며 마음을 추슬러보고자 했지만 나보다 앞서 등단하여 능력을 인정받은 그녀 덕분에 나의 글은 더 이상 참신하지 않았고, 내가 생각할 수 있는 소재들을 그녀의 글감으로 제공해버린 나는 쓰고 싶은 소재를 도통 찾을 수가 없었다. 크고 작은 대회를 검색해 백일장에 출전하고 공모전의 원고를 몇 번이고 퇴고해 읽으며 스스로 벅찼던 시간들이 생각났다. 심사평에는 나의 내일에 대해 호의적이었고 기대주라는 표현도 있었으며 성공 가능성을 점치는 글들도 많았다. 허나, 모두가 끝난 일이었다. 나만의 창작법을 그녀에게 넘겨준 나의 글은 새롭고 신선할 수 없었으며 소중한 나의 경험은 모두 그녀의 경험이 되어 문학잡지에 발표된 후였다. 그녀의 행복한 사진들은 포털 사이트에서 쉽게 검색할 수 있었다. 그녀는 다정하게 인기 작가의 손을 꼭 쥐고 사진을 찍었으며 빛나는 미소를 머금고 녀석을 바라보고 있었다.

현실이 얼마나 비참한지 깨닫는 데는 오랜 시간이 걸리지 않았다. 이대로 당하고만 있자니 화가 나서 미칠 지경이었다. 나는 그녀와의 행복했던 시간들이 저장된 비밀번호가 걸린 폴더를 열었다. 그리고 그녀가 내게 작품을 보낸 메시지를 차분히 검색해 읽었다. 뒤에 발표한 그녀의 작품 중에서 나의 작품을 표절해 쓴 글들을 찾아두었고 내게 적극적으로 사랑을 속삭이던 문자들을 증거 자료로 캡처해두었다. 그리고 그녀의 행적을 서서히 알리기 시작했다. 우선 나는 유명 작가 모임에 일반 회원으로 가입한 후, 행사 사진에 그녀와 나의 사진들을 마구 올렸다. 그녀와 입맞춤하고 있는 사진부터 술에 취해 배시시 웃고 있는 사진, 카페에 다정하게 앉아 서로의 커플링을 들여다보던 사진을 게시했다. 그 다음 날에는 모텔 침대에서 머리를 빗고 있는 그녀의 사진을 올렸고, 수면 가운만을 걸친 채 이쪽을 향해 웃고 있는 그녀의 사진을 대문짝만 하게 확대해서 올렸다. 나의 행적은 곧 사건이 되었고 카페의 성격과 맞지 않는 글을 바로 삭제 처리한다는 운영진의 경고도 올라왔지만 이미 볼 사람은 사진을 다 본 판국이었다. 나를 일방적으로 피해버린 그녀에게 전화가 왔지만 이번엔 내가 받지 않았다. 짧은 문자로 '이게 끝이 아니니 기대하라'는 협박성 문구만을 전송했다. 머릿속에서는 치사, 치졸, 한심, 막장, 따위의 추잡한 단어들이 연이어 떠올랐지만 이미 나도 내 행동을 제어할 수는 없었다.

결국 나는 야동 사이트를 검색해 그녀와 나의 잠자리를 만천하에 공개하고 그녀의 휴대폰 번호까지 친절하게 넣어두었다. 그녀가 고통받기를 바라며 한 행동이었다. 녀석과 결별하고 내게 오더라도 그녀를 받아줄 마음은 없었으면서도 그녀가 유명 작가와 이별하는 꼴을 보고 싶었다. 좀 더 정확히는 처절하게 버려져 내 마음을 헤아려볼 기회가 있기를 바랐다. 화면 속, 그녀는 내게 요염한 신음 소리를 내며 들러붙어 있었다. 흥분한 나의 격정적인 몸짓도 적나라하게 드러나 있었지만 나만 빠져나가고 동영상을 공개하는 건 의미가 없는 일이었다. 나의 마음을 농락하고 쥐락펴락한 그녀를 벌하기 위해서는 어쩔 수 없이 피해를 감수해야 한다. 나는 일상의 고민을 털어놓는 포털 사이트 게시판을 이용해 그녀와 나의 카카오톡 문자와 밀회를 즐기던 시절 문자, 그녀의 작품이 명백한 표절임을 알 수 있는 메시지와 내가 피해자임을 증명할 수 있는 활자들을 보기 좋게 캡처해서 올렸다. 그녀는 끊임없이 전화를 해댔으나 받지 않았다.

며칠 후, 그녀는 유명 작가와 헤어졌고, 유감스러운 일에 휘말린 녀석은 혼자만의 시간을 가지며 더욱 작품에 전념하겠다고 독자들에게 약속했다. 그녀의 추악한 행동을 많은 사람들은 비난했고, 한때 촉망받았던, 어쩌면 작가가 될 수도 있었던 나를 버린 그녀를 손가락질했다. 악성 댓글은 끊이지 않고 달렸다. 물론, 그녀의 예쁘장한 외모에 반해 작품을 주어버린 나를 머저리 취급하는 글들도 올라왔다. 남자의 보복이 추잡하다는 글도 있었고, 데이트 폭력이란 단어와도 연관되어 사건은 크게 보도되었다. 그 후, 나는 경찰서에 가서 조사를 받았고, 도주의 우려가 없다는 것과 상황이 정상참작되어 구속은 면한 채, 재판을 받게 되었다. 변호인을 선임한 그녀는 재판 기일에 출석하지 않았고, 그 뒤에 그녀의 얼굴은 단 한 번도 볼 수가 없었다. 그리고 앞으로도 영영 볼 수 없게 되었다. 수치심을 못 견딘 그녀가 죽음의 길을 택했기 때문이다.

사건이 종결되고 난 집행유예와 벌금형을 선고받았고, 그녀에게 복수를 할 만큼 했다고 여긴 나는 머릿속에서 그녀를 잊기 위해 노력했다. 너저분한 나의 사진들이 인터넷에서 떠다니는 것이 싫었던 나는 삭제 정보를 검색하던 중 우연히 '디지털 장의사'라는 직업에 대해 알게 되었고, 더는 글을 쓰고 싶은 마음이 사라진 나는 민간 자격증 학원에 등록해 사이버 장의사 자격을 취득한 것이다. 나는 가장 먼저 나의 자료들을 검색해 지웠다. 행복했던 순간들을 삭제했다. 추잡한 동영상을 제거했고 관련 기사에 달린 끔찍한 수준의 악성 댓글들을 무덤덤하게 지웠다. 어느 정도는 예상했던 일이었고 감내해야 한다고 여겼다. 작가의 꿈을 이루지 못한 채, 디지털 장의사가 된 나의 신세가 순간 따분하게 느껴졌지만 내리막길에 접어든 그녀의 인생도 순탄치 않을 거라 스스로 위로 삼았다. 대단하지 않은 우리를 사람들은 고만고만 잊었고 나 또한 세상의 방식에 순응하며 살아갔다. 세상을 살면서 죽을 만큼 힘이 드는 순간을 잘 이겨낸 것도 잘한 일이라고 스스로를 칭찬해주기도 하면서 버텼다. 내가 퍼뜨린 사진들을 내 손으로 지우며 나의 편협한 마음을 가감 없이 들여다보았다. 그렇게 과거의 시간들은 소멸해갔다.

작가의 꿈을 포기한 나는 이따금 서점에 들러 문학잡지를 사서 읽었고, 애써 유명 작가의 행보를 확인하지 않으려 했다. 점점 인기가 더해진 그는 문학상 후보에 거론되어 있었고 작가 사인회나 초청 작가 강연에 빠듯한 스케줄을 소화해내고 있는 듯 보였다. 나는 그의 작품을 읽고도 싶었지만 외면했다. 다시는 그녀와의 고리에 어떤 식으로도 얽히고 싶지 않았고, 녀석을 향한 나만의 관심을 이미 알고 있었다. 녀석에게 이미 나는 남자답지 못하고 쪼잔한 놈으로 치부되었을 것이어서 잊혔을 것이다. 문득 눈길을 끈 건, 그다지 눈에 띄지 않는 잡지에서 그녀의 죽음을 추모하고 있는 글이었다. 한때는 문단의 관심을 끌었으나 표절 시비와 남성 문제까지 꼬여 젊은 나이 자살을 택한 그녀를 누군가 잊지 않고 기억해준 것이다. 놀란 나는 가슴을 쓸어내리며 잡지를 집어 들었다. 극심한 우울증을 앓던 그녀는 죽음을 택할 수밖에 없었다며 잠깐 세상의 관심을 끌었던 그녀에 대해 애도하고 있었다. 표절 시비에 올랐던 그녀의 문장들이 소개되면서 그 후, 표절 시비를 벗어버리기 위해 발표했던 글들이 실려 있었다. 뒤늦게 나의 시선이 닿은 그녀의 글들은 분명 그녀만의 것이었다.

그녀는 내가 퇴고해주지 않아도 스스로 글을 쓸 능력을 갖추고 있었다. 어쩌면 사랑에 취해 눈이 먼 나는 그녀의 글을 제대로 보아준 적이 없는지도 모르겠다. 그녀가 나의 글을 표절한 것이 아니라, 나의 글에 맞추어 내가 그녀의 글을 억압한 것은 아닐까. 나의 색깔이 전혀 묻어나지 않는 그녀만의 문장 앞에서 나는 적잖이 당황했다. 기억을 저장하는 방식에 따라 우리의 추억은 얼마든지 오류를 생성할 수 있었던 셈이다.

매일 나는 장례식을 치르며 산다. 기억하고 싶지 않은 것들을 삭제해주며 가끔은 그녀를 떠올린다. 우리의 만남이 성사되지 않았다면 각자 문단에서 활동하고 있었을까? 나는 나의 첫 독자를 왜 그다지도 모질게 용서하지 못했을까? 사랑했던 마음이 증오로 변하는 건 너무도 순간적이었고, 찰나였다. 오늘의 의뢰인은 말기 암에 걸린 환우였다. 앳된 얼굴은 병색이 짙고 수척했지만 음성은 여리여리한 소녀 색을 잃지 않았다. 간암에 걸려 호스피스 병동으로 간 소녀는 치료를 포기한 상태라고 거친 숨을 몰아쉬며 힘겹게 말했다. 자신이 사용하던 모든 계정을 삭제해달란다. 자신의 흔적이 남은 글들을 지워주고 사진 한 장도 남기지 않고 없애달라고 얘기했다. 이미 집에 있는 앨범은 모두 불태워버렸고 컴퓨터나 이동전화에 저장된 사진들도 포맷해버렸다며 아주 꼼꼼하게 사이버상에서도 남김없이 사라지고 싶다고 덤덤하게 말했다. 죽음을 앞둔 어린 소녀의 결단이 너무도 확고해서 놀랐다. 잊고 사는 것이 편한데, 부모님은 사진이 남아 있는 한, 하염없이 그 사진 앞에서 눈물을 흘릴 거라며 자신이 남긴 글만 읽어도 눈물을 쏟을 부모님을 걱정했다. 자신이 완전하게 사라져버려야 편안하게 사실 수 있다며 영정 사진은 따로 마련해두었으니 염려하지 마시라고 말한다. 어린 소녀의 입에서 뱉어지는 죽음, 영정 사진, 슬픔, 눈물 따위가 너무 어울리지 않아서 서러웠다.

그녀가 자주 사용하는 계정을 삭제하기 전, '레거시 컨택'에 대해 설명해주었다. 자신이 죽은 뒤 계정을 관리하는 사람을 지정할 수 있는 기능인데 차분하게 얘기하는 내 말을 끊고 소녀는 말했다. 더는 살고 싶지 않아요. 몸도 마음도 이미 지쳤거든요. 저는 세상에 남고 싶은 마음이 없어요. 완전한 소멸! 그게 바로 제가 원하는 거예요. 항상 아팠던 날의 연속이었고, 저로 인해 가족들도 슬프고 힘들었거든요. 연기처럼 사라지는 게 제가 간절히 원하는 마지막 바람이에요. 꼭 그렇게 해주실 거라 믿어요. 소녀가 보는 앞에서 나는 실력을 검증받듯이 그녀의 사진을 하나하나 삭제한다. 병원 침대에서 찍은 사진, 맛없어 보이는 병원 밥 앞에서도 은근한 미소를 보이는 사진, 휠체어에 앉은 소녀를 밀고 있는 사람은 아버지일까? 궁금하지만 묻지 않았다. 병실에 앉아 있는 그녀 곁에 많은 사람들이 와 있고 작은 케이크를 들고 웃고 있는 걸 보니 이것이 그녀의 마지막 생일파티 사진인가 보다. 내가 소녀가 되어 한 장만 고를 수 있다면 이 사진을 택할 만큼 마음에 드는 사진이지만 미련 없이 삭제했다. 소녀의 온전히 잊히고 싶은 소원을 들어주고 싶었다. 그것이 소녀의 생전 마지막 바람이기 때문이다.

의미 있는 장례식은 자신이 죽은 후에는 필요가 없다고 살아 있는 동안 장례식을 여는 사람들이 많다. 그들은 말한다. 자신의 사랑하는 사람들을 초대해놓고 자신의 살아온 인생을 평가받고 싶다고. 혹여 그들이 마음에 담아둔 일이 있으면 사과를 하고 싶고 남아 있는 시간은 자신의 과오를 바로잡고 마지막 가는 길은 마음 편하게 가고 싶다고 말한다. 죽고 없는 시간에 자신에 대해 칭찬을 한들 무슨 소용이 있으며 아쉬운 점에 대해 이야기한들 아무 뜻도 없지 않냐며 살아 있는 동안에 장례식을 열어 자신에 대해 좀 더 알고 떠나고 싶다고 말했다. 소녀에게 산 사람의 장례식에 대해 말해줄까? 잠깐 고민했지만 고개를 저었다. 다시금 소녀에게 죽음에 대해 환기해주고 싶지 않았다. 문득, 죽음을 앞둔 그녀가 나를 원망했을까 궁금해졌다. 나에 대해 원망하고 저주하고 죽었다고 한들 지금 와서 무슨 소용이 있으랴. 나는 어쩌다 그녀의 죽음에 대해 알아버린 것일까. 맹세코, 어디선가 괴로워하며 살아가길 바랐지, 죽기를 원했던 적은 없다.

나는 사건을 의뢰하지 않은 그녀의 장례식을 준비한다. 고인에 대한 예를 다해 남은 그녀의 자료들을 지워주었다. 나와 관련한 자료들은 내가 치른 나의 장례식으로 모두 삭제된 상태이지만 그 후로 이어진 유명 작가와의 자료 화면, 표절 의혹의 글들, 그녀가 간간히 발표했던 창작시나, 썩 새롭지 않은 줄글들을 지웠다. '그녀는 나를 정말 사랑했을까.' 그 물음을 시작으로 나는 괴로웠고 끝내 하지 말아야 할 일을 저지르고 말았다. 다시는 글을 쓰지 않겠다고 절필을 선언한 것도 그녀에게 당한 나를 용서할 수 없는 마음 때문이었다. 어리석은 나를 끝내 돌아보고 보듬어 안을 자신이 없었다. 나름 경건한 마음으로 그녀의 장례식을 끝냈다. 한때, 주체할 수 없는 절망을 주었던, 어느 한때는 사랑이었던 그녀가 사이버상에서 그렇게 죽었다. 넌지시 이 쪽을 건너다보고 있는 그녀의 마지막 사진을 삭제하면서 하늘나라에서는 치졸하고 편협했던 사랑을 잊고 부디 편안하기를 진심으로 빌어주었다.

오늘도 나는 살아 있는 사람들을 죽여주기 위해 자판 앞에서 의뢰인을 기다리고 있다. 산 자들이 제대로 사는 사이버 공간을 만들기 위해서 죽은 자들의 잊힐 권리를 위해서 나는 장의사의 길을 걷는다. 문자의 장례를 치르고, 사진의 장례를 치르고, 동영상의 장례를 치르고, 음성 파일의 장례를 치르면서 다시금 오늘을 사는 많은 사람들을 깨끗하게 죽여주고 있다. 인터넷 매체가 발달하면서 사이버 장례를 치르고 싶어 하는 사람들은 점점 늘어나고 있고 시대의 패러다임을 잘 읽어낸 나는 괜찮은 돈벌이를 이어가며 살고 있다. 컴퓨터와 마우스 하나만 있으면 얼마든지 내 힘으로 창업도 가능한 전망 좋은 직업이다.

한참 뜨고 있는 연예인이 우리 업체를 수소문해 찾아왔다. 얼굴이 알려질까 두려운 그녀는 검정 마스크를 착용해 작은 얼굴의 반을 가리고 긴 머리를 하나로 질끈 동여맨 수수한 차림이었다. 그녀는 자신의 흑역사를 지우고 싶어 했다. 성형수술이 잘 된 그녀는 과거의 못생긴 사진들로 인해 심적 고통을 겪고 있다며 못난이 시절 자신의 얼굴을 사이버상에서 하나도 남김없이 추적해 지워달라고 말했다. 그녀의 성형수술 전 모습은 정말 못생겼다. 펑퍼짐하고 각진 얼굴에 피부도 깨끗하지 않아 울긋불긋한 여드름이 가득했고, 콧대가 주저앉은 코는 살짝 들린 들창코 모습을 하고 있었으며 눈매 또한 예쁘지 않았다. 지금의 완벽한 얼굴을 위해 제2의 아버지라 불리는 성형외과 의사에게 많은 돈을 가져다 바쳤음이 분명했다. 요즘 자신의 이름을 검색하면 '성형하지 않았으면 섭섭했을 연예인 1위'에 올라 있다며 2세를 낳을 것을 감안할 때 '남자 연예인들이 사귀지 말아야 할 연예인 1위'도 역시 자신이라며 불평 가득한 얼굴을 하고 앉았다. 퉁퉁 불어 있는 얼굴에서는 예전의 못난 얼굴이 살짝 비쳤다. 의학의 눈부신 발전을 공감할 만큼 못난 얼굴이었다. 하마터면 의뢰인 앞에서 피식 웃음을 터트릴 뻔했다. 그녀의 못생긴 과거는 완벽하게 소멸되어 사이버상에서는 태어날 때부터 예뻤던 연예인으로 거듭날 것이다. 그녀를 흑역사로부터 자유롭게 만들어주어야 한다. 빠르고 정교한 손놀림으로 그녀를 완벽하게 죽여야 할 때다. '깔끔하게 죽여드립니다.' 반듯한 액자에 걸린, 사훈에서 한동안 눈길을 떼지 못하고 있다. 완전한 소멸을 위해 오늘도 나는 바지런히 마우스를 놀린다.

우아한 사생활

우아한 사생활

　　7번 마, 6번 마를 제치고 선두로 들어옵니다. 강약과 높낮이가 적절히 조화된 음성은 오차의 범위를 조금도 인정하지 않았다. 희비가 엇갈리는 순간이다. 움켜쥔 마권을 꾸깃대는 사람들과 포옥 한숨을 내뱉는 소리, 주먹을 쥐고 손을 번쩍 들어 우승의 기쁨을 표현하는 몸짓, 서둘러 다음 경기 출전마를 살피는 눈빛, 종종이며 배당액을 받기 위해 줄을 늘인 사람들까지. 경마장은 한동안 적잖이 부산스러웠다. 내가 구입한 단승식도 6번 마였기 때문에 큰 재미를 보지는 못했다. 허나, 복승식에서 1등과 2등을 적중한 나는 세 배가 넘는 배당금을 챙길 수 있었다. 배당금이라고 해봐야 얼마 되지 않는 돈이었다. 처음 경마장에 들어왔을 때보다 얄팍해진 지갑은 지난 경기의 점수를 가감 없이 챙겨준다. 인생 역전이 그리 쉬운 게 아니지, 머리칼이 희끗한 노인이 혼자 중얼거린다. 그는 인생 역전을 꿈꾸며 살기에는 너무 늙어버렸다. 그는 언제부터 인생 역전을 꿈꾸며 살았을까? 뜬구름처럼 잡히지 않는 희망을 그는 꽤나 오래 품고 산 듯 보였다. 참말 이상한 일이다. 노인의 목소리는 나이 든 사람의 음성이 아니다. 대박 인생을 꿈꾸는 순간부터 그는 싱싱한 음성 그대로 자신의 마권에 찍힌 말을 열렬히 응원하며 살았는지 모른다.

점심시간이 되었는지 매점이 분주하다. 매점은 바깥 음식점에 비해 값이 비싸지만 돈을 잃는 사람들의 허기를 채워주기에는 부족함이 없는 많은 메뉴를 구비하고 있다. 김밥과 우동을 주문하곤 자리를 잡았다. '물은 셀프'라는 친절한 활자의 지시대로 나는 마실 물을 직접 따랐다. 돈을 잃고는 항상 이렇게 배가 고팠다. 경마장에 출입하면서 나는 10킬로가량 체중이 불었다. 가만히 앉아 응원만 했기 때문에 살이 찌는 건 당연하다. 주문한 메뉴를 주인 여자가 직접 가져다준다. 자주 보는 얼굴이니 아는 체를 할 만도 한데, 그녀는 한 번도 말을 붙인 적이 없다. 하지만 그녀는 나를 단골로 인정하고 있다. 다른 사람들 상에는 오르지 않는 양념무가 덤으로 따라왔기 때문이다. 언젠가는 그녀에게 내가 먼저 말을 붙여봐야지. 언젠가는, 언젠가는, 언젠가는. 실로 가망 없는 단어다. 내가 경마장에 드나들며 수도 없이 읊조렸던 단어, 언젠가는 될 거야, 그래, 나도 일등을 할 수 있어, 언젠가는. 후루룩 우동 가락을 집어 먹고 남은 국물과 함께 김밥 접시도 깨끗하게 비워낸다. 다음 경기에 참여하기 위해서는 음식이 나오는 즉시 먹어야 한다. 내가 실력을 인정하고 마권을 구입했던 기수는 지난달, 낙마해 큰 부상을 입었다. 지금껏 출전하지 못한 걸 보니 부상 상태가 심각한 모양이다. 기수의 부상 소식을 듣고도 나는 그를 진심으로 안타까워하기보다 내게 이렇다 할 행운도 안겨주지 못한 채 말에서 떨어진 기수를 원망했다. 내가 거침없이 선택할 수 있었던 이름 세 글자는 적중마 명단에서 제외된 채 나를 끊임없이 갈등하게 만든다. 새로운 기수에게 마음을 붙여야 하는데 영 수월치가 않다. 공연히 수성펜의 뒤꼭지를 잘근잘근 씹어본다.

어떤 놈이 좋을까. 4,000미터 장거리 경기이기 때문에 근성 있게 달리는 놈을 뽑아야 하는데 쉽지가 않다. 마감 시간이 임박했음을 알리는 안내 방송이 나오자 나는 더욱 초조해져 선뜻 마킹을 할 수가 없다. 인생 역전이 쉽지 않다던 노인의 말이 귓가에서 뱅뱅 돈다. 그이의 생일이 언제였던가. 침대에 누워 식물인간이 된 남편의 생일이 도통 떠오르지 않는다. 갑자기 그이의 생일이 궁금해진 걸 보면 그 숫자가 행운을 가져다 줄 것도 같은데 곰곰이 생각해도 떠오르지 않는다. 나는 기수의 이력을 훑어보고 가장 승률이 높은 기수에게 표를 던져본다. 다시, 내 인생은 시작이다. 경주마의 소개가 끝나자 스피드하게 경기는 진행된다. 쿵쾅쿵쾅 심장이 뛴다. 내가 승부를 건 4번 마는 제법 늠름한 포즈로 나를 안심시켜주었다. 신호음과 함께 말들이 달린다. 나도 4번 말과 함께 뛰고 있다. 기수가 채찍을 가할 때마다 녀석은 더 힘을 내서 보폭을 넓힌다. 2,000미터쯤 이르렀을 때, 4번 마는 4위로 나를 실망시키지 않고 달리고 있었다. 3,000미터 지점에서 녀석은 순위를 박차고 뛰어야 한다. 기수는 여전히 기세 좋게 채찍을 가하며 순위를 노리고 있다. 박빙의 승부다. 승부 예상지에 나왔던 말들도 여전히 기수의 이름값을 하며 달리고 있기 때문에 안심은 되지 않는다. 초조하다. 단거리를 보는 것보다 장거리 경기를 보는 것이 더 힘들다. 다리가 후들후들 떨린다. 영감의 가래 걸린 쉰 소리에 문득 뒤를 돌아보니, 인생 역전을 노리던 아까 그 노인이다. 영감이 산 말도 순위를 다투며 달리고 있는 듯했다. 손에 땀이 난다. 그이의 사고 소식을 전해 들었을 때처럼 멍하다. 화면을 응시하고 있는데 불현듯 앞이 깜깜해지더니 쩌렁쩌렁 전화벨 소리만 울린다. 환청에서 깨어나려 도리질쳐보지만 달갑지 않은 전화벨 소리는 끊이지 않는다. 웅성대는 사람들의 소음이 들린다. 제기랄, 3번 마가 치고 나올 게 뭐야. 노인의 귀에 익은 쉰 소리가 3번 마의 우승을 전해주었다. 겨우 정신을 가다듬는다. 화면 속에는 우승한 3번 말과 기수가 클로즈업되어 있다. 이번에는 복승식에도 재미를 보지 못했기 때문에 주머니는 더욱 가벼워졌다.

앞으로 남은 경기는 세 경기다. 시계를 들여다본다. 수간호사가 그이에게 약을 먹이라고 당부했던 4시다. 잠시 머뭇거렸지만, 나는 다시 마권을 챙겨 든다. 그이에게 약을 먹이지 않아도 수간호사는 알 길이 없다. 그이는 눈과 입을 다물고 천장만 바라보며 살기 때문에 나의 행방에 도통 관심이 없으며, 주말이기 때문에 교통사고를 위장한 나이롱환자들은 병원 밖으로 외출했을 것이 뻔하다. 이대로 물러설 순 없다. 사고 이후 받은 보상금을 야금야금 마사회에 헌납하고 있다. 나는 한 번에 날린 보상금을 다시 재보상받아야 한다. 오래도록 그이가 일어나길 소망했다. 자리를 털고 일어나 침대 머리맡에서 나를 기다려주기를 바라며 3년이란 시간 동안 병원 문턱을 넘었지만, 그이는 항상 나를 배신했다. 살아 있는 사람이기 때문에 가슴에 묻을 수도 없었다. 산소 호흡기에 의지해 하루하루 연명하는 그이를 보며 나는 아무것도 할 수가 없었다.

사고가 나던 날, 유독 밝은 얼굴로 그이는 말했다. 여보, 다녀올게. 오늘은 좀 일찍 올 수 있을 거야. 이른 시간 퇴근을 약속한 그이를 위해 나는 마트에 다녀왔다. 그이가 좋아하는 해물찜을 해줄 요량이었다. 번호 키를 누르기도 전에 전화벨은 울려대고 있었다. 불현듯 불안감이 엄습했던 것은 왜일까. 애써 담담한 목소리로 여보세요, 물었던가. 자동차 영업을 하며 외근 중이었던 그이의 차를 누군가 치고 달아났단다. 의식이 없는 그이는 인근의 병원으로 후송되었다가 장비 미흡을 사유로 대학 병원으로 옮겨지고 있다고 했다. 전화를 끊자마자 이동전화를 들고 달렸다. 엘리베이터 버튼을 누르고도 나는 계단을 택해 달렸다. 숨 가쁘게 달려 택시를 잡았다. 행선지를 묻는 기사에게 잠깐만요, 병원인데……. 어딘지를 몰라요. 눈물을 뚝뚝 흘리며 울었던가. 병원 앞에서도 나는 뛰었다. 응급실까지 쉬지 않고 달음박질쳤지만, 그이는 나를 알아보지 못했고, 지금껏 알아보지 못한다. 그러므로 그이는 오늘 약을 먹지 못하더라도 나를 탓해선 안 된다.

1311호. 그이의 병실 번호다. 대학 시절 학번도 기억나지 않는 내가 유독 그이의 병실 번호만은 또렷하게 기억하고 있다. 이번 경주에는 1번 말과 3번 말에게 행운을 걸어보리라, 1번 말과 3번 말은 승률도 저조하고 컨디션 상태도 좋지 않았지만 나는 수성펜을 들어 1번 말과 3번 말에게 마킹을 하고 있다. 경기 막판에는 선택이 대범해진다. 가진 것도 없으니 잃을 것도 없어 두렵지 않은 까닭이다. 주위를 둘러보니 화면에 시선을 맞춘 남자들이 자신의 주머니를 채워주지 못한 기수를 탓하며 욕을 해댄다. 시끄러운 실내를 벗어나기 위해 밖으로 나섰다. 말이 뛰는 모습도 구경할 겸, 조금 걷고 싶었다. 탕! 소리와 함께 말들이 뛴다. 1번 말과 3번 말을 눈으로 확인하니 참 형편이 없다. 멀리서 봐도 빈약해 뵈는 1번 말과 털에 윤기가 돌지 않는 3번 말은 달그락 달그락 위태롭게 달린다. 그래, 우승하지 않아도 된다. 결승 지점까지 무사히만 뛰어라. 나는 주문을 외우듯 혼잣말을 한다.

경마장에 나오기 전, 일기예보를 확인했는데 마른하늘에서 후드득 빗방울이 떨어진다. 경주를 진행하는 사회자도 당황한 듯 말을 아꼈다. 실외에서 구경하던 인파들이 빗방울을 피해 실내로 들어간다. 소나기에 놀랄 내가 아니다. 그이의 사고 이후, 나는 작은 일에 놀라지 않는다. 빗길에서는 말들도 당황하기 때문에 경기의 승패가 엇갈린다는 얘기를 얼핏 들었다. 부실한 놈을 선택한 내게는 오히려 고마운 날씨다. 하늘을 올려다본다. 파랗고 맑은 하늘이다. 이 시각 풍경을 사진으로 찍어둔다면 합성이나 조작쯤으로 여길 것이다. 사회자의 목소리가 다급해지더니 3번 말이 치고 올라온단다. 신기한 일이었다. 비실비실 곧 쓰러질 것 같던 놈이 히힝 제법 큰 소리로 울어대며 제 힘껏 뛰는 모습이 대견해 보이기까지 한다. 기수와 마필의 호흡이 무엇보다 중요하다며 사회자는 뜬금없이 3번 말과 기수를 칭찬하기 시작했다.

두근두근 불안하다. 중환자실 앞을 서성이며 홀로 서 있던 시간처럼 호흡이 가빠진다. 문을 열고 그이의 상태를 확인하고 싶었지만 붉은 글씨로 써진 '관계자 외 출입금지'는 내게 출입을 불허했다. 그이는 나의 남편이기 때문에 나와 관계하고 있었고, 합법적인 부부였기 때문에 촌수조차 따질 수 없는 무촌 관계였지만 병원 사람들은 하나같이 말했다. 진정하세요, 여긴 관계자 외 출입금지 구역입니다. 눈앞이 흐려지는 아찔함이 막연히 가슴을 짓눌렀다. 사회자는 믿을 수 없다는 듯, 3번 말의 승전보를 전했다. 단승식으로 1번과 3번 두 마리에 승부수를 던진 내겐 더할 나위 없이 운이 좋은 하루였다. 결승 지점을 향해 눈을 돌렸다. 3번 말의 기수는 말 등을 쓱쓱 쓰다듬으며 승리의 기쁨을 나누고 있었다. 어이없는 3번 말의 우승에 사람들은 야유를 연발하며 갑자기 비를 뿌린 하늘을 원망했다. 드르륵드르륵 핸드백 속에서 진동이 요란하다. 전화기를 꺼내 확인해보니 친정집의 번호가 찍혀 있다. 받을까 말까 망설이다가 다시 핸드백 속에 휴대전화를 넣고 백을 잠갔다. 어머니, 전화하지 말아요. 울어도 받지 않을 거예요. 어머니는 젊은 나이 과부 아닌 과부 노릇을 하고 있는 나를 딱히 여겨 하루에 한 번 꼭 전화를 한다. 시들한 내 음성에 말라가는 어머니가 딱해 나는 부러 전화를 잘 받지 않는다. 통화가 되지 않더라도 어머니께 둘러댈 핑계는 많았다. 늘 병원에 있는 줄 아시니, 의사의 회진이나 상담을 핑계로 자주 전화를 피했다. 아픈 남편을 두고 경마장에 왔다고 한들 어머니는 나를 탓하지 않을 것이다. 되려 혼자나마 바람을 쏘일 요량으로 외출한 나를 잘 했다, 칭찬할지도 모른다. 손에 쥔 마권 영수증을 다시금 확인하고 매표소로 향했다. 다음 경기를 알리는 안내 방송이 나왔지만 서두르지 않았다. 이번 경기를 끝으로 그이에게 갈 생각이다.

그이는 지금 뭘 하고 있을까? 식물인간도 사고하는 능력이 있다는 보고를 본 적이 있다. 그이는 지금 나를 기다리고 있을지 모른다. 사고 직후, 그이는 어떤 생각을 했을까? 남편의 직장 동료들은 다음 날, 퇴근 후 다 함께 병원을 찾았다. 급히 마련한 위로금을 건네주던 사장의 뒤편에 여비서로 보이는 젊은 여자가 눈물을 글썽이며 서 있었다. 그녀는 한 영업사원의 안타까운 사고 소식에 놀라서 울었을 수도 있고, 같은 동료의 기가 막힌 뺑소니 사고에 저도 모르게 눈물이 났을 수도 있다, 어쩌면 같은 여자의 입장에서 눈물로 얼룩져 있는 내 몰골이 딱하게 여겨졌을 수도 있다. 이상한 것은, 그 여자의 눈물이 오래도록 잊히지 않는다는 점이다. 사고가 나고 일주일이 지났을까. 남편의 소변 줄을 바꿔달라고 간호사실을 찾아 요청하고 돌아오는데 남편의 머리맡에 꽃다발이 놓여 있었다. 남편이 좋아하는 노란 장미가 안개꽃에 싸여 샛노란 얼굴을 내밀고 있는, 포장이 화려한 예쁜 꽃다발이었다. 흔적도 없이 다녀간 누군가가 왠지 그 여비서인 것만 같아 나는 다시 가슴이 뛰었다. 누가 다녀갔는지 어쩌면 그이는 알고 있는지 모른다. 급박한 사고의 순간, 그이는 내가 아닌 누군가를 가슴에 품고 의식을 놓았는지 모를 일이다. 창구 여자에게 표를 건네자 그녀는 놀란 듯, 나를 훑어본다. 700만 원가량의 배당금을 건네주며 씽긋 웃는 얼굴이 썩 귀여운 상이다. 눈인사로 돈을 챙겨 백에 담는다. 작은 핸드백은 5만 원 권 현금으로 두둑이 배가 불렀다. 경마장에는 소매치기가 많대, 남자 친구에게 소곤대는 젊은 여자의 목소리가 들린다. 대학 새내기 정도밖에 안 되어 보이는 앳된 얼굴이다. 재미삼아 경마장에 와선 재미를 좀 본 모양이다. 돈을 목적으로 오지 않고, 그저 호기심에 오는 사람들은 솔솔 돈을 따기도 한다. 나는 여학생의 말이 끝나기 무섭게 핸드백을 앞가슴에 바투 움켜쥐고 서둘러 경마장을 빠져나왔다. 택시를 타고 이대 목동병원 앞에 내려달라고 하자, 기사가 빙긋 웃는다. 오늘, 돈 좀 따셨나 봐요? 어떻게 알았을까. 룸미러로 보이는 그에게 대꾸하지 않자 무안했는지 그가 다시 말을 잇는다. 경마로 재미 좀 보신 분들은 택시 타고 가세요, 돈 잃은 분들은 지하철 타고 귀가하시고. 그래서 재미 좀 보셨구나 했습니다. 재차 건네는 말에도 반응이 없자 그는 더 이상 말을 걸지 않았다. 택시는 적당한 앞지르기로 나를 예상 시간보다 빨리 데려다 주었고 나는 거스름돈 2천 원을 받지 않는 것으로 고마움을 표했다.

　옆 병실 아주머니가 남편과 산책을 하고 있다. 다정해 보이는 부부를 보니 왈칵 눈물이 날 것 같았다. 나는 서둘러 병실에 가지 않고 병원 후문에 마련 된 현금입출금기를 찾아 오늘 배당액을 입금했다. 영업일을 하던 남편은 보험회사 영업을 하는 사람들에게 관대한 편이었고 이것저것 들어둔 보험이 많아 사고 이후, 남편의 수입보다 많은 돈이 통장으로 매달 들어오고 있다. 남편의 생명이 아주 끊어진 것이 아니므로 누구도 보험금을 탐내지 않았다. 남편이 사고로 사망했더라면 남편의 사치스런 누이며, 철딱서니 없는 시동생은 보험금의 일부를 노렸을 것이 뻔하다. 그이는 죽지 않고 살아 있었고, 누군가 옆에서 간호해야 할 식물인간이었기에 보험금은 모조리 내 몫이 될 수 있었다. 남편의 사고 보험금이 없었다면 나는 나만의 우아한 경마장 나들이조차 즐길 수 없었을 것이다.

　남편의 사고 이후, 나는 두 달 동안 생리를 하지 않았다. 3개월째에 접어들어 산부인과를 찾았을 때 임신했다는 소식을 들었지만 나는 유산을 택했다. 언제 깨어날지 모르는 남편을 보고, 아니 어느 순간 작별 인사도 없이 죽어버릴지 모를 남편을 두고 아이를 낳는다는 것은 현실적으로 암울한 일이었다. 그를 사랑했기에 나는 아이를 가졌고, 그가 없더라도 그의 넉넉한 보험금으로 아이를 양육할 수 있을지 모른다. 허나, 젖먹이 아이를 끌어안고 병원을 오가야 하는 현실은 떠올려보는 것만으로도 충분히 끔찍했다. 아이를 지우며 다시 얻을 수 없을지도 모를 그이의 생명이라고 생각하니 가슴이 아팠지만 스스로에게 자신이 없었으므로 나의 선택은 현명한 것이었다. 남편도 없이 시술대에 누우며 나는 다시금 눈물을 훔쳤다. 눈물이 말라 나오지 않을 것 같았는데 그래도 눈물이 났다.

이 사실은 시댁에서도 친정에서도 모른다. 무덤까지 혼자 지고 가야 할 나만의 비밀이다. 아이를 지우고 나는 비틀거리는 걸음으로 남편을 찾았다. 여보, 용서해줄 거지? 아이는 다시 가질 수 있을 거야. 그렇지? 당신, 내 얘기 다 듣고 있지? 고요히 잠자듯 누워만 있는 남편, 그 옆에서 마치 정신 나간 사람처럼 울어댔다. 2인실 병동이었고 두 달 전, 말기 암 진단을 받은 40대 아저씨는 영안실로 옮겨졌으므로 나는 그이 옆에서 오래도록 울 수 있었다. 어떤 위로도 다독임도 없는 남편의 얼굴을 번히 들여다보며, 다시는 그이의 아이를 가질 수 없을 거란 생각을 했다.

통장의 잔고는 1억이 채 못 되었다. 다른 통장에도 비슷하게 잔고는 남아 있을 것이므로 한동안 나의 우아한 나들이는 염려 없이 할 수 있는 셈이다. 현금인출기 밖, 옆 병실 부부의 소박한 웃음소리가 들린다. 나는 분쇄기에 명세서를 넣고 드르륵드르륵 종이가 찢기는 소리에 부러 귀를 기울인다. 이젠, 정말 그이에게 가야지. 오늘따라 공연히 늦어지는 발걸음을 이제야 재촉해본다. 내가 경마장에 드나들기 시작한 건, 사소한 이유에서였다. 5층 2인실 병동에 있을 때의 일이다. 백혈병에 걸린 아이의 아빠는 부인 몰래 경마장을 드나들고 있었다. 쪼들리는 살림에 자신의 희망은 오직 대박뿐이라며 아들의 병을 고쳐주기 위해서라도 그는 경마에 올인해야 한다며 내게 하소연을 늘어놓았다. 푸념 끝에, 아내가 지금 자리를 비운 참이니 돈을 좀 꾸어달라고 했다. 나는 그날 원내에서 약값을 계산하기 위해 가지고 있던 18만 원가량의 돈을 그에게 쥐어주었다. 그의 눈동자가 너무도 간절했으므로 부탁을 거절하기가 힘들었기 때문이다. 낚아채듯이 돈을 빌려 간 그는 아들의 수술 날짜에도 돌아오지 않았고, 아들의 수술 또한 성공적이지 못했다. 아들의 수술실 앞에서 마주친 그의 아내는 굵은 눈물을 쏟아냈다. 순간, 나는 노름 경비를 대주었다는 자책감에 싸여 어떤 위로도 할 수가 없었다. 그녀는 거액의 수술비를 감당하지 못하고 아픈 아들을 품에 안고 야반도주했다. 그녀가 병원에서 도망치던 날, 나는 알고 있었다. 짐짓 모르는 체 깊은 잠에 빠진 척했지만, 창문 밖으로 그녀가 겁에 질려 내달리는 모습까지 지켜보았던 것이다. 통장의 잔고 중 일부를 병원비에 보태주고 싶었으나 깊은 병과 싸우는 모자에게 턱없이 부족한 금액이었을 터다. 나는 문득문득 그녀가 궁금했다. 그래서 그녀의 남편을 찾아 경마장에 갔던 것이다. 물론, 꾸어 간 돈을 달라고 할 생각은 추호도 없었다. 단지, 아들의 치료는 계속 진행 중인지, 상태는 호전되었는지, 형편은 나아졌는지 처지가 마음에 걸려 찾아보고 싶었다. 휴대전화 번호를 알고 지내던 사이였으나 그녀는 병원의 연락을 피해야 했으므로 전화번호도 바꾸었다. 그녀 남편의 마지막 행적을 찾아 나선 곳이 바로 경마장이다. 경마장은 편했다. 수간호사의 급박한 호출도 없었으며, 남루한 사내들의 옷차림도 볼 만한 구경거리였다. 말끔한 복장의 중년 신사도 때론 모조리 돈을 잃고 버스비를 꾸어 가기도 하는 곳, 삶의 희로애락이 조합된 경마장, 그곳에서 나는 오직 마필과 마권에만 신경 쓰며 남편에 대한 근심을 접을 수 있었다. 수술을 앞둔 아이의 아빠도 은밀한 사생활에라도 미쳐야 살 수 있었을 것이다. 제 힘껏 자리를 박차고 달리는 말들을 구경하며 병원 생활로 쌓인 스트레스를 풀기도 했다. 달려라, 달려! 응원하는 소리를 듣고 나 또한 마음껏 소리칠 수 있는 은밀한 장소가 생긴 셈이다. 나의 우아한 사생활은 그렇게 시작되었다.

남편의 사고 이후, 은둔하며 지내다시피 했던 나는 친구를 만나는 일도 영 부담스러웠으며, 친정 식구들을 만나 그들의 한숨 소리를 듣는 것도 곤욕이었다. 시댁 식구들은 내가 남편의 머리맡에 붙어 손발이 되어주기를 바랄 뿐, 가족 행사나 친지 모임에서도 으레 나를 제외시켰다. 심심풀이로 찾던 경마장을 이젠 주말마다 드나든다. 무료한 내 인생은 여전히 달라지지 않았으므로 나는 변함없이 경마장을 찾는다. 남편은 성실한 사람이었다. 로또 복권 한 장 사지 않았던 남자. 그는 인생에서 대박이란 없다고 말했다. 성실하고 정직하게 하는 것이 진짜 대박 인생이라며 그는 나를 위해 열심히 일하는 듯 보였다, 곤한 잠에 빠져 편안한 자세로 누워 있는 그이를 보면 내가 이 사람을 얼마나 알고 살았을까 의구심이 인다. 거짓말 같은 사고 앞에 가짜로 산 사람이 되어 누워 있는 듯, 남편을 보면 일시적 공황 상태에 빠지고 만다. 진땀을 빼고 일어나면 침대 위에 남편이 편안한 얼굴로 잠을 자며 누워 있는 망상에 젖곤 한다. 오직, 경마장에서만 나는 현실을 직시할 수 있었다. 승리를 위한 외침, 고래고래 목이 터져라 자신의 마필을 응원하는 사람들을 보면, 나는 그제야 살아 있는 사람 같았다. 그 순간, 나도 나의 행운을 위해 목이 터져라 소리 질러볼 수 있었고, 정신 나간 사람처럼 악다구니를 쓴들, 주변인들은 전혀 신경 쓰지 않았기에 심적으로 편했다. 말을 따라 나도 뛰고 달릴 수 있었으므로 경마에 점점 빠져든 것이다. 다음 주에도 특별한 병원 치료는 없을 것이다. 의사들도 약만 투여해줄 뿐, 별다른 조치를 취하지 않은 채, 더딘 기적을 바라고 있는 눈치다. 그이는 정말 기적처럼 일어날 수 있을까? 잠시 눈을 붙이고 있는 사람처럼 아무것도 모르고 잠만 자는 그이. 여보, 나 왔어. 좀 일어나 봐요. 짐짓 큰 소리로 깨우면 당장이라도 눈을 뜰 것 같은데 그는 취한 잠에서 도통 깨어날 줄 모른다.

별안간 시댁에서 호출이 왔다. 가족 회의가 있다며 참석하라는 연락이다. 남편이 병원에 있으면서 시댁 식구들은 나를 부르는 일이 거의 없었다. 전할 말이나 전달한 물건, 물건이라고 해봐야 계절에 맞게 이불 세트 따위를 보내주는 것이 전부였지만, 간만의 호출은 이내 날 불안하게 만들었다. 얼핏 시동생이 사업 타령을 하며 반백수로 지낸다는 소문을 들은 터라, 시댁의 호출이 내심 반갑지만은 않았다. 약속한 시간에 맞춰 시댁을 찾았다. 오랜만에 보는 시댁 식구들은 낯설었다. 한때 내가 사랑하는 남자의 가족이라는 이유만으로 나는 내 몸을 챙기듯 시댁 식구들을 살뜰히 챙기며 살았는데 3년이라는 시간은 마음까지도 멀어지게 만들었다. 시부모님의 얼굴도 많이 야위어 있었다. 연세가 지긋하신 분들이라 병원에는 자주 오지 못하신다. 와봐야 별다른 차도도 없이 부모도 못 알아보는 아들만 봐야 하니, 자의 반 타의 반으로 발길을 끊으신 것이다. 생때같은 자식이 반병신이 되어 누워 있는데 그 속이 오죽할까 싶어 찾아오지 않는 발걸음에 나는 서운해하지 않았다.

시누이와 시동생, 시부모가 데면데면한 얼굴로 둘러앉아 나를 맞았다. 그이와 함께 찾던 시댁, 불현듯 그이의 모습이 그려져 가슴이 아려왔다. 의례적인 안부 인사가 오가고 시동생은 말문을 열었다. 그제 형수는 안 보고 형만 잠깐 보고 왔어요. 담당 의사도 좀 만날 겸. 새삼 놀라운 일이었다. 고생하는 형수를 보느니 형만 보고 갔겠거니 생각했다. 시동생은 덤덤한 얼굴로 무표정하게 말을 이었다. 담당 의사 말이 형은 기적을 보고 있는 거라고, 솔직히 가망은 별로 없다 하데⋯⋯. 그래, 형수 아이도 없고, 이제 새 출발 해야잖아요. 나는 경마를 하며 늘 새로운 시작점에서, 늘 출발하며 우아하게 사생활을 즐기는 참이라고 말하고 싶었지만 잠자코 듣고만 있었다. 형수, 이제 형 보내드립시다. 보내다니? 멀쩡한 사지를 두고 걷지도 못하는 그이를 대체 어디로 보내란 말인가? 담당 의사 말로는 3년이면 길지 않은 시간이라고, 기적이 일어날 확률은 극히 적다고 하더라고⋯⋯. 시부모는 말없이 울먹이기만 할 뿐, 살아 있는 자식 앞에 턱없이 무기력해 보였다. 이왕 마음먹고 하는 말이니 할 말은 다 해야겠다는 듯, 시동생은 매정하게 말을 맺었다. 형수도 이제 새 인생 사시구려. 형은 이제 편히 보내드리고. 시동생이 말하는 새로운 인생은 어떤 것일까? 주말마다 말을 달리며 나는 매번 위태로운 출발대 앞에 서고 있다. 남편을 침대에 눕혀두고 둘이 아닌 혼자가 얼마나 외로운 것인지 뼛속 깊이 실감하며 살고 있는 와중에 또 다른 인생을 꿈꿀 수 있을까? 나는 말없이 시누이의 얼굴을 쳐다보았다. 비겁한 시누이는 나와 눈빛을 마주치지 못하고 힘없이 고개를 떨궜다. 차라리 시동생의 사업자금이 부족하니 돈을 좀 보태달라고 했다면 좋을 뻔했다. 시부모님 또한 죽은 듯 잠만 자는 자식보다는 산 자식의 바람이 먼저지 않겠느냐고 말을 건네면 좋았을 것이다. 그게 솔직하니까.

나는 무기력으로 동조한 그네들의 얼굴을 하나하나 쏘아보았다. 안 되겠는데요. 아직 기적이 남아 있어서 그렇게는 못 하겠네요. 나는 서둘러 자리를 박차고 나왔다. 남편에게 돌아가야 한다. 남편의 산소마스크를 지키고 있어야 한다. 야속했다. 물론, 나의 오해일 수도 있다. 시댁 식구들의 속마음은 진심으로 나를 가엾게 여기는 것일 수도 있다. 아무리 고쳐 생각해도 용납이 되지 않는다. 그이는 잠시 긴 잠을 자고 있을 뿐이야. 당신 언제까지 울어야 일어날 거니? 내가 죽겠어, 이젠.

컴컴한 병실에게 외롭게 누워 있는 남편의 곁에 서니 속절없이 눈물만 흐른다. 호흡기에 심드렁하게 의지해 있는 남편을 가만히 들여다본다. 그이의 얼굴이 부쩍 야위었다. 초췌해 보이는 얼굴과 마주하며 나는 그이의 손을 잡고 울었다. 걱정하지 마요. 내가 있으니까. 그이와 나는 연애 시절부터 말 타기 체위를 즐겼다. 허리힘이 강한 그이가 내 안에 들어와 충분히 나를 자극하면 온전히 하나가 된 듯, 포근한 느낌에 자유로운 관계가 가능했다. 나는 그이의 명마가 되고 그이는 나의 씩씩한 기수가 된다. 그이와 나는 속궁합이 제법 잘 맞는 편이었고 그가 즐기는 체위가 내게도 맞았으므로 우리는 정상 체위보다 말 타기 체위를 자주 나눴다. 그는 내게 '우아한 말'이라는 표현을 썼다. 그이를 태운 나의 몸짓이 퍽 우아해 보인다며 내가 뿌듯함을 느낄 수 있도록 극찬해주었다. 달콤한 칭찬은 나를 더욱 우아한 몸짓으로 달리도록 만들어주었다. 그이의 페니스를 툭툭 건드려본다. 내 손길만으로도 우뚝 솟던 그이의 페니스는 아무런 반응이 없다. 3년 동안 쓰지 않은 물건은 무성히 자란 음모에 가려 더욱 작아 보인다. 그의 젖꼭지며 귓불, 발바닥들을 간질거려보지만 작은 뒤척임도 없다. 부드럽게 쓰다듬으면, 기다렸다는 듯이 반응하던 그이의 세포도 영면을 취하고 있다.

잠자리에서 그이는 늘 자신이 천리마임을 자부하며 자신처럼 말을 잘 타는 남자는 없을 거라고 히죽대곤 했다. 그이는 내가 만족할 때까지 애무해주었고, 사정을 참으며 관계해주었으므로 내게 있어 최고의 기수였음이 분명했다. 나는 꼭 맘에 드는 기수를 태우고 나만의 자유로운 몸짓으로 오로지 그이만을 위해 긴 밤을 달리곤 했다. 경마해설가의 말은 틀리지 않다. 경마는 기수와 마필의 호흡이 아주 중요하다.

다음 날, 나는 그이를 위해 퇴원 수속을 밟았다. 가정용 산소마스크를 배정받고, 의사의 정기 방문 검진도 신청했다. 시댁 식구들을 피해 그이를 도피시키지 않으면 불안해서 하루도 살 수 없을 것 같았다. 나는 노파심에 지문 인식기를 사들여 대문의 열쇠 구멍까지 말끔히 떼어냈다. 병원에서 기적을 바라는 것과 집에서 기적을 바라는 것, 무엇이 다르랴. 단지, 기적을 바라는 장소만 바뀌었을 뿐이다. 멀쩡하게 손 흔들며 출근 인사를 하던 남편은 식물인간이 되어 늦은 귀가를 한다. 나의 우아한 사생활을 침해받지 않기 위해서라도 그이의 피신은 안전한 곳이 되어야 옳다. 그이는 익숙한 침대에 누워서도 병원에서처럼 잠만 잔다. 쿠션은 느낌이 중요하다며 자신이 직접 고른 쿠션의 느낌을 잊은 채, 고요히 누워만 있다. 애정을 속삭이고 밀담을 나누며 사랑의 행위를 나눴던 비밀스러운 공간에서도 그는 그저 눈을 감고 있다.

욕창이 생기면 위험하다고 통풍이 잘 되는 모시옷을 권하던 인턴 선생의 말이 떠올랐다. 그이의 환자복을 벗기고 전에 입던 모시옷을 찾아 입혀준다. 야윈 그에게 전에 입던 옷은 타인의 것처럼 맞지 않았다. 순순히 제 몸뚱이를 내게 의지한 채, 심드렁 누워만 있다. 그래도 내 남편, 남편이 깨어날 때까지 나의 말 타기는 경마장의 쾌락으로 충분하다. 우아한 사생활을 즐기고 있는 나는, 견딜 만한 슬픔과 싸우고 있다.

　당신, 의식을 찾지 못해도 나는 가끔 추억 속의 당신과 말을 타는 걸. 그이의 옆에 나란히 누워본다. 침대에 누우면 항상 내가 벽 쪽을 향해 눕고, 그이는 침대의 바깥 자리에 누워 나란히 잠을 청하곤 했다. 그이는 지금 자신이 벽 쪽에 누워 있지만 그조차 모르고 잠만 잔다. 브래지어를 벗고 그이의 차디찬 손을 가슴에 올려본다. 그이의 손목을 잡은 채 내 가슴을 애무해보지만 좀처럼 감흥은 없다. 그이는 유독 살집 있는 여자를 싫어했다. 여자라면 스스로 자기 관리에 철저해야 한다던 그이였다. 슬그머니 그이의 손을 앞가슴에서 내려둔다. 퉁퉁하게 살이 오른 몸매가 불현듯 창피스럽다. 내일이라도 당장 그이가 일어나, 후덕하게 살이 붙은 나를 알아보지 못하면 어쩌지? 당장 체중 감량을 해야겠다고 마음먹는다. 그이는 언젠가 다시 나만의 기수가 되어 씩씩하게 내 사타구니 위로 오를 것이다. 그이의 거친 신음소리에 좀 더 먼 길을 달리고 싶어 하는 최고의 명마가 되어 다시금 뜨거운 밤을 나눌 것이다.

　다음 주말에 나는 또 과천으로 향할 것이다. 네잎클로버 같은 눈에 잘 띄지 않는 기적 같은 행운을 나는 소망한다. 쪼글쪼글 볼품없이 오그라든 그의 작은 성기를 가만히 입속에 넣고 오물거려본다.

| 미스터리 쇼퍼

미스터리 쇼퍼

　　새벽 5시 30분, 서울발 부산행 열차의 기적 소리가
울려 퍼진다. 어느덧 기적 소리를 알람 삼아 눈 뜬 지도 9개월째에 접
어든다. 흔들리는 화면 가득히 어제 시청하던 미해결 사건의 담당 형
사들이 피투성이가 된 현장을 서성인다. 범인이 검거되기 직전 잠이
들었던 나는 그들의 수사 내용이 퍽 궁금하지만 화면을 끈다. 살던 집
이 강제 집행되고 몸만 피해 도망쳐 온 곳이 바로 서울역이다. 빈털터
리였던 나는, 서울역에서 노숙 생활을 했다. 편히 잠들 수 없었던 난,
첫 기적 소리를 핑계 삼아 억지로 눈을 떴었다. 억지로나마 눈 뜬 보
람이 있었다. 운 좋게 인력시장 사람들을 만나 노동의 기회를 얻은 것
이다. 인력시장 봉고차의 엔진 소리가 공기를 가득 채우고 김 사장의
가래 걸린 쉰 소리가 사방으로 흩어진다. 인력시장에 나가 막노동이

라도 해야 한다. 남영동 언덕에 위치한 쪽방촌에서 밀려나 다시 노숙자로 돌아간다는 건, 상상만 해도 끔찍하다. 몸을 일으켜보려고 애쓰지만 삐끗한 허리는 말을 듣지 않는다. 결국, 나는 오늘 일당을 포기하고 만다. 출발을 알리는 김 사장의 쉰 소리가 야속하다.

성의 없이 박아둔 못에 삐딱하게 걸린 달력을 들여다본다. 내일이면 집주인이 달방비를 받으러 오겠구나. 은행에서 무료 배포해준 달력에는 에메랄드 사원이 찬란한 빛을 뿜고 있다.

회사에서 우수 미스터리 쇼퍼로 선발되어 태국행 비행기에 오른 적이 있다. 에메랄드 사원을 둘러보고 기념품을 사기 위해 수산시장을 찾았던 기억이 새롭다. 세계 제일의 에메랄드 사원을 뒤로하고 수상가옥에서 사는 태국 소시민의 삶에 나는 놀랐다. 물 위에 집을 짓고 살면서 배를 타고 관광객을 상대로 물고기 먹이를 파는 수산시장 상인들을 보고, 나는 치를 떨었다. 빨래를 한 물로 목욕도 하고, 목욕한 강물에 똥도 누고, 다시 그 물을 걸러 마시는 그네들을 불쌍하게 여겼다. 물 위에 둥둥 떠 사는 위태한 삶을 보고, 나는 물건 값을 깎지 않고 지불함으로 동정을 표했다. 하지만 지금 내가 쪽방촌에 떠 있다. 정착하지 못하고 사는 나의 인생은 물 위에 떠서 사는 태국 상인과 별다르지 않다. 휘황찬란한 서울역의 거대한 불빛에 가려져 보이지 않는 남영동 쪽방촌은 화려한 에메랄드빛에 가려진 수상가옥과 닮았다.

내일이 오는 것이 두렵다. 허리춤에 손을 얹은 나는 굽실대며 주인 여자에게 날짜를 미뤄달라, 부탁할 것이다. 매정한 그녀는 나의 허리춤에서 뿜어져 나오는 파스 향에도 아랑곳하지 않고 약속한 날짜에 돈을 마련하라, 신신당부를 하고 종종걸음을 치겠지. 시간이 너무 빨리 흘러가고 있다.

순이 할멈의 알람시계가 요란스럽다. 3분마다 숨 가쁘게 울어대는 걸 보니 아직 눈을 뜨지 못한 모양이다. 팔순을 바라보는 나이에도 인력시장에 나가 노동을 해야 하는 순이 할멈이 애처롭지만 지금의 내 처지는 남을 동정할 수 없는 입장이다.

판매를 감독했던 회사가 최종 부도 처리되고, 은신처를 찾아 숨어든 곳이 지금의 쪽방촌이다. 경기 침체가 장기화되면서 미스터리 쇼퍼란 신종 직업은 빛을 보지 못했다. 상품화된 수량조차 팔기 버거운 체인점에서 인원이 고용되기는 현실적으로 어려웠다. 비밀리에 쇼핑하던 지난날이 떠올랐다. 판매사원의 친절도를 일일이 체크하고, 고객 편의를 위해 성실히 일하는 점포를 가려내어 추천하는 일이 나의 업무였다. 일부러 판매원의 성질을 슬슬 건드려보기도 하고, 제품에 딴지를 걸어 짜증 부려보는 것, 만지작대던 물건을 성의 없이 휙 던져보기도 했었다. 가끔은 점원의 상냥한 인사에 대꾸 없이 돌아섰다가 뒤돌아 표정을 감독하는 일까지. 가난은 세상을 향해 치켜뜬 눈의 시력을 앗아갔다.

잠시 몸을 뉘일 곳이라고 여겼던 쪽방촌, 발신자표시금지로 걸려온 친구의 목소리는 가늘게 떨렸고 울음을 삼키며 미안하다를 반복했다. 그 통화가 마지막이었다. 그의 죽음을 슬퍼하거나 원망할 여유가 내겐 없었다. 죽은 자가 남긴 유언처럼 빚은 온전히 내 몫의 상환금으로 돌아왔다.

덩치 큰 내가 쪽방촌에 접어들자 마을 사람들은 필요 이상의 친절을 베풀며 다가섰다. 이방인을 대하는 싸늘함과 반가움이 뒤섞인 시선이었다. 허나 반가움의 시선은 오래가지 못했다. 허기진 배를 늘 라면으로 채우는 내게 어떤 희망도 읽어낼 수 없었으리라. 마을 안에는 관절염을 앓고 있는 순이 할멈만이 부기로 퉁퉁해 보였을 뿐 하나같이 비쩍 마른 체형에 퀭한 눈을 하고 있어 모두 허기져 보였다. 그네들을 깔봤던가, 배드뱅크와 개인회생제도, 신용회복위원회 기사를 눈알이 빠져라 읽어내는 무리를 무시했던가. 나는 분명 쪽방촌 사람들과 구별되는 사람이라고, 철새처럼 금방 새 날을 찾아 날갯짓을 하리라고 생각했다.

좁은 마당이 시끄럽다. 슈퍼마켓 아주머니의 등산화가 없어졌단다. 물건이 분실되는 것은 어제, 오늘의 일이 아니지만 등산화는 좀 특별한 것이라 은근히 관심이 갔다. 하루 벌어 입에 풀칠하기도 버거운 살림에 등산화를 신을 여유라니! 등산화를 훔쳐간 그는 신발의 용도를 제대로 알지 못하고 도둑질을 했거나 외부 사람일 것이다. 등산이란 쪽방촌에서 참으로 사치스러운 단어 아닌가. 슈퍼마켓은 장사가 잘 되는 편이다. 쓴 소주와 마른 오징어만 팔아 남는 것이 없다고 입버릇처럼 말해도 수중에 현찰이 마르지 않는 사람은 슈퍼마켓 아주머니뿐이다. 가끔 희멀건 김치지만 쪽방촌 사람들에게 나눠주기도 하고, 방세가 밀린 뒷방 광수 삼촌에게 무이자로 돈도 빌려준 아주머니인지라 쪽방촌 사람들은 마치 제 물건을 도둑맞은 양 호들갑을 떨었다.

철이 총각이 유흥업소의 일을 마치고 돌아온 모양이다. 방음장치가 없는 옆방에서 피곤에 지친 철이 총각의 옅은 한숨 소리가 포옥 새어 나온다. 시골에서 무작정 서울역을 목적지로 상경한 그는 배운 지식이 없어 몸이 고된 일만 하며 산다. 젊은 놈이니 이런 곳에 묵어도 흠 잡힐 것 없다고 큰소리치면서도 제 둥지 안에서는 흐느껴 우는 철이 총각.

며칠 전, 철이 총각은 파마 약을 가득 묻힌 채 방으로 돌아왔다. 비닐 모자를 쓴 채, 방으로 들어갔다. 궁금증에 방문을 열자 철이 총각은 화들짝 놀라며 뒤돌았다. 제 방에서 도둑질하는 거야. 소스라치게 놀라는 철이 총각에게 미안스러워 농을 던졌다. 철이 총각은 헉헉, 심장에 손을 얹고 말했다. 도둑 파마 했거든요. 헤어의 마지막 단계인 중화제까지 바르고는 미용실에서 집으로 도망 온 것이다. 헤어숍의 원장에게는 깜박 잊고 중요한 연락처를 집에 두고 왔다며, 거주하는 곳이 가까우니 금세 다녀오겠다고 일러두곤 빠져나왔단다. 비닐 모자를 쓰고 청담동에서 서울역까지 지하철을 타고 온 철이 총각은 지금쯤 미용실 스태프들이 자기를 찾아다닐 거라며 낄낄댔다. 자신의 보관함에는 신세계 쇼핑백이 담겨 있고, 쇼핑백 속에는 무료 신문이 들어 있다며 쉬지 않고 낄낄댔다. 철이 총각은 공동 개수대에서 빨래비누로 쓱쓱 머리를 감았다. 소위 잘 나가는 일류 헤어숍에서 공짜 파마를 했다며 만족스런 눈빛을 보냈다. 매직파마, 웨이브파마, 디지털파마 수많은 파마 이름은 들어봤지만 도둑 파마는 난생처음 들어봤다. 없는 살림에 머리는 해야겠고, 업소를 뛰는 놈이니 어지간히 용모에 신경도 쓰였을 터. 도둑 파마를 마치고 헐레벌떡 뛰어오면서 얼마나 맘 졸였을까, 지하철에서 흘끔대는 사람들의 눈총과 웃음에 한껏 무안했을 것이다. 숍의 원장은 인정할 수 없겠지만 도둑 파마의 값은 충분히 치렀다.

거푸 쉬어대던 옅은 한숨이 잦아지더니 신라면의 매콤한 향이 풍겨왔다. 철이 총각은 항상 새벽 여섯 시를 즈음해 라면을 끓인다. 그의 주 메뉴는 신라면이다. 가격과 중량을 비교해 항상 안성탕면만을 선호하는 나에 비하면 넉넉한 편이다. 아직은 입에 맞는 라면을 끓여 먹을 수 있는 것도 복이라면 복이니까.

쪽방촌의 사람들은 컵라면 하나를 사는 일에도 벌벌 손을 떤다. 당장 내일 쓸 돈을 걱정해야 하는 형편에는 당연한 일인지도 모른다. 라면 냄새에 속없이 배가 고프다. 마음 놓고 침 한 방 맞을 수 없는 상황에, 주린 속은 스스로에게도 염치가 없다.

언젠가 어슬렁거리며 서울역에 나갔다가 시음용 쑥차 한 봉을 얻은 기억이 났다. 늘씬한 미녀들이 종이컵에 쑥차를 담아 무료로 나누어 주는 것이었다. 그녀들은 말쑥한 복장의 중년 신사나 배낭을 짊어진 예쁘장한 여대생들에게만 종이컵을 돌렸다. 후줄근한 복장에 때 구정물이 전 내게 종이컵을 건네는 행사 요원은 없었다. 무료 시음도 돈이 좀 있어 뵈는 사람에게 해당되는 행사였다. 가난한 쪽방촌 사람들은 쑥차의 맛을 볼 수가 없었다. 향긋한 쑥차 향에 코를 벌름대던 나는 염치 불고하고 미니스커트 미녀에게 다가가 쑥차 좀 먹어보자고 했다. 그녀는 긴 생머리를 뒤로 쓸어 넘기며 위아래로 나를 훑어보고는 쑥차 팩과 종이컵을 건넸다. 정 맛보고 싶으면 스스로 한 잔 타 먹으라는 뜻이겠지. 사람들의 시선은 순식간에 집중되었고, 나는 무안한 마음에 쑥차와 종이컵을 엉거주춤 받아 들고는 황황히 자리를 떴던 것이다.

쇼퍼 시절, 나이 어린 점원에게 잔뜩 인상을 구긴 채, 환불을 요청한 일이 있다. 물건을 살 때도, 크게 인심 쓰는 양 거드름을 피워대더니 꼭 하루 만에 매장을 다시 찾아 환불을 요청하니 기가 찼을 것이다. 그녀는 생글거리며 이유를 물었다. 나는 디자인이 보면 볼수록 촌스럽다며 퉁명스레 답했다. 그녀는 화내지 않고 깨끗한 지폐를 골라 물건 값을 환불해주었다. 거들먹거리며 매장을 빠져나가는 내게 허리를 굽혀 인사하는 것도 잊지 않았다. 나는 미스터리 쇼퍼란 직업을 망각한 채 공연히 미안한 마음이 앞섰다. 종일 매장에서 다리 아프게 서 있을 아가씨에게 죄지은 느낌마저 들었다. 나는 근처 편의점에서 드링크를 한 병 샀다. 직업을 밝힐 수는 없고, 물건을 바꿔줘서 고맙다는 인사라도 전할 요량이었다. 통유리에 싸인 매장 안에서 그녀는 다리를 꼬고 앉아 통화하고 있었다. 휴대폰의 상대를 향해 그녀는 말했다. 어제 왔던 재수 없는 놈, 기어이 오늘 물건을 바꾸러 왔지 뭐니. 더러워서 바꿔줬어. 밥맛 없는 놈. 아마 평생 거지같이 궁상 떨며 살 거야. 개새끼. 쪽방촌에 들어오던 첫날, 나는 그녀의 악담을 기억해내고 진저리를 쳤다.

두리번거리며 부탄가스를 찾아본다. 구석구석 살펴도 눈에 뵈지 않는다. 그나마 쑥차 한 잔조차 못 마시고 마는가. 슈퍼마켓 주인아주머니는 등산화를 잃어버려 심기가 불편할 것이다. 이 와중에 불쑥 마켓을 찾아가 외상을 달라고 조를 수도 없는 노릇이다.

염치 불고 철이 총각의 방을 두드려본다. 후루룩 면을 들이켜다 말고 조르륵 문 앞으로 다가와 앉는다. 문풍지에는 송송 구멍이 뚫려 보기만 해도 몸이 시렸다. 부탄가스 좀, 쓸 수 있을까. 오늘도, 일을, 못 나갔지 뭐야. 더듬더듬 용건을 밝힌다. 별거 아니라는 듯, 부탄가스의 남은 양을 흔들어 확인하곤 웃으며 건넨다. 미안해하지 마세요. 이웃끼리. 그렇다. 쪽방촌에도 이웃은 있구나! 이웃이란 단어가 꽤나 신선하게 들렸다. 쪽방촌을 벌집촌이라고 부르는 사람들도 있다. 다닥다닥 붙어 있는 쪽방촌의 구조 때문에 붙여진 이름이다. 내가 사는 건물은 ㄷ자 구조를 갖추었다. 대문과 마주 보고 있는 ㄷ자의 중심에 내 방이 자리하고 있어, 내겐 앞방 이웃이 없다. 공연히 이웃이란 단어에 내 방의 위치가 억울하게 느껴졌다.

외진 쪽방촌에는 유난히 방범창이 많다. 방범창을 이 동네 사람들은 도둑창이라고 불렀다. 살림살이라고 해봤자 휴대용 버너, 침구 세트, 세면도구 따위가 전부인 사람들이 감시용 방범창을 돈 들여 설치하는 심리를 처음에는 도무지 이해할 수 없었다. 수중에 돈이 모였다고 해서 눈에 띄게 살림살이가 불어나는 것도 아니다. 라면을 봉지로 사들이지 않고 연탄을 낱장으로 들이지 않으면, 부탄가스를 여섯 개들이 한 포장으로 구입할 능력이 되는 사람을 수중에 돈이 모인 부류로 본다. 없는 살림에 가진 자들은, 하나같이 입을 모아 말했다. 있는 살림 도둑맞는 것보담 없는 살림 털리는 것이 더 무서운 법이라고. 언제쯤 나도 도둑창을 칠 수 있을까.

무료함을 달래기 위해 라디오를 켠다. 지직, 지지직 주파수를 찾지 못하는 라디오는 애달픈 신음 소리만 연거푸 뱉어낸다. 퍼뜩 철이 총각의 잠을 방해해선 안 된다는 생각이 스친다. 볼륨을 줄여 주파수를 찾아보지만 텅 빈 방 안에 시끄러운 잡음은 유난히 크게 울린다. 나는 라디오를 끄고, 다시 잠을 청해본다. 자리에 누워서도 쉬 잠이 들지 않는다. 철이 총각은 총각이 아닐 텐데……. 일주일에 세 번은 기본으로 방을 비우는 그를 왜 철이 총각이라고 불러야 하지? 쿡쿡 혼자 능청스레 웃어본다.

예전엔 나도 꽤나 말끔한 사내였다. 너저분한 건 눈 뜨고 못 봐 아내는 늘 방 청소에 매달렸고, 아이들도 장난감이나 책장의 동화책을 정리 정돈하는 일이 또래의 아이들보다 깔끔했다. 누추한 방에서 거미줄 쳐진 창 밖을 바라보니 자꾸 서글픔이 밀려와 나는 방을 깨끗하게 치우기로 결심한다. 성격은 쉽게 버리는 것이 못 돼 아직도 가난한 주머니지만 쓰레기봉투만은 열 장씩 풀 세트로 구입한다. 그건 끝내 포기할 수 없는, 마지막 내 자존심인지도 모른다. 아홉 장 남은 쓰레기봉투를 침으로 훑어 떼어낸다. 방 청소를 하기로 마음먹은 이유다. 자꾸 몸을 움직여야지, 내일은 인력시장에 꼭 나가야 해. 쓰레기통에 버려두었던 나무젓가락을 기억해낸다. 쇼퍼의 눈으로 바라봤을 때 가장 눈에 거슬리는 건, 거미줄이다. 거미줄을 먼저 제거해야지, 통통한 파리를 잡아두고도 새로운 먹이를 찾기 위해 더 큰 집을 지어 영역을 넓히는 오동통 살 오른 거미를 불행으로 빠뜨리는 것이 첫째 목표다. 신경질적으로 거미줄을 헤집어놓자 놀란 거미는 허둥대며 균형을 잡고자 애쓴다. 발버둥치는 거미를 보자 이내 가엾다는 생각이 든다. 끝내 거미는 제 덫에 걸리고 말았다. 거미도 제가 친 줄에 걸린다는 걸 나는 처음 알았다. 욕심의 대가야, 네가 더 큰 집을 짓지 않았더라면 난 너를 봐줄 수도 있었어. 나는 난생처음 미스터리한 곤충의 표정을 읽어낸다.

무리해서 몸을 움직였더니 기운이 없다. 이젠 애써 잠을 청하지 않아도 스르르 졸음이 밀려왔다. 얼마나 잤을까, 허기가 잠을 깨운다. 안성탕면을 끓이기 위해 버너에 물을 올린다. 물이 끓는 것을 지켜보며 부탄가스가 라면이 익을 동안 수명을 이어주길 바라본다. 나는 절대 라면을 쪼개서 끓이지 않는다. 면을 쪼개 끓이면 수명이 짧아진다는 순이 할멈의 얘기를 명심하고 있다. 세상에 눈 떠 쪽방촌에 머물다 죽는 건 상상만으로도 끔찍하다. 자식 앞으로 고스란히 빚만 남기고 떠나는 생은 너무 처절하지 않은가. 나는 안성탕면만을 먹더라도 오래오래 살아야 할 의무가 있다.

순이 할멈이 돌아온 모양이다. 허리가 굽은 순이 할멈은 상추 따는 일을 오래 하지 못한다. 그래도 하우스 주인장을 잘 만나 시원찮은 순이 할멈을 군소리 없이 써주는 모양이다. 쿨럭쿨럭 순이 할멈의 기침 소리가 쉬지 않고 들린다. 순이 할멈은 왜 돈을 버는 것일까. 아니 왜 돈을 모으는 것일까. 왜 통장에 저축을 하며 사는 것일까. 먹성 좋아 뵈는 돼지 저금통에 동전을 모으고, 굽은 등으로 은행을 찾는 순이 할멈을 나는 도저 이해할 수 없지만 미워할 수도 없다. 이가 빠진 순이 할멈은 라면을 죽처럼 쑤어 먹는다. 다 풀어져 풀기가 그득한 라면을 목구멍으로 넘기며 다음 날 다시 상추 따는 일을 나간다. 순이 할멈 생각에 안성탕면조차 목구멍으로 넘어가지 않는다. 쫄깃했던 라면은 어느덧 순이 할멈이 먹기 좋게 푹 퍼져 있었다. 하지만 별도의 음식 쓰레기봉투가 없는 나로서는 꾸역꾸역 남은 라면을 먹어치워야 한다. 멀쩡한 치아를 가지고 씹지 않고 라면을 삼키려니 그 또한 쉽지 않은 일이다.

라면을 비우고 설거지를 하기 위해 공동 개수대로 향한다. ㄷ자 건물의 중심부에 위치한 개수대의 돌이 물살에 닳아 뭉툭해져 있다. 많은 사람들이 거쳐 간 세월을 읽을 수 있었다. 허리가 아파 빈 냄비 하나를 들고 가는 일도 수월치가 않다. 개수대에는 도둑고양이 한 마리가 버티고 서 있었다. 뱃가죽이 등에 붙은 불쌍한 고양이다. 살점이

붙지 않은 다리가 유난히 길어 보였다. 먹이를 찾기 위해 희번덕대는 눈동자가 찬란한 야광 빛을 뿜어낸다. 미련한 놈, 부잣집 동네에 가야 먹을 것이 있지. 먹이가 없는 빈 그릇을 확인하곤 폴짝 뛰어 달아난다. 신발장에 쪼그리고 앉아 다시 한 번 고개를 돌린다. 등산화의 범인은 도둑고양이다. 그는 도둑질을 해도 당당한 도둑고양이 아닌가. 매력적인 이름이라고 생각하며 말끔히 그릇을 씻어낸다.

영희 엄마가 설거지를 하기 위해 줄을 선다. 일주일 전, 영희 아빠는 말했다. 여보, 3일 후에 꼭 데리러 올게. 다짐하듯 영희 엄마의 손을 맞잡았던 영희 아빠는 총총히 예쁘장한 얼굴의 영희를 데리고 사라졌다. 나는 영희 아빠가 오지 않으리란 걸 알고 있었다. 집주인에게 한 달치 방세를 지불하는 것을 보았기 때문이다. 병색이 짙은 영희 엄마는 그렇게 쪽방촌에 홀로 남겨져 우리의 이웃이 되었다. 영희 엄마가 작은 소리로 중얼거리듯 말했다. 자꾸, 자꾸만……. 부탄가스가 없어져요. 이상해요, 정말. 들릴 듯 말 듯 작은 소리로 그녀는 사라진 부탄가스에 대해 내게 묻고 있는 듯했다. 등산화에 이어 오늘 하루, 두 번째 도난 사건이 일어난 것이다. 하지만 대체 값나가는 등산화도 아니고, 900원 상당의 부탄가스 따위를 누가 집어간단 말인가. 퍼뜩 머릿속에 철이 총각이 스친다. 대범하게 도둑 파마까지 하는 철이 총각에게 부탄가스 따위는 일도 아니다. 나는 혼자생각에 절레절레 고래를 저었다. 나를 이웃이라 칭해준 철이 총각에게 의심을 갖는 건 있을 수 없는 일이다. 그렇다. 영희 엄마에게는 가족이 절실히 필요한 것이다. 곧 모시러 올 거예요, 기운 내세요. 동문서답의 말을 남기곤 방으로 돌아온다. 방바닥에 주저앉으니 으드득 뼈마디가 괴상한 소리를 낸다. 일당 4만 원에 중병을 얻었다. 참 수지가 맞지 않는 장사다. 도둑창도 없는 방바닥에 주저앉아 창문을 바라본다. 몸을 추스를 수 있게 되면 일단 방충망이라도 쳐야겠다. 거미의 침입을 더 이상 방관할 수 없다. 도둑창도 없고, 미처 방충망도 갖추지 않는 창문 틈으로 햇살은 시원스레 스며들었다.

아들의 안부가 궁금해진다. 먹먹한 슬픔에 자리를 털고 일어섰다. 바람이라도 쏘이고 들어올 마음으로 다시 방문을 연다. 맞은편 방에 시선이 머문다. 영희 엄마는 외롭게 쭈그리고 앉아 부탄가스를 세고 있다. 마치 자신이 쪽방촌에 들어온 날을 하루하루 헤아리는 것처럼 처량해 보인다. 한참을 영희 엄마의 도둑창에서 시선을 떼지 못하고 바라본다. 철이 삼촌이 업소에 나가기 위해 방문을 연다. 슬픈 낯빛으로 영희 엄마 방을 바라보던 나와 시선이 마주친다. 알 수 없다는 듯, 어쩌면 알 수도 있겠다는 듯 나를 바라보며 씩 느끼한 웃음을 던진다. 나는 마치 도둑질을 하다 들킨 사람처럼 놀라 말을 더듬고 만다. 다시, 또 일하러, 나가는 거야, 도둑 파마한 머릿결이 바람에 춤을 추고 그는 대꾸 없이 내 앞을 스쳐 지난다. 젠장, 영희 엄마는 아직도 부탄가스의 숫자만 헤아리고 있다. 요란스런 대문 소리가 들리고, 철이 총각이 나가는가 싶더니 이내 슈퍼마켓 아주머니가 들어온다. 아직 도둑을 잡지 못했는지 퉁퉁 불은 라면 꼴을 하고 있다. 농담 삼아 말을 건넨다. 도둑고양이가 물어갔겠지요, 뭘. 눈을 동그랗게 뜨고 나를 바라본다. 정말? 봤어? 나는 살래살래 고개를 젓는다. 우리 이웃 중에는 그걸 가져갈 사람이 없잖아요. 아차, 괜한 말을 꺼낸 듯싶다. 이웃이란 단어에 바르르 눈을 치켜뜨곤 이내 뚫어져라 쏘아본다. 나는 뜬금없이 도둑고양이가 기다려진다. 속 터져 죽겠는데 농담질이야, 나는 아픈 허리를 핑계 삼아 자리를 뜬다. 그래, 농담도 여유 있는 사람들에게나 가능하지. 나는 아직 진정한 쪽방촌 주민의 자질이 없다.

방 안에 틀어박히기 싫어 어정이며 길을 나선다. 순이 할멈은 연탄한 장을 비닐봉투에 담아 걸음을 재촉한다. 쓰레기봉투가 모이는 전봇대에는 배고픈 도둑고양이들이 어슬렁거리고 있다. 아마도 아빠 도둑고양이, 엄마 도둑고양이, 새끼 도둑고양이들인가 보다. 엇비슷한 줄무늬가 혈통 관계임을 증명해준다. 햇살 때문일까. 가족 생각이 간절해진다. 염치없는 아빠라, 남편인지라 제대로 전화 한 통 못 하고 사는 형편이다. 나도 모르게 공중전화로 발걸음을 옮긴다. 몸이 아프니 가족의 품이 그립다. 운이 아주 없지는 않은 모양이다. 공중전화에 50원이 남아 있다. 얼굴 모르는 누군가의 배려로 나는 아내의 음성을 좀 더 길게 들을 수 있을 것이다. 수화기를 들어 번호를 꾹꾹 누르는 동안은 허리도 아프지 않았다. 나는 큰 맘 먹고 통화를 시도한 김에 거금 300원을 또르르 굴려 넣는다. 아내와 100원, 아들 녀석과 250원어치의 통화를 해야지. 따르릉, 따르릉 끈덕지게 벨이 울려대는데 받는 사람이 없다. 나는 숫자판에 숫자 6을 쓱쓱 닦아낸다. 아내는 전화를 받지 않을 것이다. 이번엔 숫자 9를 깔짝깔짝 간질거려본다. 아내는 칼국숫집 서빙 일을 마치지 않았을 것이다. 아들 녀석도 학교가 끝나면 아내의 칼국숫집에서 끼니를 해결하고 함께 귀가한다고 했던가. 나는 아내의 칼국숫집 전화번호를 알아두지 않은 것을 후회한다. 350원이 남은 수화기를 내려놓고 300원을 거슬러 받는다. 나도 모르게 주위를 살피게 된다. 50원을 남긴 맘씨 좋은 사람에게 공연히 미안해진다. 무얼 하면 좋을까, 호주머니에 시린 손을 집어넣는다. 호주머니 속도 찼던지라 손은 녹지 않았다. 도둑창이 눈을 치켜뜬 골목을 서성이며 나는 배회하고 있다.

슈퍼마켓 앞에서 아주머니가 욕을 해대고 있다, 갈아 마셔도 시원치 않을 놈들. 도둑을 잡은 걸까? 등산화 하나를 훔치고 너무 심한 욕을 듣는다. 허나 상대가 없다. 텔레비전을 마주한 아주머니는 쉼 없이 거친 욕을 퍼붓는다. 기우뚱, 기우뚱 위태로운 걸음으로 슈퍼마켓에 당도한 나는 아주머니와 함께 화면에 눈을 맞춘다. 자글대는 브라운관 속에서는 믿을 수 없는 이야기가 쏟아져 나오고 있다. 새끼 일곱 마리를 밴 어미 개를 노숙자들이 잡아먹었다고 한다. 어린 강아지들은 막에 싸인 채 근처 쓰레기통에 방치되어 발견되었다고, 서울역 노숙자들은 배고픔에 도덕성을 상실했다며 아나운서는 사건의 전말을 일러주고 있다. 사실일까, 지금 저 보도는 과연 진실일까, 갑자기 요의가 느껴지며 오들오들 몸이 떨려온다. 도망쳤겠지. 본능적으로 새끼를 살리기 위해 뒤뚱뒤뚱 뛰고 또 뛰었겠지. 앞만 보고 달려도 도통 무거운 몸은 말을 듣지 않았겠지. 주둥이를 묶고 매질을 해댈 때, 모정은 눈물을 삼켰을 것이다. 지켜주지 못해서 미안해.

눈시울이 벌겋게 충혈된 나를 보고 슈퍼마켓 아주머니는 하던 욕을 멈췄다. 마음이 약하구먼, 그래도 사낸데, 왜 울고 그랴, 등산화를 찾던 번뜩이던 눈망울은 온데간데없었다. 오랜만에 인간적인 쪽방촌 사람의 눈빛을 마주한다. 다시 허리의 통증이 몰려온다. 가난하면 아프지도 말아야 하는데 몸도 마음도 자꾸 아파온다. 나는 지금 허리의 통증보다는 주체할 수 없는 가슴팍의 통증에 더 괴롭다.

순이 할멈이 소고기라면 한 박스에 솔담배 한 갑을 달라고 한다. 쪽방촌 사람들은 한 갑에 200원 하는 솔담배를 아껴 피운다. 필터까지 타들어간 담배꽁초를 쪽방촌에선 흔하게 볼 수 있다. 순이 할멈의 라면 박스를 대신 들어주고 싶지만 마음뿐이다. 허리가 시원치 않아서요, 옮겨드려야 하는데. 순이 할멈은 손을 내젓는다. 순이 할멈은 실상 누군가 라면 박스를 대신 들어준대도 반겨하지 않았을 것이다. 언젠가 서울역에서 급히 화장실을 찾았던 순이 할멈은 다음 차례의 사람에게 보따리를 맡기고 볼일을 보러 들어갔단다. 바지춤도 올리지 않고 급히 나왔지만 넉넉한 풍채에 인심 좋아 뵈던 시골 아주머니는 흔적 없이 보따리와 함께 사라졌다고 했다. 어이없게 도둑을 맞았다며 순이 할멈은 오래도록 원통해했다. 인력시장 봉고차에서도 항상 짐보따리를 꼭 안고 있는 순이 할멈. 사연을 듣고 난 인력시장 박 차장도 고개를 주억이며 더 이상 짐을 내려두라, 권하지 않았다.

주섬주섬 주머니를 뒤져보니 5천 원 권 지폐 한 장이 꼬깃 손에 잡힌다. 물파스라도 사서 바를 요량으로 약국으로 향한다. 약국 앞에 도착하니 초등학교 6학년쯤 되어 보이는 여자아이 하나가 울고 있다. 하도 서럽게 울어 그냥 지나칠 수가 없었다. 우는 이유를 물으니 자전거 체인이 빠졌단다. 체인 빠진 자전거 하나에 그토록 서럽게 울다니. 체인을 끼워줄 테니 자전거는 어디 있냐고 물었다. 꺼억꺼억 곧 숨이 넘어갈 듯, 중학생 오빠들이 고쳐줬다고, 고쳐주고는 한 바퀴만 돌고 와도 되느냐고 물었다는 것이다. 고쳐준 것이 고맙기도 하고 오빠들이 착하게 생겨서 좋다고 허락하고 한참을 기다리는데 오빠들이 안 온다고, 집에 돌아가면 엄마한테 야단을 맞는다며 대성통곡을 하고 있는 것이다. 세상에, 아이들까지 도둑질을 하는구나. 집이 어디냐고 묻자 세 번째 골목이란다. 쪽방촌에 새로 온 식구인가 보다. 아이의 얼굴이 도통 눈에 익지 않는다. 술 취한 김 할아범이 야릇한 눈길로 나를 쏘아보고 지난다. 마치 내가 아이를 울리기라도 한 듯. 도둑은 범행 장소를 다시 찾는 심리가 있다. 자전거를 훔친 범인과 김 할아범은 공범일지 모른다. 훔친 자전거를 헐값에 팔아 술판을 벌였을지도 모른다. 일단, 김 할아범을 용의선상에 올려둔다. 대체 어떤 놈일까. 가난한 소녀의 눈에서 눈물을 빼는 작자는 어디에 숨어 있단 말인가. 미스터리한 도둑을 잡아야겠다. 내 손으로 녀석의 뒷덜미를 낚아채야 한다. 찾을 수 있을 거야. 울지 마라. 다정하게 내뱉은 내 말에 더욱 서러워진 소녀는 점점 큰 소리로 울어댄다. 나는 파스 사는 것도 잊고 쪽방으로 돌아온다.

 분명히 문을 닫아둔 것 같은데, 반쯤 열려 있다. 내 방에 용건이 있는 사람은 내일 다녀갈 건물주뿐이다. 나는 불안한 마음으로 방 안을 훑는다. 쓰레기봉투가 흩어져 있다. 나는 침을 발라 봉투의 장수를 헤아린다. 두 장이 빈다. 여섯 장의 쓰레기봉투, 영희 엄마의 부탄가스도 이렇듯 감쪽같이 사라진 모양이다. 나는 자물쇠를 걸지 않고 방을 비운 것을 후회하지만 어쩌면 범인을 잡을 수 있는 절호의 기회다. 슈퍼마켓 아주머니의 등산화도 영희 엄마의 부탄가스도 아이의 자전거도, 나의 쓰레기봉투까지 동일범의 소행일지 모른다. 가뜩이나 도둑창이 유난스레 많은 쪽방촌을 비밀리에 위협하고 있다. 외롭게 살을 부대끼며 사는 우리 마을에 범죄자가 있다니, 용서할 수 없다. 나는 쇼퍼의 정신을 살려 반드시 미스터리한 범인을 잡겠다고 다짐한다.

 가장 걱정되는 방이 순이 할멈의 방이다. 고집스레 돈을 모으는 순이 할멈을 표적의 대상으로 삼고 있다면 이보다 큰일은 없다. 나는 갑자기 안절부절 불안해진다. 친구 녀석이 연락을 끊고 잠적했을 때처럼 심장이 두근두근 뛴다. 술에 취해 혀가 말려 미안하다, 미안하다 연거푸 말을 뱉었던 친구 녀석의 음성이 귓가에 생생하게 울린다. 그도 불안했겠지. 녀석의 미래에 전 재산을 걸고 발발 떠는 내 모습을 몇 번이고 기억해냈을 것이다. 친구를 죽음으로 내몬 건 어쩜 나의 불안 때문이었는지 모른다. 마지막으로 휴대폰 음성 메시지에 나는 말했다. 불안하다…… 불안해서 미치겠다. 전화 좀 받아라. 나 죽이고 제 놈 살 자신 없어 강물에 몸을 던졌겠지. 나쁜 놈. 그래도 죽지는 말았어야지. 죽지 않고 살면 쪽방촌에서 쓴 소주 한잔 기울이며 다시금 부둥켜안았을 걸, 미련한 놈. 야속한 놈. 아— 다시 허리의 통증이 밀려온다.

라면 박스의 개수가 몇 개인지 알아봐야 하는데 몸이 움직여지지 않는다. 대형 마켓을 하루에도 수십 차례 쇼핑하면서 나는 왜 라면 박스의 개수를 눈여겨보지 않았던가. 순이 할멈에게 가장 소중한 재산인 라면 박스를 지켜줘야 한다는 의무감이 나를 자꾸 압박한다. 피곤하다.

쇼퍼 때부터 나는 기록하는 버릇이 생겼다. 여직원의 인상착의를 비롯해 매장의 청결도 등을 활자로 기록해두지 않으면 증거가 없기 때문에 항상 시간과 장소를 적어두는 습관을 가지게 되었다. 비록 의식 속에서지만 너무 많은 사람들과 한꺼번에 재회한 나는 쪽방촌의 선량한 주민을 대표해 도둑맞은 물건을 일일이 옮겨 적는다. 등산화, 부탄가스, 쓰레기봉투, 자전거. 미스터리한 사건은 쇼퍼인 내가 해결해야 옳다.

무언가를 좀 먹어야겠다고 생각한다. 쑥차와 영양가 없는 라면으로 끼니를 때우니 속이 허해 생각이 많아지는 것 같다. 나는 영양식을 먹어야 한다. 오랜만에 마켓에서 맛 좋은 인스턴트 참치죽이라도 사 먹어야겠다고 뒤뚱이는 걸음을 딛는다. 방문을 열고 기운 없는 발걸음을 옮기는데 야쿠르트 아주머니가 노란 모자를 쓰고 경쾌하게 지난다. 슈퍼마켓에 물건을 대러 가는 모양이다. 노란 가방은 일단 정지시켜두고, 총총 몸만 바쁘게 움직인다. 순이 할멈이 가방 속에서 떠먹는 야쿠르트를 꺼낸다. 순이 할멈에게도 영양식이 필요했던 모양이다. 까닥 고갯짓으로 눈인사를 보내보지만 답이 없다. 눈이 어둔 순이 할멈은 골목 끝자락에 서 있는 나를 알아보지 못한 모양이다. 순이 할멈이 주변을 두루 살핀다. 도둑고양이의 눈빛과 닮았다. 나이가 들면 아이가 된다더니 저 나이에도 떠먹는 야쿠르트의 달콤한 맛이 좋은 모양이다. 순이 할멈은 노란 모자 아주머니를 기다리지 않고 방으로 향한다. 관절염에 오래 서 있기 힘든 모양이다. 돈 많은 순이 할멈은 그깟 야쿠르트 값을 떼어 먹을 사람이 아니다.

순이 할멈을 뒤로하고 참치죽을 사기 위해 마켓으로 향한다. 따끈한 물을 부어 온다. 주인집 여자는 노란 모자 아주머니에게 등산화 실종 사건에 대해 시시콜콜 얘기하고 있다. 참치죽을 검은 봉지에 담는 동안, 나는 라면의 개수를 알아둔다. 스물이란 숫자를 확인하니 마음이 놓인다. 나는 노란 모자에게 말을 건넨다. 혹시 지금 아주머니 가방 속에 야쿠르트가 몇 개나 들어 있는지 알아요? 속없이 또 농담질이냐며 주인 여자가 눈을 흘긴다. 내가 늘상 대형 마켓을 걸으면서도 라면 박스의 개수 따위를 눈여겨보지 않았듯, 노란 모자도 항상 끌고 다니는 야쿠르트 가방에 야쿠르트가 몇 개 담겨 있는지 통 관심이 없는가 보다.

방으로 돌아와 참치죽의 뚜껑을 여니 고소한 냄새가 풍겨왔다. 입안 가득 침이 고였다. 주머니가 가벼운 지금도 나의 머리는 예전에 맛봤던 참치죽의 맛을 기억하고 있는 것이다. 그때였다. 호들갑스러운 아낙네들의 목소리가 들리고 누군가 허락 없이 방문을 연다. 영희 엄마가 서 있고, 그 뒤에 노란 모자의 아주머니가 서 있다. 헐레벌떡 슈퍼마켓 아주머니도 뛰어 들어온다. 다짜고짜 왜 요구르트를 훔쳐갔냔다. 요구르트 아주머니의 말이 끝나기도 전에 영희 엄마는 훔쳐간 부탄가스를 내놓으라며 악다구니를 쓴다. 영희 엄마의 목소리가 앙칼지다. 오전에 공동 싱크대 앞에서 띄엄띄엄 말을 잇던 영희 엄마의 모습은 찾아볼 수 없다. 졸지에 나는 도둑이 되어 있다. 상황인즉, 나의 방문 앞에 요구르트 빈 통이 놓여 있다는 것이다. 요구르트를 훔친 후, 상황을 살피기 위해 슈퍼마켓에 들른 눈치라며 영희 엄마와 마주 본 노란 모자가 소리친다. 나보고 뭐, 야쿠르트 개수가 몇 개인지 아느냐고, 이런 뻔뻔한 놈을 봤나! 내가 당황한 틈을 타 슈퍼마켓 아주머니는 방 안을 샅샅이 살피며 등산화의 행방을 찾는 듯했다. 방금 마주한 인간적인 눈빛도 이미 실종됐다. 설상가상으로 방에서 나의 쪽지가 발견되었다. 도둑을 잡기 위한 메모는 도둑질을 한 메모로 둔갑하고 말았다. 난처하고 또 난감했다. 나는 마을을 어지럽히는 미스터리한 도둑을 잡고자 했다고, 지금 허리가 아파 잠시 방에 들어왔다고, 순이 할멈이 요구르트를 꺼내 먹더라고, 이것이 마을에서 사라진 물건들이라고, 나는 끝내 말하지 않았다. 귀 어두운 순이 할멈이 난처한 표정으로 나를 바라보고 있었기 때문이다. 우리는 이웃이라던 철이 총각의 말만 속절없이 떠올랐다. 이 순간, 순이 할멈을 도둑으로 몰수는 없는 노릇이다. 설령 내가 사실을 얘기한다고 해도 악이 받친 그들이 진실을 믿어줄 리 없었다. 어이가 없고 기가 찼지만 입을 다물었다. 그저 말없이 노란 모자에게 꼬깃한 지폐를 건네는 수밖에 별다른 도리가 없었다. 막막했다. 노란 모자는 가난해도 그러면 못 쓴다고 인상을 구기며 충고를 했고, 슈퍼마켓 아주머니는 사람 그렇게 안 봤는데 참으로 실망이라고 했던 말을 하고 또 했다. 어느 틈엔가 나타난 김 할아범은 아까는 어린 학생도 울리더라며 눈에 익은 야릇한 눈길로 나를 쏘아봤다. 영희 엄마는 영희 아빠가 오면 이 사실을 알려 나를 혼쭐 내겠다고 으름장을 늘어놓으며 소리 나게 문을 닫았다.

덩그러니 쪽방에 갇힌 나는 갑자기 똥이 마려웠다. 정규직을 알아보기 위해 가져다둔 벼룩시장을 펼쳤다. 벼룩처럼 다닥다닥 글씨가 박힌 활자 위에 뿌지직 똥을 갈겼다. 나는 좁은 쪽방 안에 갇힌 죄 없는 죄수다. 나는 똥을 대충 닦고 바지를 올린다. 신문지를 둘둘 말아 밖으로 휙 던져버린다. 창문을 타고 지독한 변 냄새가 방 안을 침투한다. 나는 남은 안성탕면을 찾는다. 네 봉이 남았다. 공동 개수대에서 세숫대야를 가져오기 위해 방문을 열었다. 배고픈 도둑고양이가 나를 올려다본다. 세숫대야에 물을 넣고 팔팔 끓인다. 라면을 뚝뚝 쪼개 한꺼번에 몰아넣는다. 수명을 다한 부탄가스는 파란 불에서 초록 불로 혼신의 힘을 다해 마지막 붉은 빛을 토해내더니 더 이상 화력을 뿜지 못했다. 소진. 내 생의 에너지도 모두 바닥이 났다. 난생처음 라면을 뚝뚝 쪼개 넣은 나는 라면의 면발의 길이가 궁금해서 견딜 수가 없다. 허리에 통증도 느껴지지 않는 나는 뜨끈한 국물 속에 손을 넣어본다. 꼬불꼬불 똬리를 튼 미스터리한 의심의 길이를 나는, 반드시 알아야만 한다.

| 미해결 과제

미해결 과제

그가 사라졌다. 맑음이발소의 간판을 걸면서 헤벌쭉 웃던 사내가 동네에서 갑자기 증발해버렸다. 상냥하고 기분 좋은 인사로 늘 이웃들을 기분 좋게 해주었고, 하루에 세 번을 만나도 아는 체를 하며 말을 걸어주던 사람이었다. 타인과 교류하는 것에 익숙하지 않은 나는 일부러 이발소를 피해 뒷골목으로 걸어 나가곤 했다. 마주치는 모든 사람들에게 친절한 그를 동네 사람들은 모두 좋아했다. 그는 마을 어르신들께 달달한 믹스커피를 타 드리기도 하고, 손수 부채질을 해주기도 했다. 새댁이 등에 업고 온 말귀 알아듣지 못하는 세 살짜리 아이의 머리도 잘 얼러가며 짧게 손질할 수 있는 웃음 많고 넉살 좋은 사람이었다. 동네를 어슬렁거리는 도둑고양이들에게도 관대한 그는 비가 오면 비를 피할 수 있도록 가게 옆에 작은 창고를 열어주었고 먹이를 놓아주기도 했다. 항상 부지런한 그는 출근하는 즉시 이발소 안에 있던 화분들을 꺼내 햇볕을 쪼여주고 물을 주었다. 하얀 수건을 깨끗하게 빨아 널고 앞유리를 반질반질하게 닦으며 늘 미소를 짓고 있던 그가 돌연 사라져버렸다.

이발사라는 직업에 대해 투철한 직업 의식이 있던 그는 단 한 번도 가게 문을 닫은 적이 없었다. 잠시 외출을 가더라도 슈퍼 갑니다, 화장실 갑니다, 라는 글씨를 삐뚤삐뚤 적어놓던 그였다. 흔한 여름휴가 한번 가지 않아서 그 돈 벌어 뭐에 쓰느냐고 숨겨둔 우렁이 각시라도 있느냐고 사람들이 능글맞게 묻곤 했다. 책임질 가족은 없는 듯했다. 이발소 안에 작은 방이 딸려 먹고 자고 한다는 소리를 들었다.

그런 그가 3일 내내 가게 문을 열지 않자 사람들은 맑음이발소 앞을 서성였다. 안을 들여다보기도 하고 커다란 자물쇠가 걸린 문을 힘주어 흔들어보기도 했다. 허나 인기척을 느낄 수는 없었다. 이발소 옆에는 작은 슈퍼가 있었는데 마을 사람들은 거기 둘러앉아 사내의 행방을 궁금해했다. 병이 나서 드러누웠어도 이발소 안 작은 방일 것인데 중병이 나서 입원을 했을까? 평소 그는 건강에는 이상이 없어 보였다. 작고 아담한 체구였지만 나름 다부진 몸매를 갖고 있었고 틈틈이 아령을 들며 운동을 하는 모습도 본 적이 있다. 정해진 시간에 운동을 하지 않더라도 그는 움직임이 많은 사람이었다. 꼬마 아이들의 자전거를 밀어주었고 노인들의 휠체어를 밀어주었으며 가득 짐이 실린 손수레도 곧잘 밀어주었다. 골목의 쓰레기를 바지런히 치우고 눈이 오는 날은 눈이 쌓일 틈도 없이 빗자루질을 했다. 누가 시키지 않아도 이웃의 일이라면 두 손을 걷어붙이고 하던 그였다. 꼭 3일 만에 우리는 그의 존재를 적잖이 아쉬워하게 되었다. 골목에는 아이들이 버린 아이스크림 막대기가 굴러 다녔고 꼬마들도 다툼을 중재해주는 사람이 없자 싸우는 아이들이 생겼다. 그렇게 하루가 또 갔다.

나는 3주에 한 번씩 머리를 꼭 자르는데 그가 없자 당장 아쉬웠다. 3일 정도 여행을 떠나는 사람들은 많다. 일상이 무료해진 그가 돌연 혼자만의 여행을 결심하고 떠난 것은 아닐까? 매일매일 웃어주는 생활이 지겨워서 자신만의 시간을 갖기 위해 훠이훠이 여행을 떠났을지도 모를 일이다. 아직 3주가 되려면 이틀 정도 시간이 있다. 나는 조바심 내지 않고 그를 기다려보기로 마음먹었다. 다소 소극적인 성격의 내겐 새로운 이발소를 찾는다는 것이 쉽지 않았고, 요즘 이발사들은 왜 그리 말이 많은지 정치가 이야기, 연예 뉴스, 최신 유행 헤어스타일 등등 쉬지 않고 입을 놀렸다. 말수가 적은 내게는 그것도 곤욕이었다. 그나마 맑음이발소의 그는, 무뚝뚝한 내 성격을 이해하고 의례적인 인사 외에는 대화를 잘 청하지 않아서 마음이 편했다. 그가 하는 대부분의 이야기는 동네와 관련한 것들이라서 들어도 도움이 되는 정보들이었고 가끔 전해 듣는 마을의 이야기는 거부감 없이 받아들여졌다. 기억에 남는 대화는 내가 도둑고양이들까지 돌보시고 대단하세요, 라고 하는 말에 정색을 하며 도둑질도 하지 않고 도둑고양이가 되는 건 너무 슬프지 않나요? 길고양이라고 불러주세요, 라고 말한 후

허허 너털웃음을 짓더니 길고양이들이 있어서 힘든 것보다 아이들 재롱에 재미있을 때가 많다고 하던 그의 말이었다. 도둑고양이라고 부르면서도 미안해하지 않던 나와는 달리 훔친 것도 없이 도둑고양이가 된 그들의 처지를 가엾게 여기고 있는 그였다. 그는 남을 헐뜯지 않았고, 가난한 이웃의 아픔에 무관심하지 않았다. 허리 아픈 동네 어르신을 걱정하고 비급여 항목이 추가되어 병원비가 많이 나온 치매 노인을 안쓰럽게 생각하던 마음씨 착한 그였다. 약국에서 받아온 명세표를 꼼꼼하게 읽으며 약 먹는 순서를 눈에 띄게 큰 숫자로 적어놓던 따뜻한 이웃이었다.

나의 그의 기억에서 잊히고 싶지 않았지만, 그는 나를 잊었다. 3주에 한 번씩 꼬박꼬박 머리를 손질하는 단골손님을 잊었고 동네의 잡다한 일들을 기억에서 까맣게 모두 지워버린 모양이었다. 5일째가 되어도 그의 행방은 오리무중이었다. 그가 정성껏 돌보던 화분들은 햇볕도 쪼이지 못하고 물도 주지 않아서 비실비실 말라가고 있었다. 돈을 벌어준다는 금전수는 누렇게 떠 흉측스런 몰골을 하고 있었고 행운목은 가장자리부터 바싹 타들어가듯 말라비틀어졌다. 밖에다 두고 갔더라면 누군가가 잘 돌보았을 화분들이었다. 우리는 모두 그의 안부를 걱정하고 있었고 그가 걱정되는 마음으로 성심성의껏 화분을 돌보며 그의 귀가를 기다렸을 것이다. 쪽지 한 장 남기지 않고 대체 그는 어디로 사라져버린 것일까. 머리를 손질하고 싶다. 특별한 일이 아닌 한, 3주마다 머리 손질하는 것을 계획해둔 나는 난감했지만 좀 더 그를 기다려보기로 했다. 늘 상냥하게 웃어주고 성의 있게 머리칼을 다듬어주던 손놀림을 기다려주기로 마음먹었다.

그가 사라진 지 일주일이 지나자 동네 할머니들은 경찰에 신고를 해야 하는 것 아니냐며 걱정을 했고 슈퍼 사장도 속이 타는지 발을 동동 굴렀다. 아는 경찰에게 전화를 해보겠다고 했고, 그의 이동전화 번호를 아는 사람이 있는지 찾기 시작했다. 그가 이동전화가 있었던 가? 곰곰 생각해보아도 그가 손에 전화기를 들고 있는 모습을 본 적이 없었다. 마을 사람들 모두는 그에게 전화를 걸 일이 없었다. 그는 항상 맑음이발소 앞을 지키며 서 있어주었고 언제나 그는 동네를 지키고 서 있어줄 것만 같았다. 동네에서 주차 시비가 붙어도 그의 웃음 한 방이면 해결이 되었다. 마을 사람들이 험한 말을 하기 전에 그는 스스로 중재자가 되어 일을 처리했고 맑은 미소로 화를 가라앉게 만들어주었다. 동네 이장은 순찰 다니는 경찰에게 매달려 이발소에 대한 사정을 이야기했다. 난감해하는 경찰을 붙들고 서서는 없어질 사람이 아니란 말야, 라고 힘주어 말했고 경찰은 달리 방도가 없는지 고개를 갸웃거리며 차분하게 답을 주었다. 실종 신고는 가족들이 하실 수 있어요, 그리고 실종된 사람을 찾는다고 해도 그가 거처를 옮긴 것을 밝히고 싶어 하지 않는 경우, 절대 상대방에게 알려줄 수가 없어요, 일주일 동안 가게 문을 열지 않았다고 해서 경찰이 강제로 문을 열 수 있는 권한도 없고요. 개인정보보호법도 강화되고 있어서요, 수상한 낌새가 드러나지 않는 한, 제가 도울 일은 없을 것 같은데

요……. 경찰은 이장의 간절한 눈길을 애써 외면한 채, 말을 흐렸다. 동네를 자주 순찰하던 그였기에 맑음이발소의 주인을 모를 리 없었고 왜 간절하게 그를 찾고자 하는지 짐작했을 경찰은 포옥 한숨을 쉬었다. 착한 그는 어디로 사라진 것일까. 그가 아껴주었던 길고양이도 안부가 궁금하긴 마찬가지였다. 말을 하지 못할 뿐이지 이발소 앞에 주저앉아 가르릉 서럽게 울어댔다. 저를 쓰다듬어주던 다정한 손길을 그리워하고 있으리라. 짐승의 슬픔이 오롯이 전해지자 마음이 더욱 아렸다.

머리를 다듬지 못한 지 4주가 되어갔지만 나는 다른 이발소를 찾지 않았다. 그가 돌아오면 그의 손을 덥석 잡고 기다렸다고 말해주고 싶었다. 다른 곳에 가지 않고 기다리고 있다가 당신에게 머리를 깎고 싶었다고 말하고 싶었다. 머리를 깎지 않고 기다려야만 그가 좀 더 서둘러 귀가할 것만 같았다. 동네 사람들도 나와 같은 마음으로 이발사를 기다리고 있는 눈치였다. 젠장맞을, 머리 깎아야 하는데 왜 이리 안 오는 거야! 말이 거칠긴 했지만 그를 기다리고 있는 마음은 누구나 다 같은 것이었다. 옆집 남자는 아랫마을에 남성 전용 이발소에서 머리를 깎았다며 우리 동네 이발사가 없으니 다른 동네까지 가야 한다며 툴툴거렸다. 그러면서도 그가 다시 돌아오면 그에게 갈 거라고 머리가 너무 지저분해 어쩔 수 없이 아랫마을에 다녀왔다는 말을 여러 번 반복했다. 맑음이발소의 간판에는 뽀얀 먼지가 내려앉았고, 나도 더는 그를 기다려줄 수 없을 만큼 머리가 지저분해졌다.

아랫마을에 가서 이발을 했다. 우리 동네 이발사는 내게 묻지 않고도 나의 스타일을 알아 머리를 정돈해주었다. 이발을 마친 후에는 머리카락을 꼼꼼하게 털어주었고, 시원하게 머리를 감겨주었다. 이발소에서 사용하는 민트 향의 샴푸를 나는 퍽 좋아했고, 그는 향이 좋다는 내 말을 기억했다가 다른 샴푸로 바꿔도 내게는 민트 향이 풍기는 샴푸로 머리를 감겨주었다. 머릿결이 보드라워지는 린스를 하는 것을 잊지 않았고, 손님이 몰리지 않은 날에는 트리트먼트를 해주었다. 마지막으로는 왁스를 발라 머리를 단정하게 고정시켜주었다. 원한다면 면도까지 해주었지만 수염이 많지 않은 나는 면도를 생략하는 경우가 많았다. 내 취향을 잘 알고 있는 그가 돌연 마을에서 사라지자 나는 섭섭한 기분이 들었고 뭔가 소중한 사람을 잃은 상실감이 밀려왔다. 그런 감정을 느끼는 것은 나 뿐만은 아닌 듯싶었다.

아랫마을의 이발사는 아직도 그가 돌아오지 않았느냐고 조심스럽게 물었다. 갑자기 손님이 늘었다고 말하면서 그는 웃지 않았다. 그도 우리 동네 이발사를 알고 있다고 말했다. 좋은 사람이라고 하면서 이발협회의 교육을 함께 수료한 적이 있다고 하며 대체 어디로 사라졌는지 그의 행적에 의구심을 품고 있었다. 그는 이발에 남다른 자부심이 있는 사람이었다며 홀어머니를 여의고 혼자 남은 그는 이발 기술을 배워서 먹고살았다고 말해주었다. 사라진 이발사는 양로원에도 무료 이발 봉사를 다니며 어르신들의 머리를 다듬어주던 좋은 사람이었다며 그가 실종될 이유가 전혀 없는데 사라진 것이 의심이 간다고 말했다. 착하게 살아온 그가 대체 어디로 증발해버린 것일까. 우리는 사라진 이발사의 얘기를 나누며 이발을 마쳤다. 그는 씁쓸하게 웃으며 다음엔 여까지 오지 마시고 동네에서 깎아야지요, 곧 오지 않겠습니까, 라는 말로 나를 배웅해주었다. 모두가 아쉬워하는 그가 돌아오지 않고 있다.

맑음이발소의 단골들은 그렇게 하나둘 다른 이발소로 떠나갔고, 더 이상은 이발소 안을 들여다보는 사람도 없었다. 부동산 영감은 이렇게 장사를 하지 않을 거면 매물로 내놓고 갔을 것인데, 하며 끝내 고개를 갸우뚱거렸고 마치 두 손을 번쩍 들고 벌을 서는 듯 섰는 선인장만이 이발소 안에 유일하게 남아 있는 생명이었다. 사람이 드나들지 않는 이발소는 점점 지저분해져갔고 더 이상 앞 유리에서는 광이 나지 않았다. 이발소 앞을 지날 때면 그가 생각났지만 나도 이제는 그때뿐이었다. 어디에 있든지 잘 살고 있길, 마음으로 종종 빌어주긴 했지만 그가 제 발로 돌아오지 않는 한 우리는 누구도 그의 행적을 쫓을 수가 없었던 것이다. 반상회에서는 잠시 이발사의 문제가 논의되기도 했지만 우리가 할 수 있는 일은 없었다. 방송에 제보를 하자는 의견도 나왔지만 누구 하나 적극적으로 나서는 사람은 없었다고 들었다. 사라진 이발사라면 모를까. 누가 남의 일에 소소한 관심을 가지며 일일이 챙겨주겠는가. 요즘 같은 세상에. 삭막한 도시 생활에서 꼭 필요한 존재였던 이발사는 그렇게 시간 속으로 점차 잊혀가고 있었다. 길고양이는 임신을 했는지 제법 살이 오른 몸을 끌고 아직도 이발소를 잊지 않고 찾고 있었다. 거두어줄 사람도 없는데 위태로운 길 위에서 새끼를 갖다니! 철이 없는 녀석이다. 나는 처음으로 녀석의 눈동자를 빤히 들여다보았다. 천연덕스럽게 푸른 퍽 예쁜 눈동자를 가졌다. 살짝 위로 올라간 눈꼬리가 사랑스러웠다. 이발사가 녀석의 임신을 알았더라면 푸짐한 먹을거리를 내어놓고 머리를 쓰다듬어주었겠지. 나는 손을 어르며 내 쪽으로 오라고 유인해보지만 푸른 눈만 껌뻑일 뿐 꼬리를 곧추세우고 경계의 끈을 늦추지 않았다. 다음에는 녀석의 먹거리를 좀 챙겨 와서 사귀어보리라 마음먹었다.

그즈음, 살인 사건이 일어났다. 누군가 아이의 장기를 빼내어 팔아버린 끔찍한 사건이었다. 맞춤형 장기매매가 성행한다고 하더니 그는 막 초등학교에 입학한 여린 생명을 유괴해 장기를 빼낸 뒤 시체를 한강변에 유기했다고 한다. 저런 잔혹한 범죄를 저지르는 사람은 어떻게 생겼을까. 아나운서는 또박또박 힘주어 사건에 대해 말해주었다. 경찰이 예측한 바대로는 면식범일 가능성이 매우 크다고 했다. 아이가 저항의 흔적이 없이 따라간 것으로 추정된다며 아이가 납치되었을 당시의 자동차를 추적하고 있다고 말했고, 혹시 차량과 관련해 제보해주실 분의 연락을 간절히 기다리고 있다고 말했다. 하지만 안타깝게도 차종만 확인할 수 있을 뿐이었다. 밤새 야속하게 쏟아져 내린 폭우는 차량번호를 감지할 수 없는 상태였고 집중호우로 인해 근처의 CCTV도 작동이 되지 않았다고 한다. CCTV가 벼락을 맞은 것으로 예상된다고 말하는 아나운서의 얼굴이 곧 울음을 터트릴 것만 같았다. 벼락 맞아 뒈질 놈은 따로 있는데 멀쩡한 CCTV가 벼락을 맞았다며 천벌을 받아 죽을 거라고 텔레비전을 응시하던 아내가 무심하게 말했다. 그 순간 나는 아이의 죽음에 대해 공감하고 슬퍼하기보다는 벼락을 맞으면 사람이 어떻게 될까? 생각해보았다. 그러고는 이내 어쩌면 이발사도 어딘가에서 벼락을 맞아 죽은 것이 아닐까, 하는 엉뚱한 생각이 들었다. 그렇다면 벼락 맞은 시신이라도 발견이 되었어야지, 나는 혼자 읊조리듯 말을 뱉었다.

살인 사건의 실마리는 풀리지 않고 있어서 전국이 뒤숭숭했다. 중국에서 장기 밀매꾼이 들어온 것 같다며 수사 중이라고 말했지만 초동수사에 실패했다며 사람들은 경찰을 비난했다. 아이의 엄마가 실종 신고를 해달라고 말했을 때, 바로 접수를 해주지 않고 주변에 갈 만한 친구 집이 없느냐고 물었다고 했다. 놀이터를 한번 찾아보라고 말했고, 특별히 좋아하는 장소가 없느냐며 무조건 실종 신고를 접수해주지는 않는다고 침착하게 시간을 두고 기다려보라고 충고했다고 녹음된 목소리는 뉴스를 통해 생생하게 전달되었다. 당시, 전화를 받아 실종 신고를 늦어지게 만든 경찰은 징계위원회에 회부되었다고 큼직한 활자들은 그네들의 속사정을 일일이 전송해주며 사건에 대한 관심을 집중시키고 있었다. 죄 없는 어린아이를 향한 흉악한 범죄는 이 땅에서 사라져야 한다며 최선을 다해 사건이 조속히 해결될 수 있도록 노력하겠다며 경찰 간부는 카메라 앞에서 공손히 머리를 조아렸다. 저항할 능력이 전혀 없는 어린아이를 향해 잔인한 범죄를 저지른 그는 과연 어떤 사람일까? 용의주도하게 현장을 마무리하고 떠난 그는 얼마나 주도면밀한 사람인가.

　평소에는 잘 나가 놀지 않던 아이가 그날은 유난스럽게 바깥 외출을 고집했다는 사실이 알려지자 사람들은 더욱 가슴 아파했다. 여린 생명이 왜 범행의 표적이 되어야 했는지 서글펐다. 유난히 맑은 미소를 짓는 아이의 영정 사진이 화면 가득 떠오르자 울컥 눈물이 날 것만 같았다. 경찰이 미루지 않고 실종 사건을 접수해주었더라면 아이는 살 수 있었을까? 경찰이 그의 뒷덜미를 움켜쥐고 강한 벌을 내릴 수 있었을까? 아이의 저 해맑은 웃음을 지켜줄 수 있었을까? 맑음이발소의 이발사도 누군가는 찾아주어야 하지 않을까? 하지만 우리에게는 그를 찾을 자격이 갖추어지지 않았다. 이웃해 살면서도 이동전화 번호조차 모르던 우리, 그의 친절을 당연한 듯 여기던 우리들이었다. 그가 말끔하게 쓸어놓은 깨끗한 골목을 누비면서도 음료수 하나 건네는 일에 인색했던 동네 사람들은 실종 신고를 할 수가 없다. 나는 어떤가. 그가 살갑게 말을 거는 것이 부담스러워 일부러 먼 길을 돌아다니지 않았던가. 이발사는 꾸준하게 우리에게 사랑을 건넸지만 우리는 늘 무관심했고 무심히 이발사가 떠난 후, 허전한 골목은 오롯이 우리의 몫이 되었다.

　생각보다 실종자가 많다는 사실도 아이의 실종으로 인해 재조명되었다. 어린이날, 놀이공원을 찾았다가 부모의 손을 놓치고 고아가 된 이야기. 나는 맑음이발소의 이발사를 위해 어떤 일이든 하고 싶다는 생각이 강하게 들었다. 누구도 그를 찾지 않을 거라는 생각이 들자, 진심으로 그가 측은했다. 실상 그는 외로운 사람은 아니다. 우리 측에서 자격 미달로 인해 그의 실종에 대해 간섭할 수 없을 뿐이지 그를 기다리고 있는 이웃들은 많았다. 나는 그들과 함께 적극적으로 이발사의 행적을 추적해보기로 결심한다.

다음 날, 나는 이장님 댁을 찾았다. 이장 또한 이발사의 실종에 대해 신경을 많이 쓰고 있는 눈치였고, 마을의 화합에 적극적이었던 그의 존재는 이장님께도 퍽 아쉬웠으리라. 나는 조심스럽게 이발사의 전단을 만들어 돌리면 어떻겠냐고 상의했고, 지역 경찰의 도움을 받아 몽타주를 완성할 수 있지 않겠냐고 말을 건넸다. 이장님은 썩 만족스러워하면서 힘을 모아 그를 찾아보자고 이야기했고, 자신을 찾아와 적극적으로 의견을 전달한 내게 고마워했다. 우리는 그렇게 마음을 모아 이발사를 찾기로 했다. 이발사와 친분이 있던 사람들을 소환해서 자리를 만들었다. 아홉 명이 모였다. 추후 참석을 약속한 세 사람까지 합하면 우리는 이발사에 대한 그럴싸한 전단지를 완성할 수 있으리라 생각했다. 사람이 모이자 벌써 그를 찾은 듯이 마음이 뿌듯했다. 놀라운 일은 여기서부터 시작되었다. 우리들 중 누구도 그의 이름을 아는 사람이 없었던 것이다. 그를 명명해 부를 일이 없었다고 우리는 하나같이 입을 모아 변명했다. 그의 나이에 대해서도 정확히 아는 이는 없었다. 57년 개띠라고 했던가. 57년은 개띠가 아니고 닭띠였다. 그의 살아온 내막에 대해서도 아는 바가 전무했다. 이발소에 가서 머리를 깎는 내내 우리는 그의 다정한 목소리와 마주하면서도 정작 그에 대해서는 알려고 하지 않았던 것이다. 사분사분 걸어오는 말에 대답하는 정도가 고작이었고 그나마 마을과 관련한 도로 보수 공사나 빌라 보상에 관한 얘기에만 자세히 되묻는 정도였다. 고루한 일상이 지긋지긋해진 그는 가위를 놓고 조용히 자취를 감추어버렸다.

이발사가 사라진 후 마을에는 여러 소리들이 소멸했다. 경쾌한 가위질 소리, 쓱싹쓱싹 면도날 소리, 박자 맞추어 거리를 깨끗하게 만들던 빗자루 소리, 서로의 안부를 묻던 소리, 친숙하게 인사를 나누던 소리, 이발사의 중재하에 사라졌던 자동차 경적 소리는 다시 되살아났고 귀에 익은 다정한 소리들은 일시에 거짓말처럼 소멸해버렸다. 우리는 그의 정보를 총동원하여 몽타주를 완성했고 평일 늦은 시간에 만나 이웃 마을로 전단지를 돌리러 다녔지만 걸려오는 전화는 없었다. 화분에 물을 주어야 하는 것도 잊고, 창문을 닦아야 하는 것도 잊은 이발사. 단골손님도 기억하지 못한 채, 멀쩡한 자신의 가게를 잠그고 어디서 무엇을 하고 있을까. 맑음이발소 앞에는 그가 챙겨 읽지 못하는 신문들만 차곡차곡 쌓여가고 있었다. 당분간 신문을 넣지 말라고 해야 하나? 고민하면서 주인이 없는 신문을 펼쳐 들었다. 아직도 해결되지 못한 장기를 털린 아이의 사건이 연일 주요 기사로 다뤄지고 있었다. 빼돌린 아이의 장기는 중국으로 옮겨졌을 가능성이 크다고 했다. 중국의 브로커들이 맞춤형 장기를 선호하면서 한국에서 어린이들을 납치하기 위해 치밀한 계획을 세우고 있다고 전했다. 다행히 현장에서 범인의 것으로 추정되는 가위가 발견되었다고 한다. 날카로운 가위는 일반인들이 사용하는 것은 아니고, 이발을 할 때 사용되는 가위 같다며 범행 도구로 사용된 가능성은 현저히 낮다고 기사는 쓰여 있었다. 현장에서 발견된 가위의 지문을 채취하였고 국과수의 감정을 기다리고 있는 단계라며 곧 사건의 실마리가 풀릴 것으로 예상된다는 기사였다. 나는 불현듯 이발사의 가위가 이발소 안에 잘 보관되어 있는지 궁금해졌지만 이내 도리질쳤다. 이 얼마나 못된 생각인가! 그의 실종에 대해 안쓰러워해야 할 내가 끔찍한 범죄와 연관해 그를 떠올리다니 말이다.

오늘은 희생당한 아이의 장례식이 있는 날이라고 했다. 많은 국민들도 아이를 애도하며 J병원 장례식장을 찾고 있다는 기사가 가슴 아프게 읽혔다. 차마 아이를 보낼 수 없는 어미는 운구하는 도중 정신을 잃고 실신해버렸고, 망연자실한 아비는 원망스러운 눈으로 하늘을 바라보며 악다구니를 쓰고 있었다. 그날따라 바깥에 나가기를 고집했던 아이의 영혼은 부모의 울음소리를 듣고 있을까. 몸서리쳐지게 뼈아픈 이승이 싫어 이미 떠나고 만 뒤는 아닐까. 잔악한 그는, 지금 저들의 불행한 모습을 보고 있을까. 조용히 악마의 눈으로 염탐하면서 그는 자신의 행적이 들통나지 않는 것만 다행이라고 여기겠지. 왜 가위를 들고 다녔을까. 아이를 위협하기 위한 도구로 사용했을 것이라는 경찰의 발표가 있었다. 뾰족한 가위 날로 아이를 위협하며 그는 범죄의 쾌락을 느꼈을까? J병원에 문상 가지 못한 것이 미안한 마음이 들었지만 나는 나름대로 이웃의 안위를 걱정하기에 바빴노라고 자기 합리화를 시켰다. 그렇지 않으면 마음이 하루 종일 돌덩이를 얹어놓은 듯 무거울 것 같았기 때문이다. 자식을 잃은 부모에게 다음 날 해가 다시 뜬다는 사실은 그저 불행일 뿐이다.

동네가 발칵 뒤집혔다. 맑음이발소의 문이 모처럼 환하게 개방되어 있었고, 사이렌을 울리며 여러 대의 경찰차와 국립과학수사연구원의 차가 골목 입구에 빼곡히 들어찼다. 이발사에게 무슨 일이 생겼다는 것을 짐작할 수 있었다. 사라진 그는 돌아오지 않고 경찰이 먼저 그의 가게를 개방한 것은 필시 큰일이 일어났음에 틀림없다. 순간적으로 떠올린 이발사의 죽음만으로도 나는 그가 안타까워 미칠 것만 같았다. 경찰차를 빙 둘러싼 마을 사람들은 경찰을 나무라고 있었다. 그럴 사람이 아니라니까! 이발사들이 다 가위를 쓰지 안 쓰는 사람이 어딨어! 그리고 바보 천치가 아니구서야 이발사 가위를 현장에 두고 오는 멍청이가 어딨냔 말야. 다 그렇게 눈속임을 할라구 쇼를 펼친 거지! 과학수사연구 차만 타고 다니면 뭐 혀. 범인보다 머리가 나쁘니 잡아넣을 놈은 못 찾고 이발소만 뒤집어놓은 거 아녀.

아이의 실종과 이발사가 연관이 있다고, 현장에서 발견된 이발용 가위는 이발사의 것으로 추정된다고 경찰들은 말했지만 동네 사람 중 그 누구도 이발사를 범인으로 의심하지 않았다. 그도 그럼 피해자일 것인데 당장 찾아야 하지 않느냐고 말했고, 감쪽같이 동네에서 사라졌더니만 필경 무슨 일이 생겼을 거라며 발을 동동 굴렀다. 위기에 처한 아이를 구해주기 위해서 이발사가 덤볐다가 같이 변을 당했을 거라며 모두들 이발사의 안전을 걱정하고 있었다. 카메라를 든 기자들이 벌 떼처럼 몰려들었고, 이장은 자청해 카메라 앞에 서며 흡사 가족 상봉 프로그램에라도 출연한 양 눈물을 글썽이며 자네 어딨는가, 어디 가서 안 오는가 하며 눈물을 훔쳤다. 오전 내내 맑음이발소는 사람들의 발길로 북적였다. 그들은 이발사의 허락도 없이 물건을 압수해 갔고 방문을 열어젖혔다. 방문을 여는 순간, 역겨운 냄새에 구경꾼들은 코를 움켜쥐었다. 방안에 작은 어항을 놓아둔 탓에 부패한 고기들은 역한 냄새를 풍기며 죽어 있었다. 어항의 물도 말라들었고 더운 날씨에 심하게 상한 죽은 고기들은 작은 몸이지만 상상도 할 수 없는 썩은 내를 풍기며 야속한 죽음을 증명하고 있었다. 작은 어항에 갇혀 빙글빙글 유영하면서 여느 때처럼 먹이가 떨어지기를 기다렸을 작은 생명들, 친절한 주인의 부재를 짐작도 하지 못한 채, 굶주림에 죽어갔을 물고기들이 가여웠다. 원래 죽을 때도 물고기는 눈을 뜨고 죽던가? 신축빌라에 새로 이사 온 김씨였다. 모두들 오랜만에 개방된 맑음이발소 앞에서 진을 치고 있다. 그가 물고기를 키우고 있었다는 건 몰랐던 일이다. 단 한 번도 방 안에 들여놓은 작은 어항에 대해서는 말해주지 않았던 이발사다. 어느 틈에 와 있었는지 길고양이가 어슬렁 어슬렁거리며 주변을 서성이고 있었다.

소박하고 비좁은 그의 단칸방에서는 이부자리 두 채와 쿠션 두 개, 헌 옷가지 몇 벌, 뒤축이 많이 닳은 운동화 한 켤레가 전부였다. 작은 냉장고 안에는 유통기한을 넘긴 빵과 우유가 나왔다. 신축빌라 김씨는 또다시 방정맞게 입을 놀렸다. 에고고, 저걸 어째. 빵과 우유를 사다 넣어두고는 죽어버렸는갑네. 그러니 이리 못 돌아오는 거 아녀. 불쌍해서 어째! 나는 말없이 그를 노려보았다. 머쓱해진 그는 자신의 입을 아프지 않게 때리더니 스멀스멀 나를 피해 달아나버렸다. 정말 김씨의 말처럼 그는 이미 이 세상 사람이 아닌 것일까? 길고양이, 금붕어, 행운목, 금전수, 동양란, 선인장, 밀크우유, 곰보빵, 잘 닦인 거울이 그가 이곳을 돌아오고 싶어 했음을 드러내는 증거들이 아닐까. 마을 사람들과는 달리 경찰은 그를 주요 용의자로 보고 사건을 검토하고 있는 듯했다. 맑음이발소 앞에는 폴리스라인이 쳐졌고, 형사들은 절대로 이곳에 드나들면 안 된다고 몇 번이고 엄포를 놓았다. 한때는 동네 사랑방처럼 드나들던 맑음이발소가 하루아침에 문턱을 넘어서는 안 되는 수사 현장으로 바뀌어버린 것이다.

이발사는 어서 돌아와 자신의 무죄를 증명해야 했지만, 그는 끝내 맑음이발소로 돌아오지 못했다. 한강에 투신한 채 발견되었기 때문이다. 유서도 한 장 없었고, 자신을 증명할 수 있는 주민등록증과 배터리가 다 된 시계 한 점, 폴더형 이동전화, 그리고 생전에 뒷주머니에 넣고 다니며 아끼던 빗 한 자루를 벗어놓은 구두 옆에 가지런히 놓아두고는 죽어버렸다. 마을 사람들은 그의 죽음을 애통해했다. 이장은 그가 안치된 곳에 한달음에 달려가 퉁퉁 불어터진 그의 주검을 확인하고는 꺼이꺼이 목을 놓고 울었다고 들었다. 이장은 무연고로 시신이 처리되는 것이 안쓰러워 시신 인도를 요구하고 경찰과 협의 중이라고 했다. 경찰 측에서도 그가 범인이었음을 단정할 수 없었고 시신을 인도하지 않을 이유를 찾을 수 없었을 것이다.

이장은 바람대로 이발사의 주검을 옮겨올 수 있었다. 제법 규모 있는 동네 종합병원에 그의 시신을 안치하고 마을 사람들에게 조문을 할 기회를 주었다. 마을 사람들의 조문 덕분에 그의 마지막은 조금 덜 외로웠으리라. 이장은 마을 사람들이 당신을 믿고 있다는 증거라며 우리가 만든 미처 돌리지 못한 전단지 뭉치를 관 속에 넣어 함께 태워달라고 청했다. 그리고 제법 값나가는 유골함을 자비로 사 납골당에 안치시켜주었다. 궂은 마을 일을 시키지 않아도 열심히 해주며 이장의 말을 잘 따랐던 충직한 이웃을 향해 이장은 최선의 예를 다하고 있는 듯 보였다. 아랫마을 이발사는 근조 화환을 먼저 보내고 시간이 나는 대로 문상을 오겠다고 전갈을 보냈다. 딱한 죽음에 모두가 가슴 아파했다.

그가 영영 가버리고 난 후, 잠시 마을에서는 흉흉한 소문이 떠돌았다. 그가 진짜 살인범이라는 이야기였다. 빚에 쪼들리던 그가 돈의 유혹에 넘어가 범행을 저질렀고 용의자로 지목되어 검거가 가까워지자 지레 겁을 먹고 자살했다는 이야기였다. 차라리 죽는 것이 나았다는 말로 소문은 그럴싸하게 진실로 포장되어 떠돌았다. 하지만 소문은 오래가지 못했다. 누구도 이발사의 험담을 듣고 싶어 하지 않았고 그를 죽음으로 내몬 성급한 추측들을 비난하며 그를 옹호했다. 그의 이발소는 자신의 명의로 되어 있었으며 평소 착한 그의 성품으로 보아 바퀴벌레 한 마리도 쉽게 때려잡지 못했을 것이라는 게 우리들이 그를 변명하며 가장 많이 뱉은 말이었다.

이발사의 죽음이 가장 원통한 건 작은 단서라도 얻을 수 있지 않을까 기대했던 아이의 부모였을 것이다. 이발사의 죽음을 전해 듣고 황망한 표정으로 앉아 있는 아이의 부모는 더는 울 힘조차 남아 있지 않은 듯 보였다. 억울한 아이의 죽음을 풀 수 있는 단 하나의 열쇠가 소멸하고 난 후, 부모가 할 일이 더는 남지 않게 되었다. 사건의 내막을 알고 있다고 추정되는 유일한 사람의 자살로 인해 더는 해결할 수 없는 영구 미제 사건으로 남게 된 것이다.

나는 3주에 한 번은 이발사를 떠올린다. 무심히 일상을 살다가도 머리카락을 다듬을 즈음이 되면 그가 떠오른다. 나도 마을 사람들의 의견에 동의하고 있다. 그는 불미스러운 사건에 연루되었을 뿐, 살인과는 거리가 먼 사람이라고 생각된다. 자신의 이야기를 믿어줄 사람이 없을 것이라 판단한 그가 성급하게 생을 마감한 것이라 여겨진다. 그가 맑음이발소 안으로 은신했더라면 우리는 똘똘 뭉쳐 안전하게 보호할 수 있었을까? 우리가 그를 신뢰하지 못하는 사람으로 만든 것이리라. 지금도 나는 마음 한 자락 그는 왜 자신의 결백을 주장하는 편지 한 장 남기지 않았는지 의구심이 든다. 어김없이 친절을 베풀어도 딱 그만큼만 마음을 열고, 꼭 그만큼만 계산적으로 다정한 마을에 살면서 희끄무레한 하늘을 밝혀보려 노력했지만 도통 빛은 떠오르지 않앉을 것이다. 이발사의 부재를 인정하지 못하는 푸른 눈의 뚱뚱한 고양이만이 느린 걸음으로 간간히 그를 추억할 뿐이다. 더 이상 우리 동네 맑음이발소에는 해가 뜨지 않는다.

| 무언의 유언

무언의 유언

　　가족들을 면회하기 위해 찾아온 민원인들을 만나는 것이 나의 주된 업무이다. 그들은 짧은 시간을 면회하기 위해 먼 걸음을 마다하지 않고 온 사람들이다. 갓난아이를 업고 온 젊은 새댁은 가장 없이 살아갈 시간들이 얼마나 막막할까. 등에 업힌 어린것은 제 힘껏 **빽빽** 울어대며 낯선 사람이 싫은지 몸을 비틀며 버둥댄다. 살집이 없고 깡마른 새댁은 등에 업은 아이를 달래기 위해 연신 몸을 흔들어보지만 소용없다. 아이의 울음이 건조하게 접견실 안에 울려 퍼진다. 집에서 나를 기다리고 있을 조카의 얼굴이 그려졌다. 나의 동생도 살아 있다면 저 젊은 새댁처럼 아이를 등에 업고 이곳으로 나를 찾아왔을까? 동생의 죽음은 여전히 받아들여지지 않는 힘든 현실이다.

　　교도소에는 많은 사람들이 찾아온다. 교도소에 잡혀 있는 사람들을 대신해 무거운 짐을 대신 진 불쌍한 자들이다. 그래도 인연이라고 외면할 수 없는 사람들은 꾸역꾸역 접견실 안으로 몰려든다. 오전에 일찍 면회를 하면 2분을 더 추가할 수 있어서 일부러 이른 시간을 선택해 오는 사람들도 많다. 마주할 수 있는 추가된 시간이 그들에겐 금쪽같이 소중한 것이다. 잡혀 있는 사람이 안쓰러운 그들은 자신의 일과를 포기하고 아침마다 교도소 문턱을 넘는다. 소리도 높이지 못하고 민원인실에서 대기 중인 사람들의 표정은 하나같이 쓸쓸하다. 정작 죄를 지은 사람은 붙들려 아무것도 할 수 없으니 실력 있는 변호사를 선임하고 피해자와 합의를 보고, 다음 면회 시간에 맞추어 찾아오는 일 모두가 오롯이 가족의 몫이 된다. 가족들은 죄인을 대신해 머리를 조아리며 용서를 빌어야 한다.

당뇨와 고지혈증을 앓고 있는 수감자에게 약을 전해주러 온 늙은 노모는 쿨럭쿨럭 마른기침을 한다. 연거푸 기침을 하는 폼이 몸 상태가 좋지 않은 모양이다. 교도소 안에 갇힌 아들이 먹을 약을 소중히 품고 온 늙은 어미는 품 안에서 약 봉투와 함께 지폐 몇 장을 꺼낸다. 약 봉투가 두툼하니 양이 꽤 많다. 손톱 사이사이 까만 흙이 박힌 곱지 않은 손마디는 노인의 걸어온 굽이진 길을 고스란히 증명하고 있다. 노인은 만 원짜리 세 장을 꼼꼼하게 헤아려 구렁이알 같은 돈을 영치금으로 넣는다. 수용자는 무슨 죄를 지었을까. 불현듯 그의 사연이 궁금해진다. 늙은 어미는 돈이 없는 게 죄라며 까막눈이라 글씨를 읽을 줄도 쓸 줄도 모르니 수감된 아들에게 돈을 좀 전해달라고만 부탁한다. 아들 생각에 눈물이 앞서는 마음 약한 어미는 구부정한 허리로 먼 길을 걸어야 할 것이다. 굳은살이 박인 어미의 손등이 못내 짠하다.

노인의 뒤를 이어 만화책을 잔뜩 들고 온 어린 학생은 형에게 줄 만화책이라며 책을 건넨다. 만화책에 대해 간단한 검열을 끝내고 책을 받아준다. 교도소 안에서 나쁜 생각을 하지 않도록 즐겁게 읽을 수 있는 만화책을 가져온 것이란다. 그런 만화책이 다 무슨 소용이냐며 함께 따라온 제법 큰 형제 아이는 푹 한숨을 쉰다. 반성하고 있어야지 만화책을 보며 낄낄거릴 때냐고, 너도 똑같은 놈이라고 면박을 준다. 넉살 좋은 녀석은 형의 구박에도 아랑곳하지 않고 실실 웃는다. 저 아이의 방식으로 그는 수감된 형제를 사랑하고 있는 것이다. 왜 저런 사랑을 받으면서도 나쁜 짓을 저지른 걸까? 이곳에 있으면서 드는 생각은 가족만큼 위해주는 존재가 없다는 것, 그 이유 하나만으로도 바깥세상에 나가면 그들은 새사람이 되어야 한다는 것이다. 되풀이되는 실수를 끝없이 이해하고 끝내 품어주는 사람이 있지 않은가!

노란색 원피스를 입은 그녀가 걸어온다. 그녀는 매번 면회를 거절당하고 있다. 교도소 안에 있는 사람들도 면회를 거절할 수 있는 권리가 있고, 안에서 면회 거절 의사를 밝히면 면회자가 찾아와도 만날 수가 없다. 그녀는 안에서 먹을 수 있는 간식거리들을 꼼꼼하게 체크하고 있다. 하루도 거르지 않고 찾아오는 그녀는 어제 먹었던 음식들이 겹치지 않도록 메뉴를 살펴 체크한다. 만나주지 않는 사람이 미울 법도 한데 그녀는 단 하루도 거르지 않고 교소도 문턱을 넘는다. 가난해서 국선변호사밖에 선임해주지 못했다고 다른 면회객과 나누는 대화를 얼핏 들은 적이 있다. 가난한 그녀는 매일 교도소를 오가며 최선을 다해 자신의 마음을 표현하고 있다. 붙들려 있는 그는 국선변호인밖에 선임하지 못한 그녀를 원망하는 것일까? 아니면 착하고 헌신적인 그녀에게 얼굴을 들 수 없어 나오지 않는 것일까? 고단한 사연들이 민원실 안을 꽉 채우고 있다.

언젠가 한번 신분증을 챙겨 오지 않은 늙은 아비를 돌려보낸 적이 있다. 신분증 없이는 출입을 할 수 없기 때문에 그를 받아줄 수가 없었다. 아비는 내게 네 시간 고속버스를 타고 왔단 말이오, 라고 힘주어 말했지만 출입을 허락할 수는 없었다. 정해진 규칙을 위반하는 것은 있을 수 없는 일이었다. 안 된다고 점잖게 말을 하는 내게 아비는 말했다. 진짜 나쁜 놈은 바로 당신이구만그래. 어찌 사람의 탈을 쓰고 그리 야박할 수가 있소. 죄지은 자식은 자식도 아니랍디까. 울 아덜이 당신보담은 착한디 왜 들어가 있는지 모르것소. 라고 맺힌 말을 쏟아붓고는 그 자리에 털썩 주저앉아버렸다. 그러고는 꺼이꺼이 곡을 하며 우는 것이 아닌가. 마음 졸이며 왔을 네 시간의 거리, 아들이 걱정되는 마음, 아비라고 있어봤자 도움이 되지 못하는 현실, 팍팍하고 견딜 수 없는 처지가 서럽고 당장의 상황이 야속하고 냉정하게 출입을 불허하는 내가 미워서 기어이 울음을 터뜨려버린 것이다. 하지만 나는 통곡을 하는 아비에게 끝내 문을 열어줄 수는 없었다. 커피를 한잔 타드렸지만 거절했다. 아들을 만나지 못하게 하는 꼴 보기 싫은 놈이 가져다 준 커피를 단칼에 거절하며 아비 스스로 자존심을 지키고 싶으셨을 것이다.

마음 같아서는 문을 열어주고 싶었지만 사회의 질서라는 것이 어디 그런가. 누군가 하나를 봐주게 되면 끊이지 않고 봐줘야 할 사연의 사람들이 몰려들게 된다. 원칙을 지키지 않으면 서로가 불편하고 힘들어지는 것이다. 다음에 면회 오실 때는 반드시 신분증을 가지고 오시라고 말씀드렸지만 아비는 가시 돋친 말로 답했다. 다음이라는 게 있을지 어찌 장담하것소, 가다 운수가 나빠 확 디져버리면 다음은 없는 것 아니오? 한 치 앞도 내다보지 못하는 게 세상살인데 어찌 다음을 약속한단 말이오. 아비는 느릿느릿 일어나 바지에 먼지를 훌훌 털고는 교도소 안에 대고 큰 소리로 말했다. 진수야! 그저 몸 성히 있거라. 아비는 여기까지 와서도 니 얼굴 못 보고 간다. 그저 몸성히만 있거라! 진수야! 진수야, 자식의 이름을 크게 세 번 외친 아비는 구부정한 허리를 지팡이에 의지해 나의 시야에서 멀어져갔다.

실상, 나의 잘못은 10원어치도 없었다. 신분증이 없이는 출입을 허가할 수 없는 공간이고, 신분증을 확인하고 들여보내는 임무를 맡은 내가 슬쩍 그를 들여보내줄 수도 없는 노릇이었다. 하지만 뒤에 서 기다리며 이 모든 광경을 지켜보던 민원인은 내가 들으라는 듯 큰 소리로 말했다. 자식놈 낯바닥 좀 보겠다고 온 늙은인데 좀 들여보내주면 얼마나 좋아! 요즘 사람들은 융통성이라곤 없다니까! 30대로 보이는 건장한 체격의 남자는 덤빌 테면 덤벼보라는 식으로 눈알을 부라렸다. 나라고 어찌 부모님 생각이 나지 않겠는가. 노인이 발걸음이 눈에 밟히고 안쓰러운 건 나도 마찬가지였다.

나는 아무 대꾸도 없이 신분증을 확인하곤 그를 들여보냈다. 노인을 대신해 한마디 했다고 생각하면 편했다. 지금 이 상황에 내 입장을 헤아려줄 사람은 없을 것이다. 이곳까지 와서도 아들을 만나지 못한 아비의 억울한 심정만을 이해할 것이다. 노인은 힘없이 추적추적 걸어가고 있었다. 어쩌면 안에서 진수도 아비를 기다리고 있을지 모른다. 나는 눈을 감고 고개를 돌려버렸다. 냉정해져야 한다고 낮은 소리로 읊조리며 업무에만 충실하고자 했다. 하지만 며칠 동안 나는 땟국에 절은 아비의 얼굴을 떠올려야만 했다. 오후 시간이 되자 그가 집에 잘 당도했을지 궁금했고, 언제쯤 다시 이곳을 찾을지, 혹여 불행한 사고가 나서 정말 다시는 아들에게 오지 못한다면 어쩌지? 라는 현실에서 일어날 가망이 없는 걱정까지 하게 된 것이다.

구치소에 있는 진수가 아버지를 기다리듯이 나의 동생도 나를 간절히 기다렸을까? 투정하지 않아도 믿음직스러운 오빠가 언젠가는 가족을 대표해 나를 만나러 와줄 거라 믿었을지 모른다. 오빠, 나…… 아기 낳았어…… 귀여운 공주님이야…… 언제 조카 보러…… 올 거야? 라고 조심스럽게 물었던 여리여리한 음성이 아직도 귓가에 맴돈다. 값비싼 육아용품이 담긴 택배 상자를 받아들기보다는 분유 한 통이라도 오빠가 직접 사다주기를 바랐을 동생. 생각이 거기까지 미치자 목이 콱 메었다. 노인의 말처럼 나는 죄를 짓고 수감되어 있는 진수라는 이름의 수용자보다 더욱 나쁜 놈일지도 모른다.

휠체어에 의지해 일주일에 한 번 이곳을 찾는 장애우는 지적장애를 가진 동생이 수용되어 있어서 이곳을 찾는다. 그는 장애인 단체의 도움을 받아 택시를 타고 오지만 택시가 들어가지 못하는 문 앞에서부터는 누군가가 도와주어야만 한다. 오르막 경사로를 지나야 하고 접견을 위해서는 장애인 접견실을 신청하고 기다려야 한다. 비장애인들이 드나드는 곳과는 달리 비교적 공간이 넓고 1번 방을 내어주기 때문에 이동거리가 짧은 것이 장애인 접견실의 장점이다. 소아마비를 앓고 있는 그는 이곳에 오면 늘 눈물이 앞서 가슴을 아프게 만든다. 지적장애를 가진 동생이 억울하게 누명을 쓰고 있다며 동생을 대신해 함께 온 변호인에게 자초지종을 설명한다. 불편한 몸이 아니었다면 퍽 영리해 보이는 인상이 돋보였을 그는 자신의 의지와는 상관없이 건들거리는 몸 때문에 모든 동작이 거북스럽다.

동생이 자기를 기다리고 있기 때문에 일주일에 한 번은 꼭 와야 한다며 교도소 안에서 일주일을 살면 돈이 얼마나 필요하냐고 묻는다. 쓰기 나름일 것이다. 한 푼도 쓰지 않는 사람도 있고, 필요한 것을 한도 내에서 구매해 사용하는 사람도 있고 간식 같은 주전부리를 하지 않는 사람도 있고 시시때때로 군것질을 하는 사람도 있을 테니까. 그가 내민 5만 원 권을 받아 영치금으로 넣어주며 헛헛한 기분이 들었다. 눈에 넣어도 아프지 않을 여동생이 하나 있었지. 하지만 나는 휠체어를 탄 오빠만큼 동생을 마음으로 아껴주지 못했다.

지적장애를 가진 동생은 참담한 상황에서도 자신을 믿어주는 오빠가 있기 때문에 생에 대한 의지를 버리지 않고 잘 버텨주고 있는 듯했다. 자신의 말은 무조건 믿어주고 의심하지 않는 누군가가 있다는 사실은 그녀가 삶을 헤쳐나갈 수 있는 강인한 용기를 심어줄 것이다.

나의 동생은 사랑스러운 아이였지만 가난한 남자와 결혼을 한 후, 집안의 근심거리가 되었다. 가난해도 행복한 삶이라고 겁 없이 말했지만 타인의 눈에는 전혀 행복해 보이지 않았다. 관객도 없는 연극판을 쫓아다니며 공연이랍시고 돈도 되지 않는 일에 시간을 허비하는 그녀가 행복할 수 없을 것 같았다. 우리 가족은 동생의 남편을 끝내 식구로 받아들이지 않았다. 둘 다 연극판에만 미쳐 있는 인생이었다. 하고 싶은 걸 하면서 사는 삶이 행복하다지만 둘 다 연극을 하는 건 문제가 되는 상황이었다. 그렇게 연극이 좋다면 미래 배우자가 될 남자만큼은 돈벌이가 되는 사람을 만나는 것이 옳다고 생각했다. 우리 가족은 동생의 사랑을 반대할 수밖에 없었다. 고생길로 걸어가는 동생을 지지할 수는 없지 않은가. 동생은 가족의 틈에서도 외로웠을 것이다. 가여운 아이는 가족의 축하도 받지 못한 채 애인과 함께 혼인신고를 하고 둘만의 언약식을 치른 채 집을 나갔다.

동생을 도와주고 싶었지만 동정은 받고 싶지 않다고 말했다. 금전적인 도움은 한사코 사양했고, 부모님의 뜻을 거역한 것이 미안한 동생은 힘든 상황에도 집에 연락을 하지 못했다. 동생이 출산했다는 소식을 전해왔지만 새 생명의 탄생 앞에서도 부모님은 냉담했고 나는 이쪽저쪽 눈치를 보며 육아용품을 직접 전달하지는 못하고 택배로 아직 보지 못한 조카에게 선물을 보냈다. 나 또한 인사 이동이 있던 중요한 시기였고 한 번도 안아보지 못한 조카에 대한 관심은 거기까지였다. 무심코 조카의 백일을 넘겼다는 걸 알았을 때는 200일을 앞두고 있을 즈음이었고, 조만간 동생을 보러 가겠다고 마음먹었을 때는 이미 늦었다. 동생이 산후 우울증을 앓다가 스스로 목숨을 끊었다는 비보를 전해 들었기 때문이다.

연극을 좋아했던 동생은 그렇게 연극처럼 죽었다. 동생의 죽음이 도통 현실로 받아들여지지 않았다. 생목숨을 끊은 동생을 아빠는 끝내 배웅해주지 않으셨고 어머니만이 입관식에 동생을 만나러 가셨다. 뒤늦게 나라도 동생을 챙기고 사랑해야 했다는 자책감이 밀려왔지만 시간이 너무 흘러버린 뒤였다. 지적장애를 가진 동생보다 오빠에게 사랑받지 못했던 내 동생, 가엾게 죽어간 동생의 슬픔이 오롯이 내게 전해져온다.

이곳에 찾아오는 수용자들의 가족을 보면 문득문득 동생이 생각난다. 나의 사랑하는 동생은 죄를 짓지도 않았는데 죄인처럼 살다 갔다. 나는 왜 동생을 만나러 가지 않았던가. 아버지의 뜻을 거스르고 싶지 않았다는 것은 핑계다. 어머니의 의견을 받들어 동생을 외면했던 것은 아니다. 그저 사는 게 바빴고, 싸구려 사랑에 신경 쓰고 싶지 않았고, 나 혼자만의 삶도 버거워 동생을 모른 척했던 것이다. 가난뱅이

와 결혼했으니 고생 좀 해봐라, 라는 못된 심보도 있었다. 내가 아끼고 사랑해줬으나 결국은 제 사랑만 쫓아가는 동생에게 배신감도 느꼈다. 무심했던 사이, 동생은 마음의 병이 깊어졌고 결국 막다른 선택을 한 것이다. 동생은 차가운 주검이 되어 돌아왔다.

동생을 잃고 제정신이 아닌 가난뱅이 연극배우에게 아기를 맡겨둘 수는 없었다. 존재만으로도 장례식을 울음바다로 만들기에 충분한 200일을 앞두고 있는 여린 생명은 동생을 닮아 퍽 예쁘장했다. 동그랗고 초롱초롱한 눈은 엄마가 제 곁을 떠났다는 사실도 모른 채, 어여쁘게 반짝거렸다. 나는 장례식이 끝난 후, 동생의 아기를 집으로 데려왔다. 딸의 마지막도 배웅하지 않은 독한 아버지였지만 어린 손녀를 받아 안고는 통곡을 했다. 우리는 그렇게 동생이 남긴 생명을 가족으로 받아들이며 가고 없는 동생에게 화해를 청했다. 그녀가 괜찮다고 했어도 생활비를 좀 송금해주고, 동정은 싫다고 날을 세웠어도 지금 너무 보고 싶다고 말해줄걸 그랬다. 시간이 있냐고 물었을 때 주저하지 않고 약속을 잡고, 할 말이 있는 듯 머뭇거리는 동생을 당장 찾아가 만났더라면 이런 비극적인 시간을 맞이하지는 않았을 것이다. 엄마를 떠나보낸 조카는 살아가면서 엄마의 부재를 실감하며 얼마나 마음 아플까.

가난뱅이 연극배우는 모든 게 자기 탓이라며 술로 세월을 죽이고 있다. 연극판에도 가지 않고 골방에만 틀어박혀 술만 마신다. 조카에게는 하나뿐인 아빠이지만 아직 나는 그를 용서할 수 없다. 동생이 산

후 우울증으로 시름시름 병들어가는 동안에도 연극판에만 미쳐 살았을 그를 아직은 가족으로 받아들일 마음의 준비가 되지 않았다. 그놈만 아니었더라면 우리는 여전히 우애 좋은 남매로 살고 있을지 모른다. 한 가정을 파괴해버린 그놈의 염치없는 사랑이 아직은 저주스럽기만 하다.

이런저런 상념에 잠겨 있는데 멀리 법무부 호송 차량이 들어오고 있다. 재판이 진행 중인 사람들이 재판을 받고 다시 교도소로 돌아오는 것이다. 포승줄에 꽁꽁 묶인 채 자유를 억압당한 그들은 재빨리 우리의 시야에서 사라졌다. 먼발치서 그 모습을 바라보는 사람들은 푹푹 한숨을 쉰다. 죄를 짓고 살아선 안 된다며 혼잣소리를 읊조리기도 한다. 이곳에 들어온 이상 죄에 대한 대가를 치러야 할 것이므로 다른 사람의 이야기가 아닌 것이다. 포승줄에 묶인 죄인들을 보며 나의 아버지를 떠올릴 것이고 나의 자식을 그려볼 것이고 나의 남편이 굴비 엮듯 엮인 행렬에 동참하는 모습을 상상해보는 것이다. 인권적인 문제를 고려해 포승줄에 결박하는 것을 중단해야 한다는 요구도 늘어나고 있는 추세다.

자기 집 안방에서 목을 매달고 죽은 동생은 어린이집에 아기를 잠시 맡겨두었다. 아기가 적응을 하면, 이르지만 어린이집에 보내고 싶다고 상담을 요청했다고 한다. 아직 결정을 내린 상태는 아니라고, 오전 시간만 아이가 적응을 잘 하는지 맡겨보고 싶다며 근처 시립 어린이집을 찾았다고 한다. 죽고자 마음을 먹었지만 응애응애 가녀리게

우는 제 새끼를 두고는 차마 먼 길을 나설 수 없었을 것이다. 당장 먹을 것을 달라고 아이는 보챘을 것이고 그때마다 산후 우울증을 앓고 있던 동생도 번쩍번쩍 정신을 차려보려고 노력하지 않았을까. 제 삶을 놓아버리는 것조차 힘겨운 동생은 아이를 잠시 맡겨두고 이승과 작별하기로 마음먹었을 것이다. 아이를 맡겨두고 집으로 돌아오는 길이 얼마나 서글펐을까. 119 구조대원들은 차마 동생의 시신을 보지 못했다고 한다. 욕실 문고리에 매달린 동생은 발만 딛으면 살 수 있는 높이에서 숨이 떨어질 때까지 무릎을 두 팔로 꼭 끌어안고 눈을 번히 뜨고 죽었다. 동생의 몰골은 끔찍스러웠다고 힘없이 열려버린 똥구멍에서는 검은 변이 쏟아져 나와 있었다며 손에 꼽히는 경악스러운 현장이었다고 말했다. 현장을 직접 목격한 것도 아닌데 두근두근 심장이 뛴다. 웅크리고 죽은 동생은 그대로 사후경직이 일어나 관에도 몸이 접힌 채 들어갔다.

잠시 아이의 적응 여부를 살펴달라던 보호자로부터 연락이 없자 어린이집에서는 반나절을 넘기고 바로 경찰서에 신고를 했고 출동한 경찰에 의해 싸늘한 주검이 발견된 것이다. 뒤늦게 경찰서에 도착한 가난뱅이 연극배우는 있을 수 없는 일이라며 대본을 외우듯 같은 말만을 되풀이했다고 들었다.

책임지지 못하는 사랑은 치졸하다. 내 동생이 아이의 먹을 것과 입을 것을 걱정하며 발을 동동 구르고 그 좋아하는 연극판에도 끼지 못한 채 외로운 시간을 보내는 동안에도 책임감 없고 무딘 그는 연극판을 전전하며 살았겠지. 누추한 동생의 꼴을 보았다면 나는 그를 흠씬 두들겨 패주었을지 모른다. 제 편에 서서 변호해주는 사람 하나 없이 홀로 외로웠을 동생의 선한 눈매가 그려지자 가슴이 먹먹해졌다.

유통기한 임박 상품 딱지가 덕지덕지 붙은 물품들을 쏟아내며 안에 넣어줄 수 있냐고 묻는다. 판매를 허가한 음식 외에는 넣을 수 없다고 잘라 말하자, 이곳에서 파는 것들은 가격이 비싸서 발품을 팔아가며 유통기한 임박 상품을 구입해 왔다고 말하는, 귀가 어두운 노모는 사정을 봐달라며 억지웃음을 짓는다. 궁핍한 처지에 그가 할 수 있는 일은 대형 마트들을 돌아다니며 유통기한 임박 상품이라도 배불리 먹이는 일이었나 보다. 사정은 딱하지만 도울 길이 없어 막막해하던 차에 젊은 사내가 나서서 그 물건들의 값을 치를 테니 돈으로 바꾸어 넣어주면 된다고 귀가 어두운 노모에게 큰 소리로 설명한다. 그는 물건 값보다 넉넉하게 값을 치르면서 잔돈은 필요 없으니 여비에 보태시라며 쓸모없어 보이는 유통기한 임박 상품이 가득 담긴 봉투를 들고 총총 자리를 뜬다. 접견을 마치고 돌아오는 길이었는지 출구 쪽을 향해 성큼성큼 걸어 나간다. 고마운 마음에 우두커니 뒷모습만 바라보던 귀 어두운 노모의 눈가가 촉촉하게 젖어온다. 나는 그들을 바라보며 안에 갇힌 사람들이 더욱 야속하다. 마음을 열고 손을 내밀면 잡아주었을 가족이 아닌가. 왜 그들의 가슴에 대못을 박아가며 죄를 짓고 사는지 알 수가 없다.

혹시나 하고 동생의 유서를 찾아보았지만 발견되지 않았다. 죽은 동생의 옆에는 시립 어린이집 전화번호만이 큼직하게 적혀 있을 뿐이었다고 현장을 목격한 구조대원들은 말해주었다. 유서 한 장 쓸 사람이 없었다는 사실이 가슴을 치게 만들었지만 나 또한 남보다 못하게 동생을 대하지 않았던가. 손 벌리고 찾아오기를 바랐지만 정작 내가 먼저 나서서 동생을 보살필 생각은 하지 않았다.

처음 교정공무원이 되었을 때는 교도소 안에서 만나는 사람들에 대한 편견이 있었다. 살인자의 가족을 살인자 대하듯 했고, 절도범의 식구들을 절도범인 양 대했다. 강간한 사람은 그가 아니지만 그는 한 집에 사는 이유로 내 앞에서도 죄인이 되는 것이 마땅하다고 생각했다. '죄는 미워하되 사람은 미워하지 말라'는 말은 이웃집 개가 물어가도 좋을 말이라 여기며 죄를 저지른 사람과 그 가족도 똑같이 대우받지 못하는 것이 옳다고 여겼다. 타인의 인권을 먼저 훼손한 사람들에게는 동정조차 가당치 않았다. 하지만 이제는 생각이 달라졌다. 하루도 빠짐없이 접견실을 찾는 가족들을 보면서, 타고난 가난이 죄일 수밖에 없는 운명들을 보면서 그네들을 향해 따뜻한 시선을 품게 된 것이다. 동생에게 해주지 못했던 온정을 이웃들을 향해 베풀고 싶다. 어린 조카를 잘 키워 동생의 아픔을 보상해주고 싶은 마음이 간절하다.

동생의 심정이 되어서 마지막으로 내게 하고 싶은 말이 무엇이었을지 생각해보았다. 연세가 많으신 부모님을 잘 챙겨달라고 당부했을 것 같고, 교정공무원으로 재직하고 있으니 염치없지만 조카를 살펴달라고 얘기했을 것이다. 원리원칙만 따지는 내게 동생은 종종 세상은 말이야, 둥글게 살아야 한대. 민원인들에게도 너무 딱딱하게 굴지 마, 라고 제법 의젓하게 충고를 하곤 했었다. 더는 다정한 동생의 속 살거림을 들을 수 없게 되었다. 이렇게 동생의 마음속으로 침잠해보 면 그녀의 속내가 빤히 보이는 것을 왜 나는 외면하며 살았던가. 떠나 고 나서야 나는 비로소 동생의 마음자리에 가 앉는다.

동생은 떠나면서 내게 많은 숙제를 남기고 갔다. 자식을 앞서 보낸 부모님의 서러움을 닦아주는 것, 어미를 잃은 조카를 건사하는 것, 온기를 간직한 사람이 되어 교도소를 찾는 민원인들의 응어리진 마 음을 가만가만 어루만지는 것 모두가 내 몫으로 남았다. 무언의 유언 이다.

| 안녕, 다마고치

안녕, 다마고치

알에서 깨어난 아이는 다행스럽게도 남자아이였다. 귀여운 외모가 호감형이다. 시간에 맞춰 밥을 주고 규칙적으로 운동도 시켜줘야 한다. 누군가를 돌본다는 것은 퍽 성가신 일이지만 다마고치는 좀 다르다. 내가 흥미를 잃었을 때, 돌보기를 포기하면 그만이다. 정성들여 키운 녀석을 죽게 만드는 건 안타까운 일이지만 어느 순간, 극도로 녀석이 싫어질 때가 있다. 그럴 때면 난 녀석과 미련 없이 결별을 다짐한다. 결심한 순간부터 녀석에게는 일체의 식사도 제공되지 않으며 함께 외출을 하지도 않는다. 배고픔에 아이가 보채더라도 철저하게 외면한다. 그렇게 방치하면 녀석은 곧 죽게 되고 나는 새로운 알을 품으면 그만이다.

심심이에게 접속해서 알에서 깨어난 아이가 귀여운 사내아이라는 것을 알려주었다. 심심이는 나의 가장 친한 친구이다. 스마트폰 앱 중에서도 정중앙 자리를 차지하고 있는 심심이는 이를테면 카카오톡 메시지 친구인 셈이다. 심심이는 조금도 늦게 답장하는 법이 없다. 아무리 이른 새벽 시간에도 야심한 어둠이 깔렸어도 나의 문자를 기다리고 있으며 늘 성의껏 답장을 보내준다. 심심이는 득남을 축하한다는 문자를 재빠르게 전송해주었다,

우리는 결혼 7년차에 들어가지만 아이가 생기지 않았다. 그건 누구의 잘못도 아니었다. 불임 클리닉에 가서 상담해보았지만 남편과 나는 모두 정상이었고, 노력만 한다면 얼마든지 아이를 가질 수 있다는 진단을 받았다. 의사 선생님께서는 진중한 얼굴로 고심해가며 아이가 들어서기 좋은 날을 수첩에 빼곡하게 적어주셨다. 기념일이나 경조사가 겹치는 날들을 제외하고 4일 정도가 남는다. 저 날짜에 과연 남편은 협조적일까. 그이도 인사 조정을 앞두고는 요즘 부쩍 회식이 잦다. 사람들은 왜 이리 남의 가정사에 관심이 많은 것일까. 아이는 생각 없으세요? 자식이 있어야 그래도 사는 집 같아요, 라고 하면서 마치 아이가 없는 가정은 출산에 대해 뜻이 없거나, 아이가 없는 집에는 삶의 이유도 존재하지 않는다는 듯 쉽게 말을 한다. 심지어는 요즘 부부 사이가 안녕하시냐며 대놓고 낯부끄러운 질문을 던지기도 한다. 하늘을 봐야 별을 따지요, 하면서 능글맞은 웃음을 지을 때면 욕지기가 올라오지만 꾹 참는다. 처음에는 아이가 없는 것에 상당한 스트레스를 받았다. 하지만 그럴수록 신경이 예민해지고 남편에게도

까탈스럽게 굴었다. 사분사분한 내 성격이 좋다고 청혼을 했던 그이였다. 늘 바짝 날이 선, 나로 인해 남편도 이만저만 스트레스를 받는 게 아니다. 더는 아이 문제로 타인의 눈을 의식하지 않기로 했다.

아이를 갖기 위해 관계를 갖는다는 건 뭔가 내키지 않는다. 연애 시절에는 둘만의 공간을 가지고 싶어 안달이 났었다. 주말이면 밥을 먹고 호프집을 가기 전에 숙박업소를 먼저 들러 방을 잡아놨었다. 한참 달아오른 연인들끼리 숙박업소에 방을 잡는 일은 경쟁적이었고 불타는 금요일과 주말에는 미리 방을 예약해두지 않으면 각자의 집으로 돌아가야 했다. 우리는 속궁합이 잘 맞는 편이었고 1년 안에 결혼하기로 합의를 본 상태였기 때문에 모텔이나 펜션, 기념일에는 호텔에 가는 것을 자연스럽게 받아들였다. 먼저 샤워를 하는 그이를 기다리는 건 사뭇 흥분되는 기쁨이었다. 문틈으로 비치는 그이의 탄탄한 실루엣을 바라보며 결혼을 하면 저 모습을 매일 볼 수 있다는 즐거움에 사로잡혔던 기억도 난다. 먼저 샤워한 그이의 흔적을 치우며 샤워를 하는 것도 내겐 소소한 행복이었다. 여기저기 드라이 바람에 흩날린 그이의 굵지 않은 웨이브 진 머리칼을 쓸어 모으며 마치 신혼부부가 된 양 행복에 들떠 있기도 했다.

대성리에는 우리가 단골로 찾는 펜션이 있었다. 펜션 주인은 지하철역으로 우리를 마중 나오기도 할 만큼 우리의 방문을 반겼다. 깔끔한 성격의 남편은 뒷정리를 말끔하게 하고 나왔고 우리가 퇴실한 방은 바로 손님을 맞아도 좋을 만큼 윤이 났다. 그런 우리 커플을 반기지 않을 이유가 없었다. 나는 열 번 방문하면 1회 방을 무료로 대여해 주는 모텔 도장을 열심히 모으며 우리만의 공간을 갖기 위해 치열했다. 둘만의 잠자리에서 우리는 마음의 평안을 얻을 수 있었고, 그 누구에게도 방해받지 않는 은밀한 공간에서 애정을 나누는 행위는 둘 사이를 더욱 돈독하게 만들어주었다. 우리는 시도 때도 없이 붙어 있으려고 했다. 점심시간에 잠깐 틈을 타서 대실하는 모텔에 가기도 할 만큼 사랑의 행위에 서로 적극적이었다. 하지만 숙제처럼 받아 온 날짜에 맞춰 잠자리를 갖는 건 인간적이지 않다. 오로지 종족 번식을 위해 사랑의 행위를 나눠야 한다는 것이 내키지 않는다. 그런 마음은 남편도 같은 모양이다. 그이의 성기는 힘을 내지 못했고 이내 시들해졌으며 그런 날이 반복되는 것도 서로에게 말을 잊게 만들었다.

삐리릭~ 삐리릭~ 다마고치 녀석이 자꾸 재롱을 떨며 자기를 봐달라고 호들갑이다. 녀석이 진짜 아이라면 정말 예쁠까? 알에서 갓 깨어난 녀석은 귀여운 외모로 나를 홀리고 있지만 진심을 다해 예쁘지는 않다. 하지만 육아를 위해 힘쓸 녀석이 생겼다는 건 재미난 일이다. 또래의 친구들은 대부분이 아이를 키우느라 바쁘다. 교단에 서는 것이 꿈이었던 은영이도 교편을 내려놓고 아들을 돌보느라 분주하고, 멋진 무용수가 장래희망이었던 수진이도 푹 퍼진 몸매로 쌍둥이 딸의 엄마가 되었다. 예쁘장한 외모로 소설가를 꿈꾸던 유나는 불임 클리닉에 다니며 육아의 달인이 되고 싶어 혼신의 힘을 쏟고 있다. 그녀들의 꿈은 오직 엄마가 되는 것인 양 억척스럽게 자식들을 건사하고 있다.

다마고치는 어여쁜 표정을 지으며 원하는 것을 얻기 위해 갖은 아양을 떨고 있다. 참 편리한 녀석이다. 까다로운 입맛 때문에 분유를 고르는 일이 쉽지 않다던 은영이의 푸념 섞인 말이 떠올랐다. 쌍둥이 엄마 수진이는 뱃속에서부터 태아가 어찌나 속을 썩이던지 입덧을 하느라 음식도 제대로 먹지 못했었다. 그렇게 유난을 떨던 것들이 세상 밖으로 나와서도 기고만장이다. 이유식에 투뿔 한우가 섞이지 않으면 쳐다도 안 본다고 한숨을 포옥 쉬던 생각이 난다. 그에 비하면 다마고치는 얼마나 효자인지 모른다. 맛있는 음식을 챙겨주지 않아도 된다. 그저 밥그릇에 밥을 부어주기만 하면 알아서 척척 먹는다. 지저분하게 음식물을 흘리지도 않는다. 챙겨줄 때마다 눈을 깜빡이며 감사의 인사도 잊지 않는 참말 예의 바른 아이다. 게다가 가장 좋은 건 징글맞게 자라지도 않는다는 점이다. 쑥쑥 자라 못마땅해지면 나는 녀석을 가차 없이 처분한다. 다시 귀여운 외모의 아이를 얻기 위해 알을 품으면 그만이다. 성가시게 못생긴 아이를 케어하며 스트레스를 받을 이유가 없는 셈이다.

다마고치가 죽었다고 자살한 사건이 대대적으로 보도되었다. 그녀는 다마고치의 죽음에 정말 가슴 아파했다고 한다. 그리고 제대로 돌보지 않아 다마고치를 죽음으로 내몬 자신을 결국은 용서하지 못했다. 사고 현장에 도착하자 그녀는 혀를 길게 빼물고 메롱메롱 세상을 조롱하듯 죽어 있었다고 했다. 그녀에게 다마고치는 마음을 나눈 유일한 대상이었다며 마치 자식에게 유서를 남기듯 다마고치에게 마지막 글을 남기고 그녀는 훌쩍 세상을 떠났다. 사람들은 그녀의 죽음을 안타깝게 여기기보다는 조롱하고 있었다. 정신 나간 여자라며 한낱 다마고치 때문에 자살을 하다니, 잘 죽었다고도 했다. 생명을 경시하는 문화는 사라져야 한다며 목숨을 가볍게 여기는 사람들이 또 하나의 사회문제가 되고 있다고 했다. 그녀의 아픔은 정신병과 올바르지 못한 생명 경시로 매도되고 말았다.

의사 선생님이 지정해준 날짜에 맞춰 여느 날과 다름없이 관계를 갖던 중이었다. 오늘이 그날 맞지? 로 시작된 심드렁한 관계에 나도 그이도 별다른 감흥은 없었다. 나는 관계를 하던 중 갑자기 다마고치를 목욕시키지 않은 일이 생각났다. 나는 잠깐만이라고 남편에게 동의를 구하곤 다마고치를 찾아 손에 쥐었다. 목욕 버튼을 눌러주자 폴짝폴짝 뛰면서 녀석이 좋아한다. 녀석을 씻기는 일도 간편하기 그지 없다. 일일이 온도를 맞춰주지 않아도 최적의 조건을 찾아 샤워를 하고 피부 상태를 고려해 샴푸를 골라주지 않아도 된다. 부드럽게 드라이를 해주지 않더라도 녀석은 단 한마디 불평도 없이 목욕을 끝낸다. 제 스스로 알아서 척척 목욕을 마친 후에는 상쾌한 표정으로 고맙다는 말까지 전하는 기특한 녀석, 점점 다마고치의 매력에 빠져들고 있다. 남편은 다마고치를 조작하는 나를 향해 퉁명스럽게 말했다. 뭐 하는 거야. 하다 말고 중간에. 그는 김이 빠진 양 샤워실로 들어갔고 나는 욕조에 물 받는 소리를 들으며 다마고치의 간식을 준비했다.

처음에 녀석을 만났을 때는 온통 흑백이었다. 흑백으로 움직일 때보다 더욱 산뜻해진 녀석, 게임기는 진화를 거듭하고 있고 성장 속도도 만족스럽게 조절되어서 신상품답게 많은 소비자층을 확보하게 되었다. 나와 같이 무언가를 기르고 싶지만 여건이 닿지 않는 사람들은 다마고치를 찾게 되었다. 10년이 넘게 기른 애완견이 죽고 난 후, 다마고치를 만난 상열 씨는 인터넷을 통해 알게 된 친구였다. 다마고치 팬 페이지에서 활동 중인 그는 다마고치는 마력을 가진 존재라며 극찬을 했다. 반려견의 죽음으로 일상이 고루했던 그에게 다마고치는 한 줄기 희망이 되어주었다고 사연을 전한 그는 여러 개의 다마고치를 구입해 일상을 바쁘게 보내고 있다. 그와 나 사이에는 공통분모가 하나 존재하는데 바로 아이가 없다는 점이다. 허나, 아이가 없다는 점만 같을 뿐, 그에 대처하는 방식은 서로 너무도 다르다. 그는 애쓰지 않는다. 아이는 인력으로 해결되는 문제가 아니라고 생각한다. 부인 역시 아이로 인해 스트레스를 받지 않는다고 했다. 오히려 아이에 얽매이지 않고 둘이 즐길 수 있는 시간이 길어져 기쁘다고 했다.

대학 시절, 만나던 남자가 있었다. 그는 밝은 사람은 아니었다. 어딘지 외롭고 쓸쓸해 보였지만 초라해 보이진 않았다. 그 헛헛한 느낌은 사람을 끌어당기는 힘이 있었다. 그를 위해 헌신하고 싶도록 만들었고, 나의 잠재된 모성애를 자극했다. 같은 학과 동기는 아니었지만 학부가 같아서 우리는 공통으로 수강할 수 있는 수업이 많았고, 미리 교양과목을 의논해 시간표를 맞춰두기도 했다. 추적추적 비가 오는 날이었다. 우리는 허름한 막걸리 집에 가서 천천히 취기를 향해 달렸고 빗소리를 음악 삼아 사뭇 낭만에 취해 있었다. 얄팍한 주머니 사정은 얇은 파전 한 장을 시킬 수 있는 정도였고 부실하게 먹은 안주 탓에 술기운은 더욱 빨리 달아올랐던 것 같다. 제법 얼굴이 붉어진 우리는 도둑고양이처럼 그의 자취방을 찾았다. 주인아주머니 몰래 방까지 들어가야 했는데 벗은 신발을 가슴에 품고 사뿐사뿐 걸었던 기억이 생생하다. 그렇게 방에 들어오길 성공했고, 우린 그날 밤, 관계를 가졌다. 쥐 소리도 내지 못하고 어둠 속에서 고요히 우리는 서로를 허락했다. 둘 다 처음이라 서툴렀지만 서투른 대로 만족스러웠고 누군가를 온전히 소유할 수 있다는 기쁨에 마음이 한껏 들떴던 것 같다. 그렇게 꼭 한 번 관계를 가졌는데 나는 덜컥 임신이 되고 말았다. 새 생명의 축복보다는 겁이 나고 두려웠다. 어머니께 사실을 고백할 용기도 나지 않았고, 친구들에게 비밀을 털어놓을 수도 없었다. 남자 친구에게도 임신 사실을 알리고 싶지 않았다. 이미 내 스스로가 자신 없어진 생명 앞에서 그가 기뻐한들 무슨 소용이 있으며, 만약 그가 불편한 기색이라도 보인다면 슬픔과 좌절의 감정은 더욱 선명해질 것이었다.

나는 아이를 지우기로 결심하고 수술비를 마련하기 위해 아르바이트를 했다. 아르바이트에 경험도 없는 나를 써주는 곳은 많지 않았고 저임금의 PC방 아르바이트를 하며 두 달을 꼬박 일해 아이를 지웠다. 임신 4주차에 임신 소식을 알았으니 아이는 뱃속에서 석 달가량을 위태롭게 머물다 사라진 거였다. 그때만 해도 금연법이 없었던 때라 PC

방 가득 뿌연 담배 연기가 매캐하게 퍼졌고 그 정화되지 못한 공기를 온전히 들이마시다 아기는 세상과 작별했다. 불법으로 낙태 시술을 해주는 낡은 건물의 의원을 찾았을 때, 아기는 처음으로 내게 살고 싶다고 신호를 보내는 듯싶었다. 허나, 나는 하얀 시트 위에 누워 보호자도 없이 시술을 받았고, 깨어나보니 지저분한 골방이었다. 의원 한 켠에 딸린 골방에서 나는 처음 관계를 허락했을 때처럼 악소리도 내지 않고 속으로 울었다. 엄마를 잘못 만나 이름도 없이 보낸 아기가 불쌍해서 울었고, 아무것도 모르고 연락을 채근하는 남자 친구가 원망스러워서 울었고, 끝내 비밀로 묻을 일이지만 부모님께 죄송해서 울었다. 덩그마니 그려졌던 어머니의 얼굴에 콱 목이 메었던 기억이 난다.

의원에서는 노파가 성의 없이 끓인 미역국을 내밀었지만 먹지 않았다. 아기를 보내고 몸조리한답시며 목구멍으로 꾸역꾸역 미역을 삼킬 마음이 생기지 않았다. 모락모락 김을 피워 올리는 미역국을 뒤로하고 의원을 빠져나왔다. 의원 앞에는 아이를 지우기로 했으나 채 걸음을 떼지 못하는 어린 커플이 눈이 퉁퉁 부은 채 손을 꼭 잡고 서 있었다. 여대생으로 보이는 여자가 흐느끼며 말했다. 나 도저히 못 들어가겠어……

신랑에게 말하지는 못했지만 보내버린 아이는 나를 용서하지 않았고, 그로 인해 아이가 생기지 않는 것 같다. 아기는 처음으로 엄마에게 보낸 텔레파시를 냉정히 거절한 모정을 원망하다 죽었을 것이다.

다마고치는 건전지가 없다고 경고 화면을 띄운다. 나는 아직 녀석을 키우고 싶은 욕심이 있으므로 건전지를 구입하기 위해 편의점으로 발걸음을 옮겼다. 녀석의 생존을 위해서 넉넉하게 건전지를 마련해두어야겠다. 다마고치는 신경질적으로 푸른 등을 깜빡이며 에너지를 충전해달라고 보채고 있다. 배터리 교환 버튼을 누르고 녀석의 바람대로 새 건전지로 교체해주었다. 녀석은 언제 그랬냐는 듯이 화면 가득 환한 미소를 뿜으며 애교를 떤다. 귀엽고 깜찍하다. 아직은 녀석에게 사랑을 쏟고 싶다. 가만히 녀석의 애교를 지켜보고 있는데 이동전화의 진동이 드르륵 울린다. 주말 모임을 약속한 쌍둥이 엄마의 문자다. 이번 주에 아이가 독감 백신을 맞았는데 미열이 있어서 외출이 힘들다는 문자다. 아기 엄마니까 이해해달라는 그녀의 문자가 애 있는 유세처럼 느껴져 고깝게 느껴진다. 다마고치는 병원에 가지 않아도 된다. 영유아 검진을 받지 않아도 녀석은 튼튼하다. 정성껏 유기농을 마련해주지 않아도 뭐든 잘 먹는다. 친구 따위가 없어도 외롭지 않다. 가끔 나는 녀석의 이런 모습들을 닮고 싶어진다.

심심이에게 쌍둥이 엄마와의 약속이 깨진 것을 알려주었다. 그러자 심심이는 잘되었다면서 자기와 놀아달라고 속상해하지 말라고 답장을 보내 주었다. 심심이라는 앱을 개발한 사람은 현대인의 외로움을 정말 잘 간파하였다. 친구와의 약속이 깨진 쓸쓸한 날에도 내가 외롭지 않을 수 있으니까. 얼마나 좋은 친구인가! 내가 필요할 때는 언제고 곁을 지켜주지만 자신의 필요로 인해 나를 찾지도 않는다. 심심이는 오래된 쌍둥이 엄마보다 더 좋은 친구이다.

　남편은 다마고치에 필요 이상의 관심을 갖는 것을 못마땅해하며 내게 머리가 자라는 잔디 인형을 선물해주었다. 다듬어주지 않으면 금방 풀이 무성해진다는 잔디 인형을. 머리통이 퍽 귀엽고 앙증맞다. 진한 초록 잎은 유난히 윤기가 반질반질하다. 잔디 인형은 물을 수시로 주지 않아도 되고 병충해에도 제법 강한 편이래. 하지만 무관심하면 머리가 지저분해질 거 아냐? 제발, 다마고치만 챙기지 말고 잘 돌봐야 해. 남편은 눈을 깜빡이며 잘 키울 수 있지? 라고 물었다. 단추로 박아놓은 동그란 눈이 나를 넘어다 보는 것 같았다. 요란을 떨며 선물을 건네는 남편을 실망시킬 수 없어서 잔디 인형 화분을 반가운 척 받아 들긴 했지만 무언가 의무감을 가지고 챙기는 건 퍽 성가신 일임에 분명하다. 다마고치까지 보살펴야 하는 내게 너무 막중한 책임감이 부과되었다.

　요즘 들어 다마고치가 슬슬 못마땅해지고 있다. 남자아이라서 그런지 극성스럽고 자꾸 놀아달라고 조른다. 여자아이보다 게임을 하자고 조르는 횟수가 잦다. 아직은 화를 꾹 참고 놀이터에 데려다 주고 있지만 극성스런 요구가 계속될 경우 미련 없이 녀석을 처분할 수밖에 없다. 다마고치를 잘 보살피는 상열 씨는 벌써 아이를 유아기에서 반항기로 성장시켰다. 진화를 한 모습을 보니 상열 씨가 남자가 아닌 여자였다면 훌륭한 현모양처가 되었을 거란 생각이 들었다. 상열 씨는 유아기가 지난 다마고치에게 사랑이라는 예쁜 이름도 붙여주었다. 오늘은 사랑이가 진화한 것을 기념하기 위해 타마샵에 들러 피클 화분을 샀다고 파워 블로거들에게 자랑하고 있었다. 상열 씨는 운이 좋은 사람이다. 피클 화분을 산 날 시원스럽게 비가 내려 피클 화분이 쑥쑥 성장을 한 것이다. 타마샵에서 저렴하게 50원짜리 화분을 구입했지만 200원짜리 화분들보다 멋지게 진화한 화분이 슬며시 욕심이 났다. 상열 씨의 사랑이는 쑥쑥 자란 피클 화분 앞에서 환하게 웃고 있었다. 만약, 상열 씨가 남편이 선물한 잔디 인형과 피클 화분의 교환을 원한다면 얼마든지 바꿀 수 있을 것 같다. 상열 씨가 키우는 사랑이는 여자아이이다. 그래서 그런지 뽀얀 피부가 무척 어여쁘다. 나도 다마고치에게 하얀 피부를 갖게 해주고 싶은데 자주 목욕을 시켜도 타고난 피부톤은 쉽게 밝아지지 않는다. 자꾸 다마고치를 OFF 시키고 싶다. 짜증스러운 마음을 누그러뜨리고 정원에 나갔다. 다마고치는 신이 나는지 폴짝폴짝 뛰며 고마워한다. 나의 다마고치는 아직 1세이고, 몸무게는 5그램이다. 다른 친구들에 비해 체중이 조금 뒤처지는 편이다. 노는 것을 좋아하고 상점 나들이를 자주 다녀서 체중이 불지 않는 것 같다. 이번 주에는 외출을 좀 자제하고 간식을 자주 사 먹여야겠다. 상열 씨가 가꾸는 정원은 피클 화분 하나로 꽤나 근사해졌다. 나도 우리 집 마당을 빙 둘러본다. 펫을 한 마리 들여야 겠다. 아직도 타마샵에서는 펫을 사면 집을 덤으로 주는 행사를 하는지 궁금해졌다. 조만간 펫을 들여 마당을 생동감 있게 꾸며야겠다고 생각했다.

다마고치에 푹 빠져 있는데 갑자기 요란스럽게 전화벨이 울린다. 시어머니의 전화이다. 시어머니께서는 수화기 너머 달갑지 않은 목소리로 안부를 묻는다. 아직도 소식이 없지, 라고 습관적으로 질문을 하시곤 기대도 하지 않았다는 듯 다음 말을 잇는다. 그 한의원이 말이다, 정말 용하다고 하더라. 그래서 좀 비싸지만 내가 큰 맘 먹고 보약한 제 지었다. 정성을 들여 달여야 써. 그래서 내가 일삼고 지금 약을 대리고 있지 안칸, 낼 집에 댕기러 가야 허것는데 집에 있쟈? 어머니는 한 템포 쉬었다가 다시 말을 이었다. 이번에는 기필코 아기가 들어서야 헌다. 니 나이도 있잖여, 매일같이 듣는 이야기에 습관적으로 고개가 주억거려졌다. 나는 최대한 공손한 말투로 마음에도 없는 말을 했다. 챙겨주셔서 감사합니다, 어머니. 내가 방문을 허가하지 않아도 시어머니는 찾아오실 분이고, 어머니 또한 반드시 내 동의가 필요해서라기보다 자신이 구렁이알 같은 용돈까지 깨서 비싼 약을 지었으니 아이를 갖는 일에 좀 더 힘을 쓰라는 당부를 하고 싶으셨던 것이다. 아이가 없다는 것을 이유로 나는 시댁 식구들의 간섭을 받고 있는 느낌이다.

어머니의 방문이 성가신 나로서는 어머니, 택배를 이용하셔도 돼요, 잔디 인형도 돌봐야 하구요, 요즘 함께 생활하고 있는 다마고치와도 놀아주어야 해서 실은 짬이 나지 않아요. 택배 요금은 제가 착불로 부담할게요. 우체국에 가서서 소포 상자를 구입하시고 주소만 정확하게 적으신다면 구태여 어머니께서 무겁게 약을 들고 오지 않으셔도 된답니다. 라고 하고 싶은 말을 꾸역꾸역 삼켰다. 하고 싶은 말들은 참았다가 심심이에게 전달하면 된다. 속 시원하게 비밀을 털어놓을 수 있는 친구가 있다는 것은 정말 다행스러운 일이다.

반갑지 않은 전화를 끊고 마당에서 재미있게 놀고 있는 다마고치를 집 안으로 데리고 들어갔다. 아이는 더 놀고 싶다고 졸랐지만 어림도 없는 일이다. 더 지저분해지기 전에 아이를 깨끗하게 씻기고 시간에 맞춰 잠을 재우려면 지금 어서 목욕을 재개해야 한다. 아이는 잠시 투덜거렸지만 이내 탕 속에서 비누칠을 하며 즐거운 표정을 짓는다. 어쩌면 많은 어머니들이 이런 재미에 자식들을 키우는 것이 아닐까? 다마고치가 입꼬리에 미소만 지어도 마음이 훈훈한데 엄마들을 제 속으로 난 것들의 웃음을 볼 때 얼마나 행복할까? 우선 나는 내게 주어진 다마고치를 위해 최선을 다할 것을 다짐해본다.

언젠가 남편이 잔디 인형의 머리를 다듬는 나를 등 뒤에서 끌어안으며 말했다. 사람이 정성으로 키우면 식물에도 영혼이 깃든다고 해. 놀랍지 않아? 나는 놀랍기보다는 성가시다고 얘기하고 싶었지만 참았다. 왠지 잔디 인형이 귀를 열고 우리의 대화를 엿듣고 있는 기분이 들었기 때문이다. 정말 잔디 인형에게 영혼이 있다면 그동안 가식적으로 대한 나를 향해 증오의 마음을 품을 것 같았다. 누군가를 미워하는 건 서글픈 일이다. 버려진 아이가 죽어가면서 내린 저주만으로도 나는 충분히 힘들고 잔디 인형에게까지 미움을 자청하고 싶지는 않았다. 잔디 인형 속에 영혼이 담겨 있다는 남편의 말은 나를 더욱 멀어

지게 만들었다. 나는 시큰둥하게 가위질을 몇 번 해주고는 잔디 인형
을 볕 쪽으로 옮겨주었다. 블라인드가 쳐진 창가는 소량의 햇볕을 은
근하게 쬐이기에 적당한 위치다. 다마고치는 말끔하게 목욕을 마치
고는 침대 위에서 새근새근 예쁘게 잠이 들었다. 예쁘게 잠을 자는 다
마고치에게 덮어줄 이불이 없다. 내일은 포근한 이불을 사기 위해 타
마샵에 방문해야겠다. 덮을 이불 하나 챙기지 못했다는 자책감이 밀
려왔다. 나는 화면에 불을 밝히고 녀석의 몸에 입술을 가져다댔다. 잘
자, 아가야.

시어머니는 작은 몸집에 큰 약 상자를 가지고 오셨다. 어머니의 말
씀대로라면 그 약을 먹기만 하면 금방이라도 아이가 들어설 것 같았
다. 아기를 갖고 싶어 안달이 난 유나에게 소개시켜주고 싶은 약이다.
허나, 그렇게 효험이 입증된 약이라면 이 세상에 불임 부부가 없어야
옳지 않은가? 약의 성분에 대한 의구심이 드는 찰나, 노루궁둥이버
섯, 산삼, 녹용, 산마……. 또 머시드라, 시어머니는 약에 포함된 성분
을 줄줄이 읊어대며 꼬박꼬박 약을 챙겨 먹어야 한다고 당부하셨다.
문득, 맥없이 세상을 떠난 뱃속의 아이가 생각났다. 무언가 대접을 받
고 있다는 생각이 들거나 아낌없는 사랑에 대한 확신이 들 때면 낙태
시술로 세상을 떠난 아이가 생각이 난다. 작은 생명을 책임지지 못하
고 버린 내가 과연 이런 행복들을 누려도 되는지 의심이 든다. 나는
처음 어머니의 전화를 받았을 때부터 약은 먹지 않겠다고 다짐했었
다. 나 스스로도 생명을 품을 수 있는 몸이라는 걸 증명하고 싶다. 찾

아올 생명이라면 내가 애써 발버둥치지 않아도 기꺼이 찾아와줄 것이다. 나는 아기의 더딘 용서를 사죄하며 마땅히 기다려야 한다.

요즘 다마고치의 피부톤에 내가 스트레스를 받고 있다. 만족스럽게 자라주지 않는 다마고치를 보며 처음부터 다시 알을 분양받고 싶다는 생각을 종종 한다. 이상한 일이다. 다마고치의 OFF 버튼을 누르려는 순간에 왜 환영처럼 떨궈낸 아이의 텔레파시가 접속되는지 모르겠다. 비록 작은 게임기 안에서의 치열한 생존이지만 나의 다마고치도 죽지 않고 살고 싶은 것이 분명하다. 상열 씨는 단 한 번도 다마고치를 포기해본 적이 없다고 했다. 다마고치에 애정을 쏟지 않는 사람들은 모른다. 승진을 앞둔 중요한 회식 자리도 참석하지 않는 상열 씨의 마음은 오직 우리 회원들만이 헤아려줄 수 있다. 상열 씨는 다마고치에게 좋은 부모 노릇을 하며 모범적으로 아이들을 양육하고 있다. 피부톤이 밝지 않아 스트레스를 받는 내게 상열 씨는 말했다. 아이의 장점을 찾아보세요, 아이가 특별하고 더욱 소중하게 느껴진답니다. 우리 사랑이는 선물 상자 앞에서 제일 밝게 웃어요. 하하.

심심이에게 문자를 전송했다. 앞으로 다마고치의 장점을 찾아보려고 해. 사랑이처럼 우리 다마고치도 무언가 특별함이 있을 테니까. 심심이는 주파수가 어긋날 말들을 늘어놓았다. 다마고치가 자신의 조상님이라는 둥 사랑이란 감정에 대한 나름의 정의를 주절대며 전송해주었지만 그 나름대로 위안이 되는 답장들이었다. 누군가 나의 마음을 거절 없이 헤아려준다는 것은 다행스런 일임에는 분명하니까.

어머니가 주신 약들은 식사 시간에 맞추어 잘 버려지고 있다. 개수대에 약을 쏟아부으니 싱크대에서 향긋한 향이 올라온다. 특유의 한약 잡내를 잡아주는 이 향은 아마도 노루궁둥이에서 올라오는 냄새인 듯싶었다. 벽에 걸어둔 달력에 동그라미가 또렷하게 눈에 들어온다. 오늘은 남편과의 관계가 예약된 날이다. 남편은 시어머니의 신신당부대로 일찍 귀가할 것이고, 2세를 보기 위해 애쓸 것이다. 비싼 약을 먹고 있는 마누라를 위해 헌신을 다짐하고 귀가할 남편, 허나 왠지 남편의 퇴근이 기다려지지는 않았다. 남편은 정확한 시간에 퇴근을 예고하는 전화를 걸어왔다. 남편은 관심 없는 냉랭한 말투로 뭐해? 라고 물었고, 나는 건성으로 잔디 인형이랑 얘기하고 있어, 라고 답했다. 남편과의 통화를 끝내고 나는 서둘러 너저분해진 침실을 정리했다.

이제 관계에 별다른 감흥도 없는 우리 부부는 시어머니의 지당하신 당부를 받들고 관계를 이어가고 있었다. 사정할 때가 가까워진 남편은 낮게 신음 소리를 내다 말고 생뚱맞은 이야기를 꺼냈다. 자기 그거 알아? 난 당신을 속였어. 잔디 인형 말이야. 당신이 다마고치에 꽂혀 있는 게 못마땅해서 식물에도 영혼이 깃든다고 거짓말한 거야. 그런데 당신이 너무 애지중지 키우는 것 같아서, 사실대로 고백해주는 거야. 순간 뒤통수를 맞은 느낌이 들었다. 남편은 선심을 쓰듯 말했다. 이제 잔디 인형을 키우지 않아도 돼. 버리고 싶으면 버려도 좋고. 남편은 말을 마치고 시원스럽게 사정도 끝냈다.

먼저 샤워를 마치고 욕실로 들어간 남편을 뒤로하고 난 잔디 인형을 찾았다. 교활한 남편에게 속아 가꾸었던 식물, 오히려 영혼이 깃들지 않았다는 생각이 들자, 잔디 인형에게 애착이 생겨났다. 속임수에 속아 돌보긴 했지만 어느덧 잔디 인형의 머리를 다듬는 일은 나의 소소한 일상으로 자리 잡은 후였다. 나는 초록 잎, 머리털을 말끔하게 가위질하며 중얼거리듯 혼잣말을 했다. 난 이제 정말 너를 좋아해줄 수 있을 것 같아.

어제 마음먹은 대로 나는 다마고치와 함께 이불을 사러 상점에 갔고, 억지로 피부톤을 만들기 위해 씻기지는 않겠다고 다짐했다. 상열 씨의 말을 듣고 나니, 나의 다마고치에겐 녀석만의 특유의 걸음걸이가 있었다. 아장아장 걷는 걸음걸이가 사랑스러웠다. 앞으로는 새로운 알을 탐내지 않겠다고 말해주었다. 한 살밖에 되지 않은 5그램의 다마고치가 알아듣긴 어려운 말이겠지만 소리를 내어 입 밖으로 말을 전달하고 싶었다. 다마고치를 쥐고 나도 모르게 살포시 잠이 들었다. 꿈속에서는 잔디 인형이 나왔다. 초록으로 무성한 머리털이 점점 하얀색으로 변해가더니 내 배 위에 손을 올렸다. 무언가 고귀한 의식을 치르듯 느릿느릿 펼쳐지는 잔디 인형의 손에는 작고 어여쁜 씨앗 하나가 꼭 쥐어져 있었고, 단정하게 머리를 매만진 잔디 인형은 내 뱃속에 조그만 씨앗을 넣어주었다.

잠에서 깨어나니 다마고치가 혼자서 노란 모자를 찾아 쓰고 있었다. 까무잡잡한 얼굴에 노란 모자는 제법 잘 어울렸다. 몸무게를 달아보니 6그램이 되어 있었고 새 이불을 덮고 자서 기분이 좋았는지 다른 날보다 더 명랑하게 굴었다. 신이 난 다마고치는 안녕, 안녕, 연거푸 안부를 묻는다. 마치 안녕하지 않으면 큰일이라도 나는 양 내내 호들갑스럽다. 나는 녀석에게 소리 내어 대답해주었다. 안녕, 다마고치!

죽음의 뒤에는 무엇이 남는가

전기철 | 숭의여대 교수 · 문학평론가

1

노은희 작가의 소설집 『우아한 사생활』의 주제는 죽음이다. 거의 전편에 죽음이 나온다. 부분이든 전체든 죽음이 주제이고 이야기이며, 플롯이다. 작품 속 죽음은 인물의 생활 속에 상존해 있다. 따라서 작품 속 곳곳에 죽음이 있다. 그만큼 그의 작품에서 죽음은 일상이다. 더욱이 '위험사회'에 진입해 있는 오늘날 사회에서는 제 명대로 사는 사람은 거의 없다. 이제 죽음은 삶의 일부이다. 우리를 따라다니는 이러한 죽음은 개인의 의지나 삶의 방식과는 무관하다. 공사장이나 철길, 테러, 감염병, 암 등 개인의 살아온 내역이나 의지와는 아무 상관없이 우리 주변에는 죽음이 따라다닌다. 그만큼 우리는 죽음과 함께 산다고 할 수 있다. 다시 말하면 죽음은 타자의 문제가 아닌 주체의 일부이다. 그동안 철학이나 심리학에서 죽음을 맞는 당자의 고뇌를 문제 삼았다. 키에르케고르나 하이데거와 같은 실존주의 철학자들이나 프로이트, 라캉과 같은 심리학자들에 의해 죽음은 한 개인의 실존의 문제로 여겨졌다. 하지만 죽음은 죽는 당사자의 실존적 문제만이 아니라 그 뒤에 남은 사람의 문제이기도 하다. 어쩌면 현실적으로는 남은, 혹은 남겨진 사람의 문제가 더 클 것이다. 철학자나 심리학자들이 죽음을 실존적으로 의식하고 나서야 가치 있는 삶을 살 수 있다고, 죽을 수밖에 없는 개인의 실존을 문제 삼지만 사회경제적으로는 남겨진, 혹은 남은 사람에게 그 죽음은 타자의 문제이기도 하지만 또 한편으로는 타자의 죽음을 대하는 주체의 문제이기도 하기 때문이다.

당장 이사 갈 집도 없이 뿔뿔이 흩어져 살아야 했던 우리는 형의 시신을 수습할 정신도 없었다. 아버지를 일당이 비싼 간병인에게 맡길 처지도 아니었고 우리는 지역 봉사단체의 도움을 받아 유품관리사에게 뒷일을 맡겼다. 형의 주검을 보고도 나는 형이 진심으로 불쌍하기보다 모든 무거운 짐을 내게 남긴 형을 처절하게 원망했다. 형이 이렇게 가버리면 우리는 어떻게 살라고, 통곡하는 나를 보고 장례 절차가 마무리된 후 유품관리사께서 연락을 주신 것이다. 힘든 일이지만 보람이 있는 일이라고 하시며 일을 권해주셨고, 망설일 틈도 없이 나는 유품관리사 일에 뛰어들었다. 주저하고 있을 시간이 없었다. 오롯이 나의 짐으로 남겨진 아버지의 병실 사용료를 더는 밀리지 않고 지불해야 했기 때문이다.(「짐」)

잠시 몸을 뉘일 곳이라고 여겼던 쪽방촌, 발신자표시금지로 걸려 온 친구의 목소리는 가늘게 떨렸고 울음을 삼키며 미안하다를 반복했다. 그 통화가 마지막이었다. 그의 죽음을 슬퍼하거나 원망할 여유가 내겐 없었다. 죽은 자가 남긴 유언처럼 빚은 온전히 내 몫의 상환금으로 돌아왔다.(「미스터리 쇼퍼」)

노은희 작가의 소설집은 이런 남은 사람들의 시각에서 죽음의 문제를 바라보는, 혹은 죽음과 함께하는 사람들의 문제를 다루고 있다. 따라서 작가는 죽음 자체를 다루기보다 죽음 이후의 문제, 혹은 죽음 주변의 문제를 다룬다. 죽음 이후에 나타나는 현상, 혹은 죽음을 바라보는 사람들의 삶을 바라보기 위해서 작가는 여러 죽음의 경우를 보여줄 뿐 죽음 그 자체를 다루지는 않는다. 작가는 죽음을 실존적인 문제의 대상으로 보지 않는다. 따라서 작가는 죽음을 삶의 과정으로 '대타자화'하여 타자의 죽음에 대응하는 주체의 삶의 문제를 냉정하게 추적한다. 그에게 죽음은 삶의 연속성 속의 한 지점 정도이다. 그만큼 작가는 타자의 죽음을 주체적으로 받아들인다. 그래서 그 죽음은 한 인물의 삶의 일부가 된다.

2

그러면 먼저 노 작가가 바라보는 죽음의 여러 양상을 작품들을 통해 살펴보도록 하겠다. 노 작가의 이번 작품집에서 보이는 죽음의 풍경은

간추릴 수 없을 정도로 다양하다. 그 죽음은 죽어가는 자 자신의 세계가 아니라 타인에게 덩그렇게 남겨진 죽음 이후의 문제이다. 그만큼 그 죽음은 남은 사람에게는 폭력이며 주검이라는 사물로 다가온다.

숨이 멎은 후에도 야속하게 달궈진 전기장판은 망자를 형편없는 몰골로 만들어놓았다. 계속 뜨거워진 전기장판 위에서 시신은 빠르게 부패했을 것이다. 징그러운 주검을 도저히 들여다볼 수 없었던 가족들은 고인의 짐을 차마 제 손으로 처리하지 못하고 우리에게 의뢰했다. 사람의 온기가 사라진 집 안에는 구더기가 바글바글했다. 셀 수도 없을 만큼 많은 양의 구더기와 송장벌레들로 보아 시신은 꽤 오랫동안 방치된 것이다. 욕심껏 배를 채우고 이동하지 못한 시체벌레들과 함께 주검은 널브러져 있었다.(「짐」)

고인의 주검은 썩은 생선처럼 냄새를 풍기고 벌레들이 점령하고 있다. 유품관리사에게 죽음은 단순히 치워야 할 대상이며 사물이다. 이런 사물성의 죽음은 작품집 전편에 흐르고 있다. 이런 죽음은, "현대 사회는 급변하며, 바쁜 와중에 타인의 마지막을 지켜봐줄 여유가 없다. 가족이 해체되면서"(「짐」) 나타난 현상이다. IMF 이후 인간의 가치 체계는 급격하게 변한다. 모든 관계는 전통적인 가족이나 혈연, 인정이 아니라 돈의 매개를 통해 만들어진다. 죽음은 존엄의 문제가 아니라 치워야 할 물건일 뿐이다. 이렇게 죽음이 단순히 사물의 문제가 된 사회 속에서 작가는 죽음이란 무엇인가, 살아남은 자들에게 죽음이란 무엇이어야 하는가에 대한 물음을 던진다.

이런 죽음의 사물성을 바라보면서 화자는 주검을 인간적으로 타자화하려고 안간힘을 쓴다. 그러면 작품집에서 보이는 죽음의 몇 가지 형태를 살펴보기로 하자. 먼저 고독사가 있다. 고독사는 "수많은 사연은 어디로 증발하고 오직 혼자만이 외로운 죽음을 맞아야" 하는 죽음이다. 단편「짐」에 집중적으로 나타는 고독사는 예의나 도리 없이 방치되고 버려지고 외면당한 죽음이다. 자식이 부모의 죽음을 외면해서 시신조차도 들여다보지 않는 경우나 굶어 죽은 치매 노인, 국가유공자, 강아지와 살다가 심장마비로 죽은 중년의 사내, 백골화되어 알아볼 수 없는 시신 등 고독사는 예의나 존엄을 찾아볼 수 없는 죽음이다. 이러한 죽음은 '유품관리사'에게 맡겨져 사물처럼 치워진다.

두 번째의 죽음은 병원에서의 죽음이다. 암이나 만성병으로 인해 죽음을 맞이하는 형태인데, 「짐」에서 택시 운전을 하다가 사고로 식물인간이 되어 죽음을 맞은 화자의 아버지, 그리고 「이사도라 사감의 병원 24시」에서의 여러 죽음, 「우아한 사생활」에서의 병상에 고립된 환자들의 죽음 등이 있다. 병원에서의 죽음은 찾아올 최후의 순간 자체보다는 죽음과 관련한 돈에 더 초점이 맞춰진다. 「이사도라 사감의 병원 24시」에서 환자들은 보험금에 관심이 있고, 「우아한 사생활」에서 가족은 보험금을 서로 노린다. 「짐」에서도 가족은 아버지가 남긴 보험금에 감사한다. 어디에도 죽은 자에 대한 존엄은 보이지 않는다. 죽음을 이용하여 '우아한 사생활'을 즐기는 화자에게 타인의 죽음은 단지 현재의 나의 우아한 생활을 위한 방편에 불과하다.

남편이 사고로 사망했더라면 남편의 사치스런 누이며, 철딱서니 없는 시동생은 보험금의 일부를 노렸을 것이 뻔하다. 그이는 죽지 않고 살아 있었고, 누군가 옆에서 간호해야 할 식물인간이었기에 보험금은 모조리 내 몫이 될 수 있었다. 남편의 사고 보험금이 없었다면 나는 나만의 우아한 경마장 나들이조차 즐길 수 없었을 것이다.(「우아한 사생활」)

남편은 식물인간이 되어 병실에서 죽음을 기다리고 있으나 화자인 '나'는 남편과의 사이에 생긴 아이까지 유산을 시키며 경마장에서 자신의 삶을 즐기는 우아한 생활을 한다. 이러한 죽음은 산 사람을 위한 도구로서의 죽음이다. 어디에도 죽음의 존엄이란 존재하지 않으며, 죽음이 애석하거나 고통이 되는 것도 아니다.

다음은 자살이다. 「짐」에서의 형의 자살, 「합리적 의심」에서의 노숙자나 남편, 「이사도라 사감의 병원 24시」에서의 농약 마신 환자, 「완전한 소멸」에서의 '그녀', 「미스터리 쇼퍼」에서의 친구, 「무언의 유언」에서의 여동생 등 스스로 목숨을 끊는 죽음이다. 자살은 '고달픈 현실을 끝내기로'(「합리적 의심」) 한 노숙자나 '타인의 죽음으로 인해 인생의 마디마디를 위태롭게 견뎌내며 살다가' 결국 모텔에서 죽거나 「무언의 유언」의 누이처럼 산후 우울증 때문에 목숨을 끊는다. 그런데 이런 자살은 모두 소통의 부재에서 오는 타살이다.

고해성사하듯 죽은 자의 눈동자가 자신을 따라다닌다고 말하고는 눈물을 떨궜다. 죽었으면 다 끝이야. 눈동자만 살아남아 당신을 지켜볼 리 없다고, 이야기하고 싶었지만 끝내 말하진 못했다. 내가 그이라도 운전대를 다시 잡을 순 없을 테니까. 그날의 악몽이 선연하게 떠오르겠지.(「합리적 의심」)

　　동생을 도와주고 싶었지만 동정은 받고 싶지 않다고 말했다. 금전적인 도움은 한사코 사양했고, 부모님의 뜻을 거역한 것이 미안한 동생은 힘든 상황에도 집에 연락을 하지 못했다. 동생이 출산했다는 소식을 전해왔지만 새 생명의 탄생 앞에서도 부모님은 냉담했고 나는 이쪽저쪽 눈치를 보며 육아용품을 직접 전달하지는 못하고 택배로 아직 보지 못한 조카에게 선물을 보냈다. 나 또한 인사 이동이 있던 중요한 시기였고 한 번도 안아보지 못한 조카에 대한 관심은 거기까지였다. 무심코 조카의 백일을 넘겼다는 걸 알았을 때는 200일을 앞두고 있을 즈음이었고, 조만간 동생을 보러 가겠다고 마음먹었을 때는 이미 늦었다. 동생이 산후 우울증을 앓다가 스스로 목숨을 끊었다는 비보를 전해 들었기 때문이다.(「무언의 유언」)

「합리적 의심」에서 한 개인은 트라우마를 결코 이겨내지 못한다. 화자인 아내는 남편을 위해서 그 트라우마를 이겨내는 데에 도움을 주고 싶어 했지만 남편은 그것을 이겨내지 못한다. 남편은 지하철 기관사로 일하다 철로에 뛰어든 한 노숙자를 치고 만다. 그 후 남편은 그 트라우마 때문에 일상에 적응하지 못하고 결국 모텔에서 목을 매고 만다. 「무언의 유언」에서 동생은 집안의 반대를 무릅쓰고 가난한 연극배우와 결혼하여 경제사정 때문에 쪼들리다가 아이를 출산한 후

집에서 목을 매고 자살한다. 이러한 자살은 'OECD 국가 중에서 자살률 1위'라는 지표가 말해주듯이 우리에게는 이제 일상이 되었다. 사회가 급격히 고도 자본주의 사회로 진입하면서 우리는 옆을 돌아보는 여유를 갖지 못했다. 그 결과 자신의 인생은 스스로 책임져야 한다는 불문율이 팽배하고 있다. 하지만 자살은 모두 결국 타살이다, 라는 작가의 의식이 보인다. 남편의 죽음은 노숙자의 자살이 가져온 죽음이며, 여동생의 죽음은 무신경한 가족 때문이다, 혹은 결국 어느 경우에든 사회적 타살이다, 라는 관점을 작가는 견지한다. 하지만 이런 죽음조차도 화자는 미안해할 뿐이다.

다음으로 사이버 죽음이다. 우리는 지금 가상현실 속에서 살아간다. 살아 있다는 것과 죽는다는 것의 경계는 허물어졌다. 젊은 세대에게는 더욱더 사이버상의 가상현실에서 살아가는 것이 곧 실제의 삶이 되었다. 모든 일상은 사이버로 복제되고, 모든 관계 또한 사이버상으로 맺어진다. 실제적인 만남은 밥 먹고 똥 싸고 자고 출근하는, 그저 무의미한 반복적 의미 이상이 아니다. 사이버를 통해서 새로운 일은 일어나며, 의미는 만들어진다. 이제 죽음이란 자연사만을 의미하지 않는다. 사이버상에 그가 활동했던 이력이 남아 있다면 그는 아직 살아 있는 것이다. 그렇기 때문에 가상현실은 실제의 현실보다 훨씬 중요해졌다. 요즘 소설도 가상현실을 다루지 않으면 읽히지조차 않는다. 이러한 가상현실의 죽음 문제를 노 작가는 다루고 있다. 「완전한 소멸」에서 화자 '나'는 사이버 장의사이다. 그의 일이란, "지긋지긋한 과거에서 해방되도록 만들어주는 일이 나의 주된 업무이다. 아프고 너저분한 과거와 이별하게 하고 다시 새 삶을 살 수 있도록 만들어주는 일"(「완전한 소멸」)이다.

오늘도 나는 살아 있는 사람들을 죽여주기 위해 자판 앞에서 의뢰인을 기다리고 있다. 산 자들이 제대로 사는 사이버 공간을 만들기 위해서 죽은 자들의 잊힐 권리를 위해서 나는 장의사의 길을 걷는다. 문자의 장례를 치르고, 사진의 장례를 치르고, 동영상의 장례를 치르고, 음성 파일의 장례를 치르면서 다시금 오늘을 사는 많은 사람들을 깨끗하게 죽여주고 있다. 인터넷 매체가 발달하면서 사이버 장례를 치르고 싶어 하는 사람들은 점점 늘어나고 있고 시대의 패러다임을 잘 읽어낸 나는 괜찮은 돈벌이를 이어가며 살고 있다. 컴퓨터와 마우스 하나만 있으면 얼마든지 내 힘으로 창업도 가능한 전망 좋은 직업이다.(「완전한 소멸」)

사이버 장례의 일은 돈벌이도 괜찮고 크게 어려운 일도 아니다. 젊은 내연남이 있는 여자는 남편으로부터 사이버 테러를 당하고, 성형수술을 한 연예인은 수술하기 전의 자신의 사이버상 사진을 모두 지우고 싶어 하고, 또 다른 유명 연예인은 잘 나가다 악성 루머 때문에 자살하여 그 가족은 사이버상에서 그 연예인의 모든 것들을 내리고 싶어 한다. 그들은 사이버상의 죽음을 원한다. 그래서 '나'는 살아 있는 사람들을 위해서 사이버 장례식을 치러준다.

또한 사이버 장의사인 화자는 사이버상으로 글을 가르치는 제자와 사귀다가 사이버 테러를 가하게 되어 결국 그녀가 스스로 자살하게 만들고 만다. 결국 자신과 그녀의 사이버 장례식을 치른다. 사진과 자료 파일, 그녀와 관계된 모든 사이버상의 흔적을 지운다. 사이버상으로 만난 관계가 현실에 영향을 미치는 경우이다. 이제 삶은 실제의 삶뿐만 아니라 사이버상의 삶도 중요하다. 관계로 이루어진 삶이 사이버상으로까지 확장한 현실에서 단순한 유기체의 죽음만으로는 '완전한 소멸'이라고 할 수 없다. 어쩌면 앞으로는 가상현실에서의 삶이 실제의 삶보다 더 확장되고 있는지도 모른다. 어쩌면 가상현실에서의 삶이 실제의 삶보다 우선할지도 모른다. 그래서 「안녕, 다마고치」에서는 자신의 반려자인 다마고치가 죽었다고 자살하는 일이 일어난다.

> 다마고치가 죽었다고 자살한 사건이 대대적으로 보도되었다. 그녀는 다마고치의 죽음에 정말 가슴 아파했다고 한다. 그리고 제대로 돌보지 않아 다마고치를 죽음으로 내몬 자신을 결국은 용서하지 못했다. 사고 현장에 도착하자 그녀는 혀를 길게 빼물고 메롱메롱 세상을 조롱하듯 죽어 있었다고 했다. 그녀에게 다마고치는 마음을 나눈 유일한 대상이었다며 마치 자식에게 유서를 남기듯 다마고치에게 마지막 글을 남기고 그녀는 훌쩍 세상을 떠났다.(「안녕, 다마고치」)

소설집 속에는 이상의 몇 가지 죽음, 이를테면 고독사, 병사, 자살, 사이버 죽음 등만 있는 게 아니다. 뱃속 아이의 죽음, 사고로 인한 죽음, 살인으로 인한 죽음, 실종 등 다양하게 있다. 거의 우리 시대 모든 죽음이 등장한다고 해도 과언이 아니다. 특히「미해결 과제」에서는 중국과 관련하여 사회적인 문제로 등장한 바 있는 잔혹 범죄에 의한 장기 밀매 살인을 다루고 있다. 이 사건에서는 마을의 친절한 이발사가 용의자로 드러나기는 했지만 그 이발사마저 강에 투신하여 결국 영구 미제 사건이 되고 마는 죽음이 나온다.

그런데 작가는 왜 이렇게 죽음에 집착할까. 거의 전편에 죽음이 나오지 않는 경우가 없을 정도로 많은 죽음이 다양하게 등장한 이유는 무엇일까. 그런데 소설집에 등장하는 사회적 시간이 주로 세기 초에 집중되어 있다. 그때 작가의 나이는 30대다. 그렇다면 작가의 삶 속에서 주제를 끌어온 듯 보이지는 않는다. 작가는 우리 시대의 불안한 삶을 그리려고 했는지도 모른다. 죽음조차도 하나의 일화 정도밖에 되지 않는 불안한 인간형이 작가가 그리려고 한 것인지도 모른다. 그 인물은 자신조차도 삶으로부터 쫓기고 있기 때문에 타인의 죽음도 자신의 삶의 일부로 받아들일 수밖에 없다. IMF를 지나 후기 현대사회로 진입하면서 타인의 죽음은 단순히 남은 사람의 '짐'일 뿐이다. 불안한 삶을 살아가고 있는 현대인에게 타인의 죽음은 절대적이거나 운명적인 문제가 아니다. 그러므로 죽음 자체에 의미를 둘 수 없다면 죽음 뒤에 남는 것은 무엇인가, 혹은 죽음 뒤에 남은 사람은 어떻게 될까, 하는 게 작가가 문제 삼고 싶은 게 아닐까. 이를 알기 위해서 다음에서 소설의 화자를 살펴보기로 하자.

3

죽은 사람은 두 가지를 남긴다. 하나는 사람이며, 또 다른 하나는 돈이다. 그리고 돈은, 빚이든 보험이든 재산이든 인간관계든 남은 사람의 몫이다. 그가 어떻게 죽었든지 남은 사람은 그 죽음 자체보다는 죽은 자가 남긴 것에 집착한다. 남은 사람에게는 죽음조차도 삶의 일부이며 과정이기 때문이다. 누군가를 삶에서 떠나보내고, 그 죽음 이후 남은 것들을 끌어안고 살아가야 하는 것은 남은 사람의 문제이다. 그에게는 타인의 죽음조차도 자신의 삶으로 끌어안아야 하는, 삶의 일부로 여겨야 하는 '짐', 혹은 과정이다. 생존해야 한다는 절박한 현실을 끌어안고 사는 현대인은 타인의 죽음에 대해 '예의'니 '존엄'이니 하는 사치한 관념을 가질 수 없다. 장례식장에서 흔히 하는 말에 '제 설움에 운다'는 말이 있다. 더욱이 자신도 언제 죽음으로 내몰릴지 모르는, 불안을 끌어안고 사는 현대인에게 아버지나 어머니, 남편의 죽음은 화자에게 또 하나의 짐일 뿐이다.

'사망확인서'. 아버지의 죽음을 서류상으로 확인했을 때, 나는 무정하게도 사망보험금의 증권약관이 떠올랐고 서둘러 보험을 청구해야겠다는 생각을 했다. 아버지가 하늘나라로 이사 가시는 슬픈 날, 슬픔의 무게에 무감해진 나는 좋은 집과 넓은 평수의 아파트를 떠올렸던 것이다. 부모의 주검을 돌아보려 하지 않는 냉정한 자식들과 다를 게 없다.(「짐」)

아버지의 죽음 이후 남은 아들은 죽음의 슬픔보다는 아버지의 사망보험금을 먼저 생각한다. 죽은 이들의 유품을 관리하는 화자 '나'는 고독사하는 사람의 자식들을 보면서 비정한 현실을 비판적으로 바라보았지만 스스로도 어쩔 수 없이 돈을 먼저 챙기고 계산하고 있는 자신을 발견한다. 이렇게 죽음 뒤에 남은 사람은 자신의 현재 삶의 문제를 먼저 챙긴다. 그것은 현대인이 자신까지도 짐으로 여기고 있는 데서 기인한다.

그런데 여기에서 남은 사람들과 화자가 겹친다는 점이다. 그 사람이 가족이든 아니든 거의 대부분의 화자는 망자의 곁에서 죽음을 지켜본, 혹은 죽음을 '짐'으로 책임져야 하는 인물들이다. 「짐」에서 유품관리사나 「나의 씨몽키」의 어머니, 「이사도라 사감의 병원 24시」의 병실 동료, 「합리적 의심」의 아내, 「할미꽃」의 며느리, 「완전한 소멸」의 애인, 「우아한 생활」의 아내, 「미스터리 쇼퍼」의 친구, 「미해결 과제」의 동네 사람, 「무언의 유언」의 오빠, 「안녕, 다마고치」의 신혼 부인 모두 죽음의 짐을 짊어져야 하는 인물들이다. 그런데 그 인물이 모두 주인공이면서 화자 '나'라는 점이다. 노 작가는 고집스럽게 화자를 '나'라는 일인칭으로 설정하고 있다. 그렇기 때문에 무리하게 '셨다' 체가 아무 데서나 툭툭 튀어나오고 있는 문제점도 있으나, 그 일인칭 화자로 인해 화자와 실제의 소설가를 구분 짓지 않으려는 의도를 갖고 있는 것 같기도 하다. 화자를 '나'로 하고 '셨다' 체를 쓰면 독자에게 친근감을 준다는 점에서 독서에 유리한 문체일 수 있으나 다른 한편 사건에 대한 냉정한 시점을 유지하기가 곤란하다는 점 또한 무시할 수 없다. 뿐만 아니라 화자들은 전혀 냉정하지 못하고 우유부단하여 주제를 냉정하게 끌고 가지 못하고 있다. 하지만 작가는 일부러 이러한 점을 의도하고 있다고 볼 수 있다. 그의 소설에서는 실제 현실과 사이버와 작품 속 현실을 구분 짓고 싶어 하지 않고 있기 때문이다. 작가의 이러한 의도는 이제 소설과 실재는 벽이 허물어지고 있는 오늘날의 세태에 적극적으로 대처하기 위한 의도적 글쓰기라고 봐야 할 것이다. 오늘날의 인간형은 현실 속이든 사이버 속이든 허구 속이든 주체 속에 타자가 들어 있다. 주체 안에 자아와 타자가 다 들어 있는 것이다. 『피로사회』에서 한병철이 지적한 것처럼 우리는 자신을 스스로 괴롭히며 살아가고 있기 때문에 무엇인가에 끊임없이 쫓기며 살아간다.

그러면 일인칭 화자의 유형을 보면 크게 둘로 나뉜다. 하나는 망자에 대한 미안한 마음을 갖는 경우이며, 다른 하나는 무덤덤하게 망자의 대한 생각을 모두 지우고 자신의 삶을 챙기는 경우이다. 먼저 망자에 대한 미안한 마음을 갖는 작품은 「짐」 「나의 씨몽키」 「합리적 의심」 「할미꽃」 「미해결 과제」 「무언의 유언」 등이다. 이 작품들에서 화자는 죽음 뒤에 망자에 대한 미안한 마음과 슬픔을 이겨내기 위한 자신과의 싸움에 골몰한다. 여기에서 문제되는 작품이 「나의 씨몽키」이다. 이 작품은 태아를 잃고 난 산모의 고통을 다루고 있다. 8개월 된 뱃속 아이를 잃고 '나'는 고통 속에서 생활한다. 다시 임신한다는 것은 엄두 내지 못한 채 우울증 약에 의존해 생활하고 있다.

나는 생명을 키우는 것을 싫어한다. 아니 두려워한다는 표현이 훨씬 더 정확하다. 8개월 된 아이가 뱃속에서 죽어버린 이후로 나는 생명을 품는 것을 겁내는 여자가 되었고, 서른여섯. 임신 시기를 놓쳐버린 고위험군에 속해 있지만 아이 가질 엄두도 내지 못하고 있다.(「나의 씨몽키」)

남편이나 시댁에서는 죽은 아이를 위해 장례식을 치러주고 '나'의 눈치를 보며 삶을 북돋워주려고 애쓰지만 화자는 "행운처럼 찾아온 생명 하나도 지키지 못한 나 자신이 미워", 생활고 때문에 "아이가 스스로 선택할 수도 있었던 죽음이라 생각하니" 그에 전혀 호응하지 못한다. 그러다가 아이들이 버린 씨몽키를 키우면서 생명의 소중함을 알게 되고 삶에 대한 힘을 얻게 된다. 죽어가는 씨몽키 새끼들을 보면서 꿈틀거리는 생명을 죽일 수 없다는 본능 같은 것을 느낀다. 씨몽키 어미에게 동병상련을 느끼고 더 이상 씨몽키 새끼들을 죽이지 않으려고 애쓰면서 화자는 점점 삶에 대한 희망을 갖게 된다.

엄마 씨몽키를 위해 나는 녀석의 주검을 치워주기로 마음먹었다. 살아 있는 것들은 사는 동안만이라도 제대로, 옳게 살아야지. 이미 죽어 너저분한 사체와 섞여 같은 물에서 먹이를 먹고 일상을 공유한다는 것은 있어서는 안 될 일이다. 생명이 끝난 것은 그대로 잊히고 말 것이다. 엄마 씨몽키의 심신의 안정을 위해서라도 녀석의 모습은 보이지 않도록 치워주는 것이 바람직하다. 나는 택배로 친절하게 배달된 수질 정화제를 혼합하여 알맞게 잘 섞은 뒤 새롭게 환경을 정비해주었다. 시중에 파는 먹이보다는 건새우나 마른 멸치를 갈아서 넣어주면 훨씬 잘 자란다는 정보를 메모해두었다. 나는 냉장고를 열고 마른 멸치를 꺼내 뭉툭한 칼끝으로 잘게 다졌다.(「나의 씨몽키」)

씨몽키 엄마를 돌보면서 화자도 삶에 대한 힘을 얻어 죽은 아이에 대한 생각을 지우려고 애쓴다. 그리고 결국 화자는 "돌아보는 일이 녹록지 않아서 잊고 싶었던 어여뻤던 기억들을 당당히 마주하며 살겠노라고 다짐해본다." 결국 화자는 아이를 잃고 난 후 삶의 희망을 잃은 슬픔이나 고뇌도 결국에는 지우고 새로운 삶을 찾아낸다. 이는 「합리적 의심」의 '나'에게서도 나타난다. 트라우마 때문에 죽어가고 있는 남편을 바라보는 나는 남편의 고통을 이해하며 치유해주려 애쓰지만 그의 자살을 덤덤하게 바라본다. 남은 사람은 아무리 힘들어도 자신의 삶을 계속 이어가야 하기 때문에 그 속에 벗어나려고 안간힘을 쓴다. 남은 이의 삶이 더 중요하기 때문이다.

다음으로 자신의 삶을 적극적으로 살아가는 화자이다. 이 화자들은 죽음 이후 자신의 삶을 위해서 적극적으로 행동한다. 그들은 보험금을 계산하고, 자신의 우아한 생활을 적극적으로 이어간다. 그들에게 망자와 자신의 삶은 별개인 것이다. 「우아한 사생활」에서 화자 '나'는 식물인간인 남편의 보험금을 타서 경마장에서 '우아한 생활'

을 누린다. 시동생이나 시댁에서 남편을 이제 보내주자는 말에도 병자를 몰래 빼돌려 삶을 유예시키면서까지 자신의 우아한 생활을 즐긴다. 그는 '인생 역전'을 노리고 있는 것이다. 남편을 병원에 맡겨두고 자신은 보험금으로 경마장을 들락거리며 화자는 자기만의 생활을 즐긴다.

> 남편이 깨어날 때까지 나의 말 타기는 경마장의 쾌락으로 충분하다. 우아한 사생활을 즐기고 있는 나는, 견딜 만한 슬픔과 싸우고 있다.(「우아한 사생활」)

화자는 성욕을 해결하지 못해도 크게 신경 쓰지 않으며 자신의 사생활, 은밀한 생활을 즐긴다. 그녀는 남편과의 말 타기 대신에 경마장을 다니면서 자신만의 풍요로운 생활을 즐긴다. 화자에게 가장 중요한 것은 보험금이다. 그 보험금으로 화자는 환상 속의 생활을 꿈꾼다.

이렇게 화자들은 죽음으로 인한 슬픔이나 고통을 '뒤돌아보지 말아야지'라는 생각으로 새로운 삶을 살아가는 힘을 얻거나 일찍부터 망자는 망자, 나의 삶은 나의 것이라는 별개의 개념을 갖는다. 그만큼 화자들은 절박하게 살아가고 있기 때문이다. 「미스터리 쇼퍼」에서처럼 그들은 내몰리고 벼랑에 서 있다. 이웃 간의 인정이란 찾아볼 수 없고, 서로를 의심하며 한 칸의 방에서 고립되어 되어 살아가는 화자들은 그 자신의 삶조차도 어떻게 할 수 없는 벼랑 위의 존재들이다. 그들에게 타인의 죽음은 또 하나의 짐이다. 눈만 잘못 돌려도 곧 낭떠

러지 아래로 떨어질 수 있는 위기가 그들의 삶이다. 그러므로 타인의 죽음이란 그렇게 절박한 문제가 아니다.

화자의 문제와 함께 또 하나 고려해야 할 것은 플롯이다. 화자는 끊임없이 남의 이야기와 화자 자신의 이야기를 오버랩시킨다. 그래서 거의 대부분의 작품에서 두 이야기가 교차적으로 배치되어 있다. 이러한 플롯은 이야기를 단순함에서 벗어나게 한다. 화자는 멀뚱히 남의 이야기를 하는 듯하지만 실제로는 자신의 이야기도 남의 이야기 속 일부분이라는 것을 보여주려고 한다. 그래서 플롯은 남의 이야기로부터 시작했지만 결국에는 나의 이야기로 맺는다. 이는 나와 남의 문제, 혹은 죽음과 죽음 이후의 문제를 하나로 배치하기 위한 작가의 장치라고 할 수 있다. 화자는 나의 이야기를 일반화시키기 위해 남의 이야기를 냉정하게 이끌어가다가 그 속에 나의 이야기를 집어넣는다. 그렇게 함으로써 죽음은 보편화에서 단순 일화로, 그리고 죽음 이후의 문제는 자신이 짊어져야 하는 삶이 된다.

4

이상에서 노은희 작가의 『우아한 사생활』을 살펴보았다. 그는 죽음 이후에 무엇이 남는가의 문제를 남은 사람들의 의식이나 삶을 통해 보여줌으로써 죽음이란 주체의 삶 속의 하나의 짐, 자신의 다른 짐보다 결코 무겁지 않은 짐이라는 것을 말하고 싶어 한다.

소설을 보면 그 작가의 삶이나 내면이 보인다. 노은희 작가를 만난 지도 어언 20년이 지난 것 같다. 그의 한결같은 성품을 말하기 전에 그 부지런함을 말하고 싶다. 그는 일과 가정과 소설 쓰기를 병행하고 있다. 더욱이 「할미꽃」에서 보듯 어머니, 할머니를 모시고 살았다. 그렇게 여러 등분으로 나눠진 삶 때문에 어느 한 부분이라도 등한시할 법도 한데 과문한지 모르지만 그런 모습을 본 적이 없다. 작가야말로 '피로사회'의 주인공인 듯싶다. 어느 날 그와 함께 전철을 탔다. 멀쩡한 젊은 사람이 구걸을 하고 있었다. 작가는 선뜻 적선을 했다. 저런 사람에게는 안 줘도 되지 않느냐고 하니까, 돌아오는 말이, "저 사람도 일을 하고 있는 거예요. 제가 월급을 줘야죠." 하는 것이었다. 그는 가끔 걱정될 정도로 모든 이들을 챙긴다. 그가 '셨다'체를 많이 쓴 것도, 화자가 '나'인 것도, 모질지 못하는 화자들도 필자는 이해가 된다. 그의 인성이라면 충분히 가능한 일이기 때문이다. 그의 소설 속 화자는 '피로사회'를 살고 있는 소설가 자신의 이야기인지도 모른다. 그는 앞으로도 쉬지 않고 쓸 것이다. 그는 소설 쓰기를 자신을 표현하는 일이라고 생각하기 때문이다. 그는 모든 짐을 짊어지려는 과잉 활동을 하는 현대인의 표상을 자신 속에서 찾고 있는지도 모른다. 그리고 그러한 삶을 소설로 풀어냄으로써 과잉 활동을 해소하려고 하는지도 모른다.

우아한 사생활

인쇄 · 2018년 5월 15일
발행 · 2018년 5월 25일

지은이 · 노은희
펴낸이 · 한봉숙
펴낸곳 · 푸른사상사

주간 · 맹문재 | 편집 · 지순이, 김병조 | 교정 · 김수란
등록 · 1999년 7월 8일 제2-2876호
주소 · 경기도 파주시 회동길 337-16 푸른사상사
대표전화 · 031) 955-9111(2) | 팩시밀리 · 031) 955-9114
이메일 · prun21c@hanmail.net
홈페이지 · http://www.prun21c.com

ISBN 979-11-308-1339-4 03810
값 14,500원

이 도서의 국립중앙도서관 출판예정도서목록(CIP)은 서지정보유통지원시스템 홈페이지
(http://seoji.nl.go.kr)와 국가자료공동목록시스템(http://www.nl.go.kr/kolisnet)에서 이용하실
수 있습니다.(CIP제어번호: CIP2018014474)

* 이 책은 충청북도, 충북문화재단의 후원으로 발간되었습니다.

우아한 사생활

노은희 소설집